新潮文庫

ひとつむぎの手

知念実希人著

新潮社版

11437

目次

ひとつむぎの手

第一章　選択の温度

1

細いプラスチック管の中を、透明な液体がゆるゆると流れていく。心電図モニターの電子音と、人工呼吸器のポンプ音が乾いたメロディを奏《かな》でる。ICU内の空気に薄く溶けこんでいる消毒薬の刺激臭が、かすかに鼻先をかすめた。

平良《たいら》祐介《ゆうすけ》はしょぼつく目をモニターに向ける。血圧が下がり、それに反比例して心拍数が上がってきている。

ベッドに固定された輸液ポンプのボタンを操作して、点滴液に送り込んでいる昇圧剤の量を増やすと、祐介は首筋を揉《も》んだ。大きな窓から朝日が差し込んでくる。体調が良ければ清々《すがすが》しく感じるのだろうが、徹夜明けの身にはやや眩《まぶ》しすぎる。鉛が詰まっているかのように重い頭を振りながらブラインドを下げた。

ベッドに横たわる五十代の男性の口には、挿管《そうかん》チューブが深々と差し込まれ、人工呼吸器に接続されている。二日前の昼下がり、彼は勤務先の会社で突然はげしい胸痛を訴えて倒れ、この純正会《じゅんせいかい》医科大学附属病院の救急部に搬送されて、検査の結果、解離性大動脈瘤《かいりせいだいどうみゃくりゅう》と診断された。

高血圧などが原因となり、三層ある大動脈血管壁の最も内側の層に亀裂が入り、そこに血液が流れ込むことによって動脈壁が大きく剝《は》がれて解離していく危険な疾患。しかも悪いことに、この患者の場合は解離腔《かいりくう》が心筋に血液を送る冠動脈の起始部を押しつぶし、心筋梗塞《しんきんこうそく》まで併発していた。

すぐに准《じゅん》教授の執刀で、解離が起きた部分を人工血管に置き換える手術が行われ、なんとか一命をとりとめたが、心筋梗塞によって心臓が負ったダメージが大きく、術後も厳しい状態が続いている。

昨夜から彼の全身状態が安定しなかったため、一睡もできないまま朝を迎えていた。

祐介は首を鳴らす。二十代のときはいくら徹夜をしてもここまで疲れ果てることはなかった。しかし、三十代も半ばにさしかかり、明らかに疲労の回復が遅くなっている。

白衣の襟元《えりもと》から汗の匂《にお》いが漂ってきた。二日連続で病院に泊まり込み、その間、シャワーを浴びる余裕すらなかった。

時刻は午前九時を回ったところだ。患者もなんとか小康状態に入ったし、午前の回診をはじめる前にシャワーを浴びて着替えるぐらいの余裕はあるだろう。

重い足を引きずってＩＣＵの出口近くまで移動したところで、首からぶら下げている院内携帯が、駄々をこねるように振動しはじめた。

「なんだよ、こんなときに」

手に取って液晶画面を見た祐介は、そこに表示された『医局長』の文字に頬を引きつらせる。疲れているときには一番話したくない相手だった。気づかないふりを決め込もうという誘惑をなんとか振り払い、通話ボタンを押し込む。

『平良か。いまどこにいる？』

心臓外科の医局長である肥後太郎《ひごたろう》の、がなり立てるような声が徹夜明けの頭に響いた。

「ＩＣＵにいますが」

『話がある。教授室の前に来い』

「教授室⁉」

全身に纏《まと》わりついていた眠気が一気に吹き飛んだ。

『そうだ。すぐに来るんだぞ』

返事を待たず、回線が切られる。ピーピーと気の抜けた電子音を鳴らす院内携帯を耳に当てたまま、祐介は立ち尽くしていた。

きっと、あの話に違いない。とうとうだ、とうとう『本物の心臓外科医』になれるか否《いな》かが決まる。

体温が上昇する。アドレナリンが血液に乗って全身に行き渡り、疲労感を消し去っていった。


ICUのある新館をあとにした祐介は、数十メートル先に建つ医局棟の八階フロアへと到着した。エレベーターを降りると、柔らかい絨毯《じゅうたん》が敷かれた廊下を進んでいく。壁にはいくつもの油絵が飾ってあり、重厚な木製の扉が、等間隔に並んでいた。各科の教授室が連なっているこのフロアは、他の階とは一線を画す荘厳《そうごん》な雰囲気を醸《かも》し出していた。

一番奥にある扉の前に肥後が立っていた。太鼓のような腹が白衣を突き上げ、薄い髪の奥に見える脂《あぶら》ぎった頭皮が蛍光灯の光を反射している。

「おせえよ」

祐介の顔を見るなり、肥後は舌を鳴らす。

「すみません。それで、なんのご用ですか？」

「それは教授が直接説明してくださる。行くぞ」

肥後は『心臓外科学講座教授 赤石《あかし》源一郎《げんいちろう》』と記された表札がかかった扉をノックする。扉の向こう側から「入れ」と低い声が聞こえてきた。

「失礼いたします」

扉を開けて肥後が室内に入る。祐介もそのあとを追った。

革張りのソファーセットと、大量の医学書が詰まった巨大な本棚が置かれた広い部屋。奥に置かれたアンティーク調の木製デスクでは、初老の男が手にした書類に視線を落としている。銀色にすら見える白髪頭、高く尖《とが》った鼻、かたく結ばれた口元。心臓外科の主任教授である赤石源一郎だった。

「赤石教授、平良を連れてまいりました」

肥後が慇懃《いんぎん》に報告すると、赤石は書類をデスクのうえに放り、視線をあげる。一瞬、大型肉食獣ににらまれたかのような心地になる。今年で還暦を迎えるというのに、その眼光は刃《やいば》のように鋭かった。

「忙しいところ、呼び出して悪かったな」

腹の底に響く低い声で赤石は言う。祐介は背筋を伸ばした。

「いえ、そんなことはありません」

心臓外科の医局に入局してもう六年以上経《た》っているが、日本有数の心臓外科医である彼を前にすると、いまでも緊張で足が震えそうになってしまう。

「なぜ君を呼んだか分かるか？」

「いえ、分かりません」

呼び出された理由に予想は付いていた。しかし、自分から言い出す類《たぐい》の話題ではない。

赤石は無言であごを撫《な》でる。祐介は裁判官の判決を待つ被告人のような心持ちで、次の言葉を待った。

「人が足りないんだ」

ひとりごつように、赤石はつぶやいた。

「人が……ですか？」

「そうだ。今年だけで、すでに三人が退局した。医局員が減少し続けている。このままだと、関連病院に医者を送れなくなる」

大学病院の医局は、医師を育てる教育機関だけではなく、人材派遣組織としての側面を持つ。出向という形で人手不足の市中病院に医局員を送り込み、関連病院としてその病院に対して影響力を持つのだ。しかし、その機能を維持するためには当然、一定数以上の医局員が必要となる。

ここ数年、純正医大心臓外科学講座は医局員の減少に悩まされていた。関連病院をいくつか切り捨てなくてはいけないほどに。

しかし、それが自分にどんな関係があるというのだろう？　祐介の困惑をよそに、赤石は言葉を続ける。

「明日、十月一日から研修医が三人、うちの科に回ってくる。二年目の選択研修だ」

医師国家試験に合格し医師免許を取得した者たちは、二年間の初期臨床研修を受ける。研修医として様々な診療科を回り、医師としての基本的な技能を身につけるのだ。

純正医大附属病院では、二年間のうち六ヶ月を選択研修として、自らが希望した診療科で研修を受けることができた。そのため、心臓外科にも二、三ヶ月に一人程度の割合で研修医が回ってくる。

「そうなんですか。同時に三人というのは、珍しいですね」

祐介が曖昧《あいまい》に頷《うなず》くと、隣に立つ肥後が得意げに腹を突き出した。

「調整したんだよ」

「調整?」

「そうだ。赤石教授が研修プログラムの担当者と交渉して、その三人が十月に回ってくるように調整してもらったんだ」

「なんでそんなことを?」

「この時期は一番重要なんだよ。二年目の研修医は十一月の第二週までに、入局先を選ぶことになってんだ」

「え? もしかしてその三人って……」

祐介がつぶやくと、赤石が重々しく頷いた。

「そうだ。三人とも、入局先として心臓外科を考えている。研修一年目修了時のアンケートで、志望入局先の一位にうちの科をあげた」

つまり、入局先を最終決定する直前に研修を受けさせることで、強い印象を残そうということか。祐介はようやく納得がいく。

「三人も……。すごいですね」

この二年間、心臓外科への入局者は一人もいなかった。三年前に入局した二人も、二年持たずに過酷な勤務に耐えられなくなり、他の科へと移って行った。医局員が減ることで一人一人の仕事量が増え、そのハードワークに耐えきれなくなってさらに医局員が去って行くという悪循環に陥っている。三人の入局は、負のスパイラルから脱却するきっかけになるかもしれない。

「それで、私は何をすれば？」

「君にその三人の指導医になってもらいたい」

赤石が発した予想外の言葉に、祐介は唖然《あぜん》とする。

「え、三人ともですか？」

研修医の指導をしたことはある。しかし、同時に複数の研修医を受け持ったことはなかった。しかも、これまでの研修医たちは、外科や循環器内科に進むつもりの者たちで、心臓外科には半分見学のような気持ちで研修にきていた。しかし、今回の三人は心臓外科への入局を考えている。かかってくる責任が桁違《けたちが》いだ。

「あの、……どうして私なんでしょうか？」

「過去にうちの科を回った研修医たちのアンケートを見ると、君に指導されたケースの満足度が最も高い。だから、君に任せたい」

「けれど、一人ならまだしも、三人全員というのは……」

口ごもると、肥後が背中を叩《たた》いてきた。

「いいか、研修医ってやつは、新しい科に行くたびに不安になるもんなんだよ。だったら、三人固めていた方がリラックスしてもらえるだろ」

「そうかもしれませんが……」

ただでさえ、週に二、三日ほどしか妻子の待つ自宅に帰れないほど多忙な毎日を送っている。さらに三人もの研修医を指導するとなると、自分だけでなく家族にまで負担を強いることになる。

どう断ればいいか迷っていると、機先を制するように赤石が声をかけてきた。

「平良、君は医師になって何年だ」

「え？　初期研修も入れると、八年が経ちましたが……」

「八年か。つまりうちに入局して六年以上経つということだ。そろそろ、関連病院への出向を考えてもいいころだな」

「……はい」

口の中から急速に水分が失われていく。それこそ、祐介が期待し、そして同時に恐れていた話題だった。

純正医大心臓外科学講座では、中堅の医局員を心臓手術件数の多い市中病院へ数年間出向させるシステムを取っていた。その出向先でどれだけ経験を積めるかが、心臓外科医としての将来に大きくかかわってくる。

緊張に息を乱す祐介のそばで、肥後が薄ら笑いを浮かべた。

「うちの医局のOBが院長を務める沖縄の病院から、外科医を派遣してもらえないかっていう要請がきていてな。OBの頼みをむげにはできなくて、ちょっと困っているんだ。なあ、平良。たしかお前、父親が沖縄出身だったよな？」

気温が一気に氷点下へと下がった気がした。祐介は震える唇を開く。

「たしかに父の出身は沖縄ですけど、早くに亡《な》くなっているので……。あの、そちらの病院では心臓の手術は行われているんでしょうか？」

「いや、二百床程度の小さな病院だから、心臓外科はないらしいな」

「そんな……」

この年齢で心臓手術のない病院への出向。それは心臓外科医としての死刑宣告に等しかった。

八年以上の歳月をかけて、高度な心臓手術を行うための知識と技術を培《つちか》ってきた。出向の際は心臓手術を多く行っている病院へと赴任し、経験を積まなくてはならない。その沖縄の病院に出向となれば、最も重要な期間を無為に過ごすこととなる。

一流の心臓外科医になるため、過酷な勤務に耐えてきた。家族との時間を削ってまで、仕事にすべてを捧《ささ》げてきた。それなのに……。

「ただ、来年度には富士第一の枠も空く」

赤石が発した言葉を聞いた瞬間、心臓がどくんと強く脈打った。

富士第一総合病院。静岡県富士市一帯の医療を支えるその病院は、関連病院の中でも最も開胸《かいきょう》手術の多い病院だ。とくに心臓冠動脈バイパス術の症例数は全国有数で、経験を積むには最高の環境だった。

「君はたしか、富士第一への出向を希望していたな?」

「は、はい!」声が裏返る。

「できれば希望どおりにしてやりたいが、富士第一への出向を希望する医局員は多い。なので、選考には医局への貢献を考慮しようと思っている」

赤石の目が細くなるのを見て、祐介はようやく理解する。

明日からやってくる三人の研修医。彼らを入局させることができれば富士第一へ、失敗すれば沖縄の小さな病院へと出向させる。赤石と肥後は、暗にそう伝えているのだ。祐介は胸に手を当て、加速した心臓の鼓動を鎮《しず》める。覚悟は決まった。

「研修医の指導、引き受けさせていただきます」

「よく言った。よろしく頼むぞ。ぜひうちに入局させてくれ」

肥後は相好を崩すと、祐介の肩をばんばんと叩く。

「……何人でしょうか？」

祐介は赤石を見つめた。

「三人のうち何人を入局させたら、私を富士第一に出向させてくださいますか？」

オブラートに包むことなく発せられたその言葉に、肥後の眉根《まゆね》が寄る。

「おい、教授に失礼だろ。何人とかそういう問題じゃねえ。できるだけ全員入れようと頑張るんだよ」

「もちろん、最善の努力はします。けれど、それでも全員が入るとは限りません。いったい何人入れれば、『医局に貢献した』と判断してくださるんですか？」

相手が医局内において絶対的な権力をもつ主任教授であっても、ここは引き下がれなかった。

「……二人だ」

赤石のセリフに、肥後が腫《は》れぼったい目を見開いた。

「あの、教授。それは……」

「そこをはっきりさせておかないと、平良にも失礼だろう。三人のうち最低二人の入局、それが『医局に貢献した』と私が判断する基準だ。それでいいか？」

「はい、けっこうです。ありがとうございます！」

祐介は腹の底から声を出す。

「それでは、研修医たちには明日の朝、君のデスクに集合するように伝える。研修の内容は君に任せる。以上だ」

赤石は再び書類を手に取った。祐介は恭《うやうや》しく一礼し、教授室をあとにする。研修医を二人以上入局させれば、富士第一に出向できる。長年の夢である、一流の心臓外科医への道が大きく開ける。

扉が閉まる重い音を背中で聞きながら、祐介は廊下を大股《おおまた》で進んでいった。

2

教授室をあとにしてからの半日、祐介は心の中心が定まらないまま、通常業務に追われていた。担当入院患者の回診、検査や処方のオーダー、術後患者の管理などを行っているうちに、時刻は午後八時を回っている。

ＩＣＵで電子カルテに記録を打ち込み終えた祐介は、解離性大動脈瘤の手術を受けた患者に視線を向ける。いまは小康状態を保っているが、いつ急変してもおかしくない。今夜も病院に泊まり込むことになりそうだ。

この前、家に帰ったのは……、三日前か。指折り数えた祐介は肩を落とす。最近、担当患者の状態が芳《かんば》しくないことが多く、病院に泊まる日が続いていた。

祐介は財布から家族の写真を取り出す。一人娘の真美《まみ》が幼稚園に入園した時に撮ったものだった。緊張した様子の娘の肩に、中腰になった祐介と、妻の美代子《みよこ》が手を置いている。思わず顔がほころんだ。

多忙な勤務のせいで、運動会などのイベントにはほとんど参加できていない。育児も妻にまかせっきりだった。それにもかかわらず、家に帰ると笑顔で迎えてくれる妻と娘には、どれだけ感謝しても感謝しきれない。

一流の心臓外科医になり多くの患者を救うという夢のため、家族に負担を強いてきた。これまでの犠牲を無駄にしないためにも、研修医たちを入局させなくてはならない。けれど、具体的にはどうすればいいのだろう？

誰かに相談したいところだが、その相手が見つからなかった。

「オーケーオーケー、いい調子ですね。このままいければ、明日くらいには一般病棟に戻れますよ。それじゃあまた」

陽気な声が聞こえてくる。しわの寄った白衣を着た長身の医師が、笑顔で患者と話していた。顔見知りの男だった。循環器内科の諏訪野《すわの》良太《りょうた》。

あいつだ！　立ち上がった祐介は、出口に向かっている諏訪野に背後から近づく。

「諏訪野」

「え？　ああ、平良先輩じゃないっスか。どうかしましたか？」

振り返った諏訪野は、人懐《ひとなつ》っこい笑顔を見せた。学生時代、空手部に所属していた祐介は、柔道部で一学年下の諏訪野と、武道系部活の合同懇親会で知り合い、ときどき飲みにいく間柄になっていた。医者になってからも、カンファレンスやＩＣＵなどでよく顔を合わせている。

人付き合いがよく、研修医たちとも親しいうえ、病院内の様々な情報に通じているこの男なら、最高の相談相手になる。

「ちょっと時間あるか？」

「時間ですか？　今日は当直ですけど、呼び出されるまでは暇ですよ」

天然パーマの髪を掻《か》きながら、諏訪野ははにかんだ。

「なにかご相談でも？」

「……なるほど。そりゃ、面倒なことになりましたね」

諏訪野がカップ麵《めん》をすする。諏訪野とともに循環器内科の当直室へとやってきた祐介は、事情を説明していた。

「本当に大変だよ」

祐介は箸《はし》でカップの中身をかき回す。各科の当直室が並ぶこのエリアには、カップ麵の自販機が置かれている。夕食をとる間もなく働く当直医たちが、空いた時間で何とか腹を膨らませるためだ。

諏訪野にならってカップ麵を買ったものの、あまり食欲はなかった。

「三人中、二人以上の入局ですか。しかも、よりによって心臓外科にね」

「人の科を『よりによって』とか言うな」

「いや、気を悪くしたなら申し訳ないですけど。間違いなく『よりによって』ですよ」

「そんなにひどいかな……？」

「ひどいですよ。先輩だって分かっているでしょ。割に合わなすぎるって」

諏訪野の言葉に、祐介は体を小さくした。

「まあ、少し割に合わないところも……」

「少しどころじゃないですよ。心臓外科――心外《しんげ》はあまりにも忙しすぎます。そりゃあ、俺たち循環器内科とか、外科とかもかなり忙しいですよ。けれど、心外の忙しさって桁違いじゃないですか。ちなみに先輩、この一週間で何回自宅に帰りました？」

「……一回」

消え入りそうな声で祐介が答えると、諏訪野はこれ見よがしにため息をついた。

「で、でもな。先週は三回自宅に帰れて……」

「当直の日以外は、普通自宅に帰れるものなんですよ。先輩、ほとんど病院に住んでるじゃないですか」

祐介の言葉を遮った諏訪野は、さらに追い打ちをかけてくる。

「しかも、それだけ忙しいにもかかわらず、大学からもらえる給料は他科と同じ。外の病院にバイトにいく暇もないから、楽な科のドクターより稼げる給料は低いときている。わけが分かりませんよ」

ぐうの音もでない正論に、もはや俯《うつむ》くことしかできなかった。

「ああ、落ち込まないでくださいよ。べつに先輩を責めているわけじゃないんですから。というか、逆に尊敬しています。よくそこまでできるなって。マジな話、なんでそんなに頑張れるんですか？　他の科に移ろうと思ったことないんですか？」

「そりゃああるさ。他科のドクターから、休日に子供とキャンプに行ってきたと聞いたときとかな」

「なら、なんで転科しなかったんです？　先輩は一般外科も救急もできるし、内科的なこともしっかり勉強している。先輩なら外科でも救急でも、うちの循内《じゅんない》でもウェルカムですよ」

おどけて両手を広げる諏訪野を前に、祐介は弱々しい笑みを浮かべる。

「ありがたいけど、俺は心臓外科医になるためにこれまで頑張ってきたんだよ」

「そう言うと思っていましたよ」諏訪野は大仰に肩をすくめる。「学生時代から飲んで酔っ払うたびに、『将来は一流の心臓外科医になってやる』って叫んでましたからね」

「べつに叫んでなんかいない」

祐介は顔をしかめる。

「まあ、なんでそこまで心臓外科にこだわるのか知りませんけど、それにかんしても割に合わないと思うんですよ。先輩、心臓外科に入局したドクターのうち、一人前の執刀医になれるのってどれくらいの割合なんですか？」

「……十人に一人っていうところだな」

痛いところを突かれ、また声が小さくなってしまう。

心臓外科に入局した医師の多くは、あまりにも過酷な勤務に耐えられず他科に移っていく。そして、たとえその勤務に耐えても一人前の執刀医になれるとは限らなかった。

心臓外科の手術の件数はそれほど多くはなく、その大部分は一部の一流心臓外科医が執刀するのだ。

心臓手術の執刀医になるためには、手術数の多い病院に勤務して、『一流心臓外科医』たちから直接手ほどきを受ける必要がある。その立場をつかみ取れる者は、決して多くはなかった。

「そう、たった十人に一人ですよ。馬車馬のように何年も働いても、執刀医になれるとは限らない。そんなの不条理すぎると思いませんか？」

諏訪野の声が大きくなっていく。

「そもそも、心臓外科ってそんなに医局員が必要なんですか？　ようは術後管理とか、手術以外の仕事をやらせるマンパワーが欲しいんでしょ。入局者の大半が執刀医になれず、消耗してやめていく。完全に使い捨てじゃないですか。そりゃ、志望者は減りますよ」

たしかにそのとおりだ。それは数年間、心臓外科の医局員をやってきた自分が一番分かっている。

「……けれど、昔は毎年二、三人入局していたんだよ」

「以前は臨床経験がない学生時代に入局先を決めていましたからね。けれど、いまは違う。研修医は一年半をかけていろいろな科を回ってから専攻を決めるんです。その中には五時には仕事が終わる科も、二、三年で一人前になれる科も含まれています。そんな研修医を心臓外科に入局させるのは簡単じゃないですよ」

諏訪野は思い出したかのようにカップ麺を食べはじめる。麺をすする音が部屋に響いた。

「分かってる……」

ぼそりとつぶやくと、諏訪野は「え？　なにか言いました？」と顔を上げた。

「分かっているんだよ。心臓外科が研修医たちにとって魅力的な科じゃないことはな。けれど、このままじゃ俺が『使い捨て』にされちまうんだよ」

泥を吐くように、祐介は苦悩を口にする。

「平良先輩がめちゃくちゃ頑張ってるの見てきましたからね、できればその苦労が報われて欲しいと思っていますよ」

憐憫《れんびん》の眼差《まなざ》しを向けながら、諏訪野はうっすらと無精ひげの生えたあごを撫でた。

「しかし、研修医たちを心臓外科に入局させる方法ですか……」

「頼む、お前くらいしか頼れる奴《やつ》がいないんだ」

「そんなにプレッシャーかけないでくださいよ。そうですねぇ……、心臓外科の実態を悟らせないとかですかね」

「実態を悟らせない？」

「心臓外科の負の側面を、できるだけ隠すんですよ。ちゃんと毎日服を替えて、病院に住み込んでいるなんて気づかせないようにね。あとはダイナミックな手術をたくさん見学させて、あまり遅くない時間に帰らせる」

「そうすれば、入局してくれるかもしれないのか？」

祐介が身を乗り出すと、諏訪野は胸の前で両手を振った。

「そう先走らないでくださいって。あくまで、そういう方法もあるかなって、思っただけで……。いや、でもそれだと先輩は……」

諏訪野が意味ありげに視線を送ってくると同時に、彼の院内携帯が鳴りだした。

「ちょっと失礼。はい、諏訪野ですけど。はい……、はい……。了解、すぐに行くからちょっと待っていて」

通話を終えた諏訪野は、首をすくめる。

「すみません、病棟で急変があったんで行ってきます」

食べかけのカップ麺をわきのテーブルに置くと、諏訪野は立ち上がる。

「ああ、邪魔して悪かった」

できればもっと話をしたかったが、急変で呼ばれた当直医を引き留めるわけにはいかない。

「じゃあ、頑張ってくださいね」

聴診器を片手に、諏訪野は当直室から飛び出ていく。扉が勢いよく閉まった。

「頑張ってください……か。どう頑張ればいいのか、お前から教えて欲しかったんだけどな」

零《こぼ》れた愚痴が、カップ麺の匂いが充満した空気に溶けていった。

3

新生児の爪《つめ》の先ほどしかない曲針《きょくしん》が、直径数ミリの疑似血管へと近づく。ゴムの管に針先が食い込む寸前、持針器《じしんき》とピンセットを手にした祐介は息を止めた。針へと伝わっていた呼吸の震えが止まった。

祐介は持針器を操り、切断されている疑似血管に針を通していく。針の尻《しり》に取り付けられた髪の毛のように細い糸を慎重に引くと、二つのゴムの管が寄り添うように近づいた。

手首を返して持針器の先を糸に巻き付け、小さな結び目を作り、再び糸を左右に引く。結び目は重力に引きつけられるように落ちていき、切断されていた疑似血管を繋《つな》ぎ合わせた。余った糸をハサミで切りながら、祐介は首を回す。

『医局』という言葉は、大学病院内にある教授を頂点とした専門科ごとの人事組織と、そこに所属する医師たちの控室という、二つの意味を持つ。医局棟の五階にあるこの心臓外科医局は、純正医大附属病院に勤める心臓外科医の控室だった。そこに置かれた自分のデスクで、祐介は縫合の練習を行っていた。

昨夜、諏訪野と話したあと、この医局のソファーで横になった。前日の徹夜で疲労しているはずなのに、なかなか寝付けなかった。どうすれば研修医たちを入局させられるのか。頭の中では疑問が渦を巻き続けていた。

幸運にも患者の急変もなく、最低限の睡眠はとることができたが、早朝五時には目が覚めてしまった。重い頭を振りながら諏訪野のアドバイスを思い出した祐介は、ロッカー室でシャワーを浴びて髭《ひげ》を剃《そ》り、新しいシャツと白衣に着替えて医局に戻ると、日課である縫合の練習をはじめたのだった。

再び持針器で把持《はじ》した針を疑似血管に近づけていく。針先が血管壁に近づいたところで、頰が軽く引きつった。針が小さく震えだす。

無意識に視線が手元に落ちる。大きく膨らんだ右手中指の第二関節。その部分にごく軽い違和感がわだかまっていた。

祐介は歯を食いしばり、感覚を遮断しようとする。しかし、無視しようとすればするほど、その違和感は意識を浸食してきた。

止まれ、止まれ、止まれ……。

胸の中で呪文《じゅもん》のようにくり返すが、針先の震えが消えることはなかった。

意を決して、針先をゴムの管に突き立てようとする。その瞬間、背後から「平良先生」と声が掛けられた。大きくぶれた針先が、疑似血管を破いてしまう。

顔をしかめつつ振り返ると、三人の若い男女が立っていた。

「もしかして、君たち……」

「今日から心臓外科でお世話になる研修医です。よろしくお願いいたします」

真ん中に立つ男がこたえる。

縫合の練習に集中しているうちに、いつの間にか集合時間になっていたらしい。

男性二人に女性が一人か。縫合セットを抽斗《ひきだし》に片付けつつ、祐介は研修医たちを観察する。

いま返事をした男は、それほど身長は高くはないものの、白衣の上からでも分かるほど筋肉質な体をしていた。太い眉と、力の込められた口元が意志の強さを感じさせる。外科医に多いタイプだ。

対照的にもう一人の男は、身長は高いが体の線は細い。黒縁の眼鏡がどこか野暮ったく見える。外科医というより、学者といった雰囲気だった。

最後の一人は小柄な女性だった。大きな目と小さな口が、どことなくリスを彷彿《ほうふつ》させる。わずかに茶色がかった髪を、後頭部でポニーテールにしている。

この三人のうち二人以上を入局させないと……。祐介は緊張をおぼえつつ、笑顔をつくる。

「ああ、よろしく。えっと……」

「郷野司《ごうのつかさ》です。学生時代はアメフト部に所属していました。手術に興味があって、心臓外科には世界的にも有名な赤石教授がいらっしゃるってことで、選択させていただきました」

体格の良い男が覇気の籠《こも》った声で自己紹介をすると、眼鏡の男があとに続いた。

「えっと、牧宗太《まきそうた》です。こちらの心臓外科で行われている万能細胞による心筋再生の研究に関心があり、今回選択させていただきました」

なるほど、彼は手術よりも、アカデミックな側面に惹《ひ》かれているのか。祐介はあごを引く。

「最後は私ですね。宇佐美麗子《うさみれいこ》っていいます。麗しいに子供の子で『麗子』です。名前負けってよく言われます。小児心臓外科に興味があります」

彼女は小児心臓外科に興味があると……。祐介は頭を整理していく。三人とも、心臓外科に求めているものが異なっている。うまく全員が満足するような研修にしなければ。

「平良祐介だ。一ヶ月間、よろしく頼むよ」

三人の研修医は「よろしくお願いします」と声をそろえた。

よし、ここからが勝負だ。祐介は三人を眺めながら気合いを入れる。

「とりあえず君たちには、俺が受け持っている患者を割り振らせてもらう。担当になった患者たちの治療やカルテ記載を、俺と一緒にやっていこう。ただ、病棟業務だけじゃつまらないから、担当患者以外の手術にも積極的に入れるようにするよ。あと、カンファレンスで発表する機会も作るつもりだし、可能なら小児患者の治療も見学してもらうつもりだ」

研修医たちの目が輝くのを見て、手応《てごた》えを摑《つか》む。うまく彼らのニーズをとらえることができた。滑り出しは順調だ。

「よし、それじゃあとりあえず回診がてら、担当してもらう患者さんに挨拶《あいさつ》に行こうか。午後からは赤石教授が執刀する冠動脈バイパス術があるから、それを見学しよう」

祐介は両手を胸の前で合わせる。ぱんっという小気味いい音が医局に響いた。

厳しいな……。モニターを眺めつつ、祐介は口元に力を込める。

ICUに入院している解離性大動脈瘤の患者、小康状態を保っていた彼の病状が、とうとう悪化してきていた。

昇圧剤をかなり使用しているが、血圧が低下してきている。やはり、動脈解離に併発した心筋梗塞のダメージが大きかったのだろう。心臓が限界に近づいている。さらに腎臓にもダメージがおよび、尿量も減ってきていた。

利尿剤を増やそうか？　いや、いまは尿が出すぎてさらに血圧が下がる方が危険か。頭の中で最適な治療を考えながら、祐介は患者の顔を覗《のぞ》きこんだ。よく見ると、口の端にわずかに血がついていた。挿管チューブと唇がこすれて、出血したのだろう。

祐介はすぐそばのカートからガーゼを取り出して血をぬぐうと、診察の間ＩＣＵの隅で待ってもらっていた患者の妻に近づいていく。

「先生、主人の容態は……」

いまにも泣き出しそうな表情で、妻が訊《たず》ねてくる。かなり厳しい状態だということは、手術を終えた日に伝えてはあった。

「残念ですが、心臓の機能が落ちてきて、血圧が保てなくなっています。他の臓器にもダメージが生じてきています」

「あと……、どれくらいでしょう？」

「それはなんとも……。ただ、先日もお伝えしたように、会わせておきたい方がいるならお急ぎになった方がいいと思います」

「そうですか……」

暗い表情でつぶやくと、彼女は夫が横たわるベッドへと戻っていく。その小さな背中を見て、言いようもない無力感が襲いかかってくる。

「あれ、平良先輩、なにしているんですか？」

振り返ると、諏訪野が立っていた。当直明けのせいか、もともと天然パーマの髪にひどい寝癖がつき、いつも以上にボリュームがある。

「なにって、診察に決まっているだろ」

「そういう意味じゃなくて、なんで研修医を連れていないのかなと思って」

「彼等には病棟で、担当する患者のカルテに目を通してもらっているよ」

「あそこの超重症患者、先輩の担当でしたよね。あの患者は研修医に担当させないんですか？」

広い間隔で十床ほど並んでいるベッドの一つを、諏訪野は指さした。

「いや、あの人は……」

「本気で心臓外科のきつい面を徹底的に隠すつもりですか？」

諏訪野は挑発的に唇の端を上げる。

「なんだよ、お前が勧めたんだろ」

「いや、俺はそういう方法もあるかなって、ちょっと思っただけですよ。けど、あのあと考えてみたら、それってあまり良い方法じゃない気がしてきたんですよね」

「どういうことだよ？」

「二年目の研修医ってことは、結構忙しい科の研修をすでに終えているんですよね。つまり、現実の臨床現場を見たうえで、心臓外科への入局を考えている。それって、覚悟を持っているってことじゃないのかなと思って」

「覚悟……」

「そう、覚悟。どれだけつらい勤務にも耐えて、自分の目指す医師になろうという覚悟です。もしそんな覚悟を持った研修医が、『忙しいところを見せたら入局しないだろ』みたいな態度を取られたら、侮辱されたと感じないですかね」

「なんだよそれ？　昨日言ったことと正反対じゃないか」

「怒らないでくださいよ。ちゃんと、どうすればいいのか、俺なりのアドバイスを考えておきましたから」

諏訪野は悪びれることなく言葉を続ける。

「ありのままの先輩の姿を、研修医たちに見せるんですよ」

「ありのまま？」

意味が分からず聞き返すと、諏訪野は悪戯《いたずら》っぽく親指を立てた。

「そう。せっかくの研修なんだから、指導医の生の姿を見せないと。それが一番、研修医たちの心に響くと思いますよ。それじゃあ、回診の途中なんでまた」

片手を上げて、さっさと去っていく諏訪野を、祐介はあっけにとられて見送った。

せっかくよいスタートが切れたと思っていたのに、思わせぶりな言葉のせいで不安がわき上がってくる。

心臓外科の負の側面、それを研修医たちに見せるべきか否か。すぐには答えはでなかった。

祐介は腕時計を見る。時刻は正午に近づいていた。十三時半からは赤石教授の手術を見学させる予定だ。その前に研修医たちを昼食に連れて行かなければ。

ＩＣＵの出口へと向かった祐介は、ふと自動ドアの前で振り返り、奥のベッドを見る。

患者の妻が、夫の手を愛《いと》おしそうに撫で続けていた。


「……メス」

触れれば切れそうなほどに張り詰めた空気を、低い声が揺らす。

純正医大附属病院第九手術室、そこでは赤石執刀の冠動脈バイパス術が佳境を迎えていた。

看護師がよどみない動作で、極小の刃のついたメスを赤石に手渡す。

眼鏡型拡大鏡をかけた赤石は、メスの刃先を力強く拍動するピンク色の心臓へと進めていく。

オペルームの隅に置かれたモニターには、天井に取り付けられたカメラが撮影している術野の映像が映し出されていた。祐介は研修医たちとともに、その画面を食い入るように見つめる。

心臓の表面に走る三本の冠動脈は、心臓の筋肉に血液を供給する極めて重要な血管だ。それがコレステロールなどの蓄積により狭窄《きょうさく》すれば狭心症を、完全に閉塞《へいそく》すれば心筋梗塞《しんきんこうそく》を起こす。

冠動脈バイパス術は、冠動脈の狭窄部位の下流にバイパスとなる血管を縫い付け、血流が保たれるようにするものだった。拍動する心臓の表面にある直径数ミリの血管に、他の血管を縫い付ける。極めて高度な技術を必要とするその手術は、まさに心臓外科の花形だ。

心臓の表面、数センチ四方がスタビライザーという器具で、拍動が伝わらないように固定されている。その部分を走る冠動脈にメスの刃先が近づき、そして撫でるように動いた。切開された部位から血液があふれ出す。

「え？　あんなに長く切るんですか？」

隣に立つ郷野が驚きの声を上げる。

「オンレイパッチ法。赤石教授が得意とする手術法だよ」

祐介が囁《ささや》くと、郷野は「オンレイパッチ？」と額にしわを寄せた。

「普通のバイパス術では、冠動脈とバイパス血管を『点』で繋ぐ。それに対してオンレイパッチ法は通常より長く切り開いて、そこにパッチを当てるようにして『面』で縫合するんだ」

「それをすると、どうなるんスか？」

「冠動脈バイパス術の一番の問題は、術後に繋いだ箇所が詰まって、手術の意味がなくなるケースがあることだ。オンレイパッチ法は縫合面積が広いので、それが起こりにくい」

「けれど、いままでそんな方法聞いたことないんですけど……」

郷野は訝《いぶか》しげにつぶやく。

「縫い合わせるのは直径数ミリの血管だぞ。しかも、動脈硬化でボロボロになっていることも少なくない。そこに『面』で血管を繋ぐんだ。どれだけ難しい手術か分かるだろ。それができる心臓外科医なんて、数えられるくらいしかいないんだ」

「赤石教授はできるんですね」

「できるなんてもんじゃない。赤石教授はオンリーワンだよ」

「オンリーワンってどういうことでしょうか？」

モニターを見ていた牧が振り返った。

「赤石教授は、冠動脈とバイパス血管を大きく切り開いて縫い合わせるんだ。パッチを当てるというより、二本の血管を一本に形成するっていう感じだな。この手術を受けた患者は、どれだけ血管の状態が悪くても、まず詰まることはない」

「あんな細い血管を一本に縫い合わせる……」

モニターを見つめながら、宇佐美が感嘆の息を吐く。

研修医たちの様子を見て、祐介はほくそ笑む。やはり最初に赤石教授の手術を見せてよかった。最高峰の技術を見ることにより、研修のモチベーションも上がるに違いない。

特に……。隣で目を輝かせている郷野に視線を送る。

手術に強い興味を持っている郷野にとって、このオペは衝撃的なはずだ。まずは彼に入局を決意させ、そしてあと二人のうちの一人を……。

皮算用をしつつ、祐介はモニターの中で流れるように血管を縫合していく針の動きを見つめ続けた。

一時間ほどして、三本の冠動脈にバイパス血管を繋ぎ終えた赤石が、「あとは頼む」と手術台から離れる。滅菌ガウンを床に脱ぎ捨て出口へと向かう赤石に、「お疲れ様でした！」と手術スタッフたちが声を合わせた。

赤石の姿が自動扉の奥に消えたと同時に、部屋の空気がいくらか弛緩《しかん》する。

「教授ってバイパス血管を繋いでおしまいなんですか？」

宇佐美が小首をかしげる。

「赤石教授はかなりの手術数をこなさないといけないからね。負担を減らすためにも、開胸と心臓の露出、スタビライザーの設置、そして閉胸《へいきょう》は第一助手が行うんだ」

「そうなんですか。けれど、第一助手の先生も上手ですね」

画面の中では、持針器と鑷子《せっし》（ピンセット）が素早く動き、心臓を包む膜である心《しん》囊《のう》の、切り開かれた部分をみるみると修復していた。

針谷《はりや》……。祐介は振り返り、手術台の脇《わき》に立つ第一助手を見る。その瞬間、右手の中指に軽い痛みが走った。

針谷淳《じゅん》。空手部の一年後輩にして、赤石の甥《おい》。

たしかに針谷は腕が良い。けれど、自分だって負けてはいないはずだ。

強烈なライバル心が胸を焼く。

心臓外科の医局員で近々修業として関連病院へ出向する可能性があるのは、年齢的に祐介と針谷だけだった。そして、針谷も富士第一総合病院への出向を希望している。このままだと、針谷に富士第一への出向を奪われてしまう。この一、二年、祐介はその恐怖に囚《とら》われていた。赤石は（少なくとも表面上は）針谷を特別扱いすることはなかったが、医局長である肥後などは滑稽《こっけい》なほど『教授の甥』に気を使っていた。針谷を様々な手術の第一助手として使い、さらにレジデントと呼ばれる医者になって三年目から五年目の医局員を、針谷の下に多くつけている。

そのおかげで針谷はレジデントと病棟業務を分担することができ、祐介のように何日間も家に帰れないような状況に陥ることは少なかった。

なにより腹立たしいのは、特別扱いされていることに、針谷自身がほとんど気づいていないことだ。学生時代からどこか抜けたところのある男だった。いつも屈託ない笑顔で纏《まと》わりついてきた。それは、いまも変わりがない。

針谷に無邪気に声を掛けられるたびに、耐えがたい自己嫌悪《けんお》にさいなまれる。醜い嫉妬《しっと》心《しん》を胸に抱え、独り相撲をとっている自分の姿を見せつけられて。

マスクの下で奥歯を嚙《か》みしめているうちに、閉胸が進んでいく。皮膚の縫合を終えた針谷は、「ありがとうございました」と頭を下げる。周りのスタッフたちもそれにならった。

針谷と第二助手が手術台から離れると、麻酔科医をはじめとしたオペルームのスタッフたちが動きはじめる。これから患者をICUへと搬送するのだ。

「平良先輩、お疲れ様です」

ガウンと手袋を脱ぎ捨てた針谷が近づいてきた。

胸の中に溢《あふ》れる、どす黒く粘着質なものが漏れ出ないように注意しつつ、祐介は「ああ、お疲れさん」と返事をした。

「あ、彼等が今日からの研修医ですか？」

「はい、よろしくお願いします」

研修医たちが声を重ねる。

「こちらこそよろしく。いやあ君たち、平良先輩が指導医なんだよね。ラッキーだね」

マスクを外した針谷は、唇の両端をにっと持ち上げる。

「ラッキーですか？」

牧がつぶやくと、針谷は大げさに両手を広げた。

「先輩の指導はすごく分かりやすいからさ。学生時代、空手部で、俺つきっきりで教えてもらったんだ。そのおかげで、東医体の個人戦で優勝できたんだよ」

祐介は力を込め、ゆがみそうになる表情を固めた。

かつて、なにかと「先輩、稽古をつけてください」と言ってきた針谷に、祐介は自分の技術を惜しみなくたたき込んでやった。針谷は乾いたスポンジが水を吸うように技術を習得していき、やがて、その実力は祐介を凌駕《りょうが》するまでになっていた。

そして、祐介が六年生の時に参加した東日本医科学生総合体育大会、通称『東医体』。東日本最大の医学系学生のスポーツ大会の個人戦準決勝で、針谷は祐介の前に立ちふさがった。

針谷は容赦ない攻撃で場外際《ぎわ》まで祐介を追い込み、後ろ回し蹴《げ》りを放ってきた。それは、かつて祐介自身が針谷に教え込んだ得意技だった。

両手を脇腹に当てて防御をしようとしたが、体重と遠心力がのった蹴りの衝撃は防御した手の上から肝臓を貫いた。祐介はうめき声をあげ、その場に膝《ひざ》をついた。

腹を押さえ、まるで土下座のような屈辱的な体勢でうずくまりながら「一本」の宣告を聞いた。あの時の屈辱と敗北感は、十年近く経《た》ったいまでも昨日のことのように思い出すことができる。

「準備できました。患者さん、ＩＣＵに移動しまーす」

麻酔科医が声を張る。

「俺は患者さんにつきそうんで、これで。それじゃあ君たち頑張って。先輩失礼します」

針谷は小走りにストレッチャーへと向かう。

「気持ちいい先生ですね」

牧の言葉に、祐介は返事ができなかった。牧は不思議そうに視線を送ってくる。

「……オペも終わったし、病棟に戻ろう」

絞り出した言葉が、舌に苦みを残した。


「よしっ、これで一通り終わったな」

電子カルテの前で、祐介は研修医たちを見回す。オペの見学のあと回診や病棟業務を終えると、祐介は彼等が打ち込んだカルテ記録や検査・処方のオーダーを確認した。すでに一年半研修を受けてきただけあって、それらに大きな問題はなかった。

祐介は患者一人一人について、細かく修正が必要な点を説明し、研修医たちは真剣な顔でそれを聞いた。

腕時計に視線を落とすと、時刻は午後六時半を少し回っていた。

「それじゃあ、今日はここまでにしようか。明日の午前はオペが入っているんで、八時に手術部に集合してくれ」

「え？　もう終わりなんスか？」

郷野が驚きの声をあげる。

「そうだけど、どうかしたかい？」

「いや、心臓外科ってもっと深夜まで残っている……、というか毎日病院に泊まり込んでいるようなイメージがあって。こんなに早く終わると思っていなかったんです」

体温が下がった気がした。これからＩＣＵに行き、泊まり込むつもりだった。一瞬の躊躇《ちゅうちょ》のあと、祐介は唇を舐《な》める。

「……たしかに、病院に泊まり込むこともあるよ。けれど、いまのところ重症患者も抱えていないからね。早く帰れるときは、さっさと帰らないとね」

おどけるように言おうとするが、声がかすれてしまう。郷野の太い眉がぴくりと動いた。

「俺たち、実際の心臓外科の生活を体験したいんです。だから、もし泊まり込みとか必要なら、研修医だからって気を使わないで、ちゃんと言ってください」

真剣なまなざしに圧倒され、祐介は唾《つば》を呑《の》み込む。宇佐美と牧も、小さくあごを引いて同意を表していた。

やはり、ICUの患者の治療にこの三人を参加させるべきか？　しかし、あれだけ重症の患者だと、これから何日間泊まり込みになるか分からない。いきなり過酷な現実を見せつけて、それを受け止められるだろうか？

彼らを入局させないと、これまでの血の滲《にじ》むような苦労が泡と消える。葛藤《かっとう》がじりじりと胸を焼いた。

十数秒の沈黙ののち、祐介はためらいがちに口を開いた。

「そういう患者が出たときは、一緒に夜遅くまで付き合ってもらうよ。そのためにも、今日は早く帰って体を休めて、体力を蓄えておいてくれ」

「……分かりました」

どこか納得いかない様子で郷野は頷《うなず》いた。

これで良かったんだ。いきなり最初から、最も厳しい部分を目《ま》の当たりにする必要はない。そう、これで良かった……。祐介は必死に自分に言い聞かせる。

「明日は小さな手術だけど、君たちにも助手をしてもらうんで、そのつもりでいてくれ。それじゃあ、お疲れさま」

早口で言うと、三人は「お疲れさまでした」と去っていった。研修医たちがナースステーションを出ていくのを見送って、祐介は肺の底にたまった空気を吐く。

なんとか研修一日目はうまくいった。この調子で一ヶ月を乗り越えれば……。

そこまで考えたとき、郷野の真剣な表情が頭をかすめる。

彼らを騙《だま》したという罪悪感が、背中に重くのしかかってきた。


ＩＣＵのナースステーションから、奥に視線を送る。そこでは、ベッドを取り囲むように、患者の家族たちが椅子《いす》を並べて座っていた。

予想よりも早く、患者の状態は悪化していた。昇圧剤を最高量使用しているにもかかわらず血圧は低下し続け、数時間前から尿もほとんど出なくなっていた。おそらくあの尿が出なくなったら最期《さいご》の時は近い。それは医師にとっての常識だ。

患者は朝まで持たないだろう。

一時間ほど前、祐介は現在の状況について包み隠さず家族に伝えていた。患者の妻は涙を流しながら、うつむいてそれを聞いた。

時刻は午後十一時を回っている。昼食にそばを食べてからなにも口にしていないが、空腹は感じなかった。

祐介は電子カルテに向き直ると、ゆっくりと『DNRを確認』と打ち込む。

DNR、患者が心肺停止になった際、蘇生《そせい》処置を施さないという決定。一時間前、祐介の説明を聞いた患者の妻は「……もしもの時は、自然に逝《い》かせてあげてください」と、蚊の鳴くような声で言った。その意向を受けて、他の家族にも了承をとったうえで、DNRが決定された。

「こんばんは、平良先輩」

背後から声をかけられる。振り返ると、諏訪野が立っていた。

「なんだ、またお前かよ。今日も当直か？」

「連続して当直なんてあるわけないじゃないですか。ちょっと担当患者の調子が悪いんで残っていたんです。もう帰るところですけどね」

「循内も大変だな」

「心外に比べりゃ、全然楽だと思いますけどね」

諏訪野はパイプ椅子をもってくると、祐介のそばに置き、前後逆に座る。

「帰るんじゃないのか？」

「いやあ、先輩とちょっとお話でもしようかと思いましてね」

諏訪野はわざとらしく辺りを見回す。

「ところで先輩、研修医はどこですか」

「……もう帰したよ」

「それはそれは」

諏訪野の顔にいやらしい笑みが浮かんだ。

「なんだよ、言いたいことがあったらはっきり言えよ」

「いえいえ、別に言いたいことなんて。ただ、そっちの手段をとったんだなぁって思っただけです」

揶揄《やゆ》するような口調が癪《しゃく》に障《さわ》るが、反論はしなかった。口から先に生まれてきたこの男と討論したところで、あっさりと言いくるめられてしまうのは目に見えている。

「そんなことより、ちょっとこの症例見てくれよ。内科医から見て、処置になにか問題はないか？」

祐介は強引に話題をそらすと、電子カルテのディスプレイを指さす。

「それって、あそこのベッドにいる患者のカルテですよね。たしか、もう尿も出てないんじゃなかったですか？」

　諏訪野の顔から、軽薄な笑みが引っ込む。

「ああ、そうだよ。できるだけ家族との時間をとってあげたくてな。突然のことだったんで、家族がなかなか受け入れられてないんだよ。特に奥さんがな」

「ちょっといいですか」

　諏訪野はカチカチとマウスを操作して、様々なデータをディスプレイに表示していった。二、三分無言で電子カルテを眺めた諏訪野は首筋を掻《か》く。

「これで十分だと思います。これ以上、手を加えたら、逆に急変しちゃうかもしれませんからね。適切な処置だと思いますよ」

「そうか」

「いやあ、相変わらず先輩の処置はお見事です。外科医とは思えません」

「それって褒めてるのかよ？」

「もちろん褒めていますよ。外科医って、手術以外の治療が適当になる傾向がありますからね。けれど、先輩の治療は僕たち内科医とくらべても遜色《そんしょく》ない」

「そりゃどうも……」

　唐突に持ち上げられ、祐介は警戒する。

「まあ、それだけ先輩が真面目《まじめ》ってことですよ。良くも悪くもね」

「悪くもってどういうことだよ」

やっぱり上げてから落とすパターンか。

「真面目すぎて要領が悪いってことですよ。うまく負担を減らせばいいのに、くそ真面目だから自分で背負いこんじゃう」

「くそって……」

「実際そうじゃないですか。今日赤石教授がバイパス術をした患者って、たしか針谷が主治医ですよね。けどあいつ、結構前に帰りましたよ」

「針谷の下にはレジデントがついているからだよ。レジデントなら大抵のことができるから、交代で患者を診ていけるんだ」

「けれど、平良先輩はレジデントがついているときも、重症患者まかせて帰ったりしないでしょ？」

痛いところをつかれ、眉間《みけん》にしわが寄る。たしかにその通りだった。レジデントが下についているときも、一緒に病院に泊まり込むことはあっても、まかせて帰るようなことはしていない。

「それは、レジデントだけに任すのは不安だったからで……」

「レジデントなら大抵のことができるって言ったじゃないですか。先輩は単に、他人に負担を押しつけることに罪悪感をおぼえているんですよ」

胸の内を正確に言い当てられ、眉間のしわが深くなる。

「そこが、良くも悪くも真面目ってことなんですよ。それに比べて針谷は、そのあたりのところ要領よくやっているから、先輩ほど消耗していない」

「針谷は関係ないだろ！」

ひそかに劣等感をいだいている相手と比較され、声が大きくなってしまう。深夜のＩＣＵに響いた声に、数人の看護師がふり返った。諏訪野も目を見張っている。

「悪い……、でかい声だして」

「いえ、俺もちょっと調子に乗りました。たしかに針谷は関係なかったです。ただ、少しは力を抜くこともおぼえないと、先輩いつかぶっ壊れちゃいますよ。体も心もね」

「分かってるよ……」

指摘されるまでもなく、そのことには気づいていた。この数ヶ月、つねに頭と体が重い。食欲もかなり落ちていて、体重が減ってきている。

限界は近い。だからこそ、研修医たちを入局させ、富士第一総合病院への出向を勝ち取る必要があった。市中病院なら、大学病院よりは医師の負担は少ないはずだ。それに、目標である冠動脈バイパス術の執刀医としての修業が積めるのだ。あの病院にさえ出向できれば、壊れはしない。

「余計なお世話だと分かっちゃいますけど、あと一言だけ言わせてください」

諏訪野は姿勢を正した。

「先輩にとって、研修医に心臓外科の負の側面を隠すのもストレスになると思うんですよ。それに、そうやって研修医を入局させたとしても、だましたような形で入局させたことに罪悪感をおぼえて、またストレスを感じるはずです。それを頭の隅に置いといてください」

その通りなのかもしれない。けれどいまさら遅いのだ。もう賽《さい》は投げられた。あとはこのまま一ヶ月、研修医たちの目からこの過酷な勤務実態を隠し続けるしかないのだ。

「……平良先生」

わきから声がかけられる。見ると、看護師が暗い表情で立っていた。

「心拍数が下がってきています……」

祐介はモニターに視線を向ける。これまで脈拍数を増やし、なんとか全身に血液を送っていた心臓が限界を迎えつつあった。

もうすぐだ。医師として数え切れないほど『死』に立ち会ってきた経験が、そう判断させた。もうすぐ血流が維持できなくなり、あらゆる臓器が酸欠状態になっていく。そして、ついには心臓もその動きを止めるだろう。

「わかった」

暗い声で答えたとき、出入り口の自動扉が開いた。無意識にそちらを見た祐介の口から、くぐもったうめき声が漏れる。

ＩＣＵに入ってきたのは、受け持っている研修医たちだった。

郷野、牧、そして宇佐美の三人は、厳しい表情で感染防護用のキャップを被《かぶ》りながら近づいてきた。

「な、なんで君たちが……？」

「麻酔科をまわっている研修医から聞いたんスよ。ＩＣＵに平良先生が担当している重症患者がいて、毎日泊まり込みで治療しているって」

目の前にやって来た郷野は、苛立《いらだ》ちを隠すそぶりも見せずに答えた。

言葉を失った祐介は、案山子《かかし》のようにその場に立ち尽くす。視界の端で、諏訪野が「言わんこっちゃない」とばかりに天井を仰いだ。

「あそこのベッドの患者さんですよね。さっき三人でカルテを確認しました。解離性《かいりせい》大動脈瘤《だいどうみゃくりゅう》の手術後で、かなり厳しい状態が続いているって」

牧がベッドを指さす。祐介はおずおずと頷くことしかできなかった。

「なんで教えてくれなかったんですか？　さっき他に患者さんはいないって言ってたじゃないですか」

宇佐美の頬はかすかに紅潮していた。祐介は必死に言い訳を考える。

「いや、あの患者さんは俺がずっと診てきた人だから……」

「俺たちがついていたら邪魔になるってことですか？　それとも……」

郷野の目がすっと細くなる。

「心臓外科がきついって分かったら、俺たちがひるんで入局しないとでも思ったんですか」

図星を指され、言葉が継げなくなる。宇佐美が「やっぱりそうなんだ……」と華奢《きゃしゃ》な肩を落とした。

牧が一歩前に出る。

「平良先生、心臓外科が他の科に比べてとんでもなく忙しいことぐらい、当然知っています。僕たちはその上で入局を考えているんです。本当の現場を見せて欲しかったです」

もはや言い訳など見つからなかった。いたたまれなくなったのか、諏訪野は足音を殺しながら離れていく。

「……悪かった」

喉《のど》の奥から謝罪の言葉をしぼり出すが、研修医たちの静かな怒気がおさまる気配はなかった。

重い沈黙があたりに満ちる。息苦しさをおぼえた祐介が、シャツの襟元《えりもと》に手をやると、看護師が躊躇《ためら》いがちに声をかけてきた。

「あの……、平良先生。心電図、フラットになりました」

祐介と研修医たちは同時に振り返る。ベッド脇のモニターに表示されている心電図が一本の線になっていた。

「……ちょっと待っていてくれ」

祐介はゆっくりとベッドに近づいていく。患者の妻がベッドに横たわる夫にすがりついて、押し殺した泣き声を漏らしていた。

患者の家族たちに会釈《えしゃく》した祐介は、モニターの電源を落とし、人工呼吸器を止める。上下していた患者の胸の動きが止まった。患者の妻がはっと顔をあげる。真っ赤に充血した瞳《ひとみ》が祐介をとらえた。

「よろしければ確認をさせていただきます」

呆然《ぼうぜん》自失の妻は、周りの家族たちにうながされてベッドから一歩離れた。祐介はポケットからペンライトを取り出し、患者の顔を覗き込む。

「失礼しますね」

柔らかく声をかけながら患者の瞼《まぶた》を開け、ペンライトの光を当てる。両目の瞳孔《どうこう》は完全に散大していた。続いて入院着の胸元を開く。薄く血の滲んだガーゼを取り外すと、痛々しい手術痕《しゅじゅつこん》が上下に走った胸が露出した。祐介は聴診器を当てる。心拍も呼吸音も聞き取れなかった。

耳から外した聴診器を首にかけると、患者の入院着をきれいに直し、家族たちを見回す。

「確認させていただきました。二十三時五十二分、ご臨終です」

祐介は深々と頭を下げた。それにつられるように、家族たちも頭を下げていく。しかし、患者の妻だけが虚《うつ》ろな目をベッドに向け続けていた。

「これから管を外してお体をきれいにし、その後、ご家族とのお時間をお取りいたします。よろしければ、部屋の外の椅子に座ってお待ちください。それほど時間はかかりませんので」

「よろしくお願いいたします」

患者の長男である男性が頭を下げると、母親に「行こう」と促す。患者の妻は魂が抜け落ちたような状態のまま、息子に肩を抱かれてベッドから離れていった。

看護師たちが手慣れた動きで、患者の体から点滴や心電図のラインなどを取り外していくなか、祐介はナースステーションへと足を向けた。死亡診断書を書かなくてはならないし、それ以上に気の重い仕事が残っていた。

三人の研修医が複雑な表情で祐介を迎える。

「……亡《な》くなったんですね」

抽斗から死亡診断書をとりだしていると、牧がおずおずと声をかけてきた。

「ああ……」

祐介は椅子に腰掛け、死亡診断書を書きはじめる。

「患者さんは亡くなった。もう仕事はないから、君たちは帰っていいよ」

そのセリフが、研修医たちの怒りに油を注ぐものであることは分かっていた。しかし体が、そして心が重く、言葉を選ぶことができなかった。

「そういう問題じゃ……」

宇佐美が唇をとがらすが、それ以上言葉が続かなかった。

ねっとりと粘着質な時間が流れていく。祐介は黙々と死亡診断書の空欄を埋めていった。

「……平良先生」

唐突に声がかけられる。ペンを止めると、いつの間にか患者の長男がそばに立っていた。その隣には、うなだれた患者の妻がいる。祐介はあわてて立ち上がった。

「どうかなさいましたか？」

「母がどうしても先生に伝えたいことがあるというので」

「伝えたいこと、ですか？」

聞き返すと、妻は祐介と視線を合わせる。涙に濡《ぬ》れたその目は、まだ完全には焦点を取り戻してはいなかった。

「このたびはご愁傷様です。力及ばず残念です」

「主人が……主人が本当にお世話になりました！」

嗚咽《おえつ》まじりの声を出しながら、妻は勢いよく頭を下げた。

「きっと、主人も先生には感謝していると思います。あんなに一生懸命診てもらって。主人に代わってお礼を言いたくて」

「そんな、私はただ普通のことを……」

困惑して胸の前で両手を振ると、彼女はまっすぐに目を見つめてきた。

「いえ、そんなことありません。今日の昼、先生は主人の顔についていた汚れをきれいに拭《ぬぐ》ってくださいました。私も気づいていないぐらいの小さな汚れだったのに。それに、意識がない主人にいつも優しく声をかけてくださって、私をはげましてもくれました」

患者の妻は祐介の右手を両手で摑《つか》む。痛みをおぼえるほど力強く。

「最期に先生みたいな方に診ていただいて、主人は本当に幸せだったと思います」

再び嗚咽を漏らしはじめた彼女の背中に、祐介は空いている手を添えた。

「ご主人は奥さんが入院中ずっとついていてくれたことの方が幸せだったと思いますよ」

嗚咽の声が一段と大きくなった。患者の長男が、母の肩を抱く。

「先生、本当に両親がお世話になりました。母さん、それじゃあ行こう」

患者の妻は何度もうなずきながら、息子とともに離れていった。全身に纏わりついていた疲労感が少し、ほんの少しだけ薄くなった気がした。

再び椅子に腰をおろした祐介は、険しい顔を浮かべたままの研修医たちを見回す。

「俺はこれから死亡診断書を書いて、患者さんを見送らないといけない。君たちは帰って明日からの研修に備えてくれ。休めるときに休むのも、仕事のうちだから」

研修医たちは顔を見合わせ、小声でなにやら話し合ったあと祐介に向き直る。

「……今日のところは失礼します」

渋い表情の宇佐美が言うと、三人は身を翻《ひるがえ》して出口へと向かって歩き出す。彼らの姿が自動ドアの向こう側に消えたのを確認した祐介は、肩を落として死亡診断書の記入を再開した。

最悪のスタートとなってしまった。こんなことで、果たして明日からやっていけるのだろうか。

ペン先が紙をこする乾いた音が、むなしく辺りに響いていた。

4

無影灯に照らされた術野の中で、深紅の上腕動脈が拍動する。

「もう少し開いて」

持針器《じしんき》と鑷子《せっし》を持った祐介は、対面に座る郷野に声をかける。郷野は無言のまま、両手に持った鉤《こう》を左右に引いて術野を広げた。

ＩＣＵの患者を看取《みと》った翌日、祐介は朝から三件のシャント造設術を続けざまに行っていた。腎不全で透析が必要になった患者の上腕部を開き、動脈と静脈を吻合《ふんごう》して、透析時に使用するシャントと呼ばれる血管を作る手術。

すでに二件の執刀を終え、これが最後の手術だった。一件ごとに助手をしてもらう研修医を替えているのだが、郷野は手術中、返事もしなければ目を合わせることもしなかった。

今朝、牧と宇佐美はどこかよそよそしいながらも、昨日とそれほど変わらない様子だった。だが、郷野だけは反抗的な態度を取り続けている。医療はチームで行うものだ。その一人が非協力的になれば、患者が不利益をこうむりかねない。注意するべきなのかもしれない。

しかし、そもそもの原因が自分にあるという引け目が、叱《しか》ることを躊躇わせていた。

血管を吻合していた祐介は、右手の中指に痺《しび》れをおぼえ、手を止める。

よりによってこんなときに……。中指からかすかに生じた震えは、持針器、そしてその先の針へと伝わっていった。

ふと視線を感じた祐介が顔をあげると、目を細めた郷野が小馬鹿にするように鼻を鳴らした。あからさまな侮蔑《ぶべつ》に、頭に血が上っていく。怒りと恥辱が痺れを塗りつぶし、針の震えが止まった。

血管縫合を再開し、ほんの数分でシャント血管を作った祐介は、血流に問題がないことを確認して皮膚を縫い合わせていく。

閉じた傷口にガーゼを当てて固定すると、「お疲れ様でした」と患者の体にかけられた青い滅菌シートを剝《は》がした。患者の顔に安堵《あんど》が浮かぶ。

手術台から離れた祐介は、羽織っていた滅菌ガウンを首元から破り、外した手袋と一緒に丸めてゴミ箱へと捨てた。ガウン内に籠《こ》もっていた熱気が放散していき、いくらか気分が晴れる。そのとき、郷野が声をかけてきた。

「平良先生って、たしか九年目なんですよね」

「ああ、そうだけど……」

警戒しつつ答えると、郷野は唇の片端を上げた。

「今日の手術って、九年目の心臓外科医がやるような手術なんですか？　シャントなんて、腎臓内科医でもつくったりするじゃないですか」

「……血管の専門外科がつくった方が長持ちするから、うちの病院では心臓外科の仕事なんだよ」

内心の苛立ちを押し殺しつつ説明すると、郷野は手術帽の上からがりがりと頭を掻いた。

「そりゃあ、心臓外科医の方がうまいのはわかりますよ。けれどこんな小手術、もっと若手がやるべきじゃないんですか？　わざわざ九年目がやらなくても」

「若手がやることもあるよ。ただ、なんというか……、こういう簡単な手術は依頼が多いんで、みんなで手分けしてだね……」

本当のことを言っているだけなのに、なぜかしどろもどろになってしまう。郷野はわざとらしく肩をすくめた。

「簡単な手術？　その割には手が震えてませんでしたか？」

表情を強張《こわば》らせる祐介の前で、郷野はしゃべり続ける。

「手術っていうから、てっきり開胸《かいきょう》手術を見られると思っていました。もしかして平良先生じゃまだ、心臓手術のオペレーターはさせてもらえないんスか？　針谷先生なら、もう十分にできそうでしたけどね」

全身の細胞がざわりと震えた。なんで針谷の名前が出てくる？　俺があいつより劣っているっていうのか？

コンプレックスが化学反応を起こし、激しい怒りが全身を駆け巡る。握った両拳《こぶし》がぶるぶると震えだした。

怒声を上げかけたとき、鋭い声が空気を震わせた。

「郷野君!」

宇佐美が郷野の前に立ちはだかる。一喝された郷野は、「なんだよ」と下唇を突き出した。

「なんだよじゃないでしょ。いくらなんでも調子に乗りすぎ。ちゃんと謝りなさい」

小柄な宇佐美が体格のいい郷野を叱りつけている姿は、どこかコミカルだった。全身を駆け巡っていた怒りが消えていく。

唇をへの字にして黙り込んだ郷野は祐介を一瞥《いちべつ》すると、逃げるように手術室から出て行った。

「すみません、平良先生」牧が首をすくめる。「あいつ、悪いやつじゃないんですけど、ちょっと子供っぽいところがあって」

「いや、いいんだよ」

彼をそうさせてしまった原因は自分にある。それを棚に上げて叱ろうとしたことを反省していた。

「まあ、午後の回診には参加してくれるだろ。それじゃあ手術も終わったし、昼食に行こうか」

つとめて明るく言うと、牧と宇佐美が顔を見合わせる。二人の顔は明らかに、「どうやって断ろう？」と語っていた。

「いや、予定があるならべつにいいんだよ」

祐介は慌《あわ》てて取り繕う。

「すみません。午後の回診までに郷野君と会って、ちょっと話をしておきたいんで」

「気にしないでくれ。それじゃあ、十三時に病棟に集合で」

二人は「はい、分かりました」と言い残して手術室から出ていった。

すでに患者も看護師に連れられて退室している。一人残された祐介は天井を仰ぐ。蛍光灯の漂白された光が顔に降り注いだ。

郷野ほど露骨ではないにしろ、牧と宇佐美との間にも壁ができてしまっている。それほどまでに昨夜の出来事は、彼らの信頼を損なうものだったのだろう。

……とりあえず回診までに飯を食っておくか。祐介は出口へと向かう。食欲はなかったが、なにか腹に入れておかないと、あとあときつくなる。

重いため息が、がらんとした手術室の空気を揺らした。

「ここ空いてる?」

もそもそと、ざるそばを咀嚼《そしゃく》していると、白衣姿の長身の女性が丼《どんぶり》の載った盆を手に声をかけてきた。軽くウェーブのかかった髪を、後ろで束《たば》ねている。化粧っ気の薄い顔には、悪戯《いたずら》っぽい笑みが浮かんでいた。心臓外科の准《じゅん》教授である柳沢千尋《やなぎさわちひろ》だった。

心臓外科には成人の冠動脈疾患や弁膜症などに対して治療を行う成人心臓外科グループと、小児の先天的な心臓形態異常などの治療を行う小児心臓外科グループの、二つの集団が存在する。

成人心臓外科グループのトップは主任教授でもある赤石が務め、小児心臓外科グループはこの柳沢が責任者として牽引《けんいん》していた。

「あ、ヤナさん。どうぞどうぞ」

「ありがと」

柳沢は対面の席に腰掛けると、足を組んで髪を掻き上げる。四十代半ばのはずだが、凛《りん》とした美貌《びぼう》と張りのある肌は三十代でも十分に通用する。

「助かった助かった。全然席がなくてね」

柳沢は丼のふたをとる。カツ丼《どん》から湯気が昇り立った。

「カツ丼ですか。胃もたれしません？」

「なに言ってるの、仕事するにはエネルギーが必要でしょ。平良君こそ、もっとガツンとしたもの食べないと。奢《おご》ってあげようか」

柳沢はカツを一切れ、口の中に放り込む。

「最近胃の調子が悪いんで、軽いものがいいんですよ」

「ちょっと疲れすぎじゃない？　目のくますごいよ。アイシャドーみたい」

柳沢は自分の目の下をなぞる。

「睡眠不足なもんで……」

「外科医は体が資本なんだから、うまく時間を見つけて体を休めときな」

「ですよね」

祐介は素直にうなずいた。他の者に指摘されたら「休みたくても余裕がないんだよ」と反感をおぼえるかもしれないが、柳沢に言われると自然と受け入れてしまう。四年前、レジデントだった祐介が下についた際、柳沢は指導医として心臓外科の基礎を熱意を持ってたたき込んでくれた。そのこともあって、祐介はこの江戸っ子気質の准教授を心から信頼していた。

「そういえばさ、なんで一人なの？　昨日から研修医が三人もついているんでしょ」

カツ丼を半分ほど平らげたところで、柳沢は辺りを見回す。

「……どこか違うところで食ってるはずです」

「ちょっと、そんなことで大丈夫？　三人のうち二人以上入局させないと、富士第一に行けないんでしょ」

柳沢はきれいに整えられた眉《まゆ》をしかめた。

「……よく知ってますね」

「けっこう噂《うわさ》になってるからね。肥後君が『研修医二人入れたら、富士第一への出向考えてやるって、平良の奴《やつ》に言ったんですよ』とかふれ回っていたよ」

柳沢は肥後の口調を真似《まね》る。

「逆に言えば、二人以上入れないと富士第一には行けないってことなんですよね」

自虐的《じぎゃく》につぶやきながら、祐介はそば湯をつゆに注いだ。

「いいじゃない。私はチャンスだと思うよ。あの肥後君のことだし、このままだと間違いなく針谷君を富士第一に出向させてたでしょ」

針谷の名前が出た瞬間、顔の筋肉が蠕動《ぜんどう》する。

「ま、たしかに針谷君は優秀よね。手術の腕もいいし、なんでも要領よくこなす。十分、富士第一に出向する資格がある。けどね……」

柳沢は目を覗《のぞ》き込んできた。

「平良君にも同じくらい、富士第一に出向する資格があると私は思ってる」

「え？」

「たしかに君は、針谷君に比べたら要領がよくない。うまく他人に仕事を割り振れなくて疲れ果てちゃっているし、手技に関しても、針谷君みたいな天才肌じゃない」

祐介が唇を尖《とが》らせると、柳沢は「ただね」と微笑《ほほえ》んだ。

「君は努力を惜しまない。空いてる時間があれば縫合の練習をしているし、内科的な知識もしっかりしている。患者からの受けもいい。針谷君に才能で劣るぶんを、努力で補っている。その努力は報われるべきだと私は思っているよ」

「……どうも」

なんと言っていいのかわからず、祐介は頭を掻く。

「だから、頑張って研修医たちの相手をしてあげな。むりやり勧誘したりする必要はない。普段どおり、自然体でいればいいの」

「自然体、ですか……」

そういえば、諏訪野にも似たようなことを言われたな。

「まあ、もしものときは、うちの小児心臓外科グループにおいで。平良君なら大歓迎。

ちゃんと一人前のオペレーターになれるように、しっかり面倒見てあげるよ」

柳沢はにっと口角を上げると、残っている丼の中身を掻き込んでいく。

「ありがとうございます。もしもの時はお願いします」

祐介は心から礼を言う。柳沢と話したことで、胸に重くのしかかっていたものがいくらか軽くなった。

まだ研修ははじまったばかりだ。きっと、挽回《ばんかい》するチャンスはあるはずだ。

祐介は気合いを入れると、そば湯で割った汁を一口すすった。

5

「それじゃあ、予定どおり退院は明日になります」

ベッドに横たわる初老の女性に声をかける。

「本当に先生にはお世話になりました。ありがとうございます」

ベッドのうえで上体を起こすと、女性は深々と頭を下げた。

「ご本人が頑張ったからですよ。ただ、これからも定期的に状態を診ていく必要があるので、外来には忘れずに来てくださいね」

「もちろんです。這《は》ってでも駆けつけます」

「這わないといけないときは、ちゃんと救急車を呼んでくださいね」

軽口を叩《たた》いた祐介は、研修医を引き連れて病室を出た。

「そういうことだから、宇佐美さん。退院手続きと、退院後の療養計画書お願いできるかな」

いまの患者を担当している宇佐美が、「はい」とうなずいた。

宇佐美の斜め後ろで郷野が露骨にそっぽを向いていることに気づき、自然と眉根が寄る。そのうち態度が軟化するかと儚《はかな》い期待を抱いていたが、時間が経つほどに郷野は頑《かたく》なになっている気がする。

もやもやとした気持ちのまま、祐介は研修医と廊下を歩いていく。回診は順調に進んでいて、残す患者は一人となっていた。

祐介は扉をノックして、個室の病室へと入る。六畳ほどの簡素な空間。窓際に置かれたベッドに、高齢の男性が横たわっていた。先週から入院している高橋吾郎《たかはしごろう》という名の患者だった。ベッドわきの椅子には、患者の妻と娘が腰掛けていた。

「ご体調はいかがですか、高橋さん。胸の痛みはありませんか？」

祐介はベッドに近づいていく。

「おかげさまで入院以来、胸は痛くありません」

「そうですか。それはよかった」

「それで先生、治療の方はどうなんでしょう？ 手術が必要かどうかは……」

高橋は不安に顔を歪《ゆが》めながら、身を起こした。

「この前もご説明したとおり、明日の会議で最善の治療方法を決定したうえで、ご説明します。申し訳ありませんけど、明日までお待ちください」

高橋は「……分かりました」と顔を伏せた。

現在八十歳の高橋吾郎は、先週「最近、歩くと胸が重くなる」と近所のクリニックを受診した。心臓外科医局のOBであるそのクリニックの院長に『すぐに精密検査が必要』とこの純正医大附属病院を紹介されて検査を行ったところ、冠動脈の数ヶ所に著しい狭窄《きょうさく》を認めたため、緊急入院となっていた。

「あの……、胸を開かないでやる手術ってやつもあるんですよね？」

おずおずと高橋が訊《たず》ねてくる。

「カテーテル治療ですね。足のつけ根か手首の動脈からカテーテルを心臓まで進めて、詰まっている部分の冠動脈を風船で広げる治療です」

「そっちにしてもらうわけにはいきませんか？ 胸をかっさばかれるのはどうにも」

「残念ですが、カテーテル治療は病変の長さや場所によっては行えないことも少なくないんです」

「そうなんですか……」

高橋は力なくうなだれた。

「さっきも言いましたように、明日の会議でベストな治療を決めさせていただきます。そのうえでまた詳しくご説明しますから」

「はい……、よろしくお願いします」

顔を上げることなく、高橋は弱々しくつぶやいた。

その後、胸部の聴診など一通りの診察を終えた祐介は病室をあとにする。

「よし、回診は終わりだ。あとはカルテを書いて、検査と処方箋《しょほうせん》の入力をしよう」

廊下に出た祐介は研修医たちを見回す。牧と宇佐美は「はい」と頷いたが、郷野が返事をすることはなかった。

どうしたもんか……。内心辟易《へきえき》しながらナースステーションに戻ると、祐介は電子カルテの前に座り、高橋のデータを画面に映し出す。

明日、冠動脈疾患患者の治療について心臓外科と循環器内科が話し合う、『冠動脈カンファレンス』がある。そこで、高橋についてのプレゼンをしなければならない。

冠動脈カンファレンスでは、治療法をめぐって心臓外科と循環器内科の間で激しい火花が散ることも少なくなかった。心臓外科による冠動脈バイパス術か、循環器内科によるカテーテル治療。どちらが適しているのか、はっきりしている場合は揉《も》めることはない。問題はどちらの治療が適しているのか微妙な症例だ。

ディスプレイに映る高橋の冠動脈の画像を見ながら、祐介は頭を掻く。この高橋こそ、まさに典型的な『微妙な症例』だった。

三本の冠動脈のいたるところに狭窄が見られるが、高度な狭窄は数ヶ所だけだ。それらをカテーテル治療で広げれば、とりあえず狭心症は起こらなくなるだろう。しかし、これだけ血管が劣化していると、今後冠動脈の一部が閉塞《へいそく》するリスクは高い。バイパス血管を繋《つな》いでおけば、その際に心筋梗塞《しんきんこうそく》を起こすのを防ぐことができる。ただ八十歳という年齢を考えると、侵襲《しんしゅう》は少ない方が……。

「平良先生」

腕を組んでディスプレイを睨《にら》んでいると、牧が声をかけてきた。

「ああ。カルテの記入は終わった？」

「はい、終わりました。あとで確認お願いします。あと、ちょっとお願いがあるんです。明日の冠動脈カンファで高橋さんの発表をしますよね。それ、僕にやらせてもらえませんか？」

「高橋さんの症例発表を？」

祐介は目をしばたたく。

「はい、高橋さんは僕の担当です。この二日間でカルテも読み込んで、すべての情報は把握しています。ぜひ明日の発表を任せてください」

「なんで、そんなに明日のカンファにこだわるんだい？」

「僕は将来、研究の道に進みたいので、発表の経験をつんでおきたいんです。それに明日のカンファには、赤石教授も参加しますよね。もし心臓外科に入局するとしたら、教授の研究グループに入りたいと思っているんです。それで……」

なるほど、発表でいいところを見せて、赤石教授にアピールしたいということか。

納得した祐介は腕を組む。冠動脈カンファレンスでの発表次第で、患者の治療方針が大きく変わることもある。そんな重要な発表を研修医にまかせていいものだろうか？　彼等に発表の機会は与えるつもりだったが、治療方針には直接かかわらないカンファレンスを考えていた。

数十秒考え込んだあと、祐介は牧を見た。

「分かった、任せるよ。ただ、しっかりと発表できるように、仕事が終わったら俺と内容を詰めよう。それでいいかな」

　ここまで熱意を持っているなら、それを汲《く》んでやるのが指導医の務めだろう。サポートをしてやれば、しっかりとした発表ができるはずだ。

　牧は表情をほころばせると、珍しく腹の底から声を出した。

「はい、ぜひお願いします！」

「……なので、重要なのは既往に糖尿病があることと、狭窄している冠動脈の位置だ。特に問題になってくるのが、ここの左冠動脈起始部にある軽度の狭窄で、それをどう評価するかが話し合われると思う」

　祐介が電子カルテのディスプレイを指さしながら説明する。

　ディスプレイの右下には『21：12』と時刻が表示されている。祐介はこの二時間ほど牧に、冠動脈カンファレンスの流れ、発表の形式、持っていくべき資料、発表症例の重視するべき点などを事細かく説明していた。自ら発表を望んだだけあって牧は真剣に耳を傾け、発表のプランを練っている。

「ここまでで、分からないところはあるかな？」

「この症例が開胸でバイパス術を行うべきか、それともカテーテルで治療した方がいいのか、発表者は意見を述べるんですか？」

「いや、基本的にはそこまでしないよ。患者さんの状況について説明し終わったら、それをもとにドクターたちが話し合って治療方針を決めるんだ。ただ、どちらの治療がいいか揉めた場合、参考として発表者の意見を聞くこともある」

そして、この症例は高い確率で揉めるだろうな……。祐介は胸の中で付け足した。

「それじゃあ、僕も意見を求められた時のために、どちらの治療方法がいいかをまとめておいた方がいいですね」

「いや、そこまではしなくても……」

研修医にそこまで求めるのは、さすがに責任が重すぎる。

「あ、もしかして心臓外科としては、できるだけバイパス術で治療する方が望ましいって言うべきなんですか？　その方が手術症例が増やせるから」

祐介の言いよどみを違う意味にとった牧が、湿った視線を送ってくる。

「え？　いやいや、そんなことはないよ。うちの科の患者でもカテーテルの方が望ましいなら、そう主張しないと。患者に最適な治療を選ぶのがカンファの目的なんだから」

祐介があわてて言うと、牧の表情が緩んだ。

「それを聞いて安心しました。じゃあ、僕はこれから図書室に行って、どちらの治療法が適しているのか文献を調べてみます。今日はわざわざご指導くださってありがとうございます」

牧は頭を下げて席を立った。

「これから論文を調べるのか？　俺も手伝おうか？」

「いえ、そこまでしていただかなくても結構です」

つられて立ち上がった祐介に、牧ははっきりと言う。その過剰なまでに慇懃《いんぎん》な態度には、軽い拒絶が滲《にじ》んでいた。郷野ほどではないものの、牧もまた昨夜のことに不信感をおぼえているのだろう。

「そうか……。あまり無理はしないようにな」

祐介がそう言ったとき、「おい、平良！」というだみ声が響いた。振り返ると、医局長の肥後がナースステーションに入ってきていた。

「あ、肥後先生。どうも」

「噂で聞いたぞ。お前、明日の冠動脈カンファで、高橋さんのプレゼンを研修医にさせるつもりだってな」

近づいた肥後は祐介の鼻先に指を突きつける。どうやら、ここでプレゼンの打ち合わせをしていることを誰かから聞いたようだ。

「ええ、この牧君にまかせようと思っていますけれど……」

軽くのけぞりながら答えると、ブルドッグを彷彿《ほうふつ》させる肥後の顔が複雑にゆがんだ。どうやら、研修医に症例発表をさせたくはないが、牧を前にそれを口に出せないらしい。入局の可能性がある研修医をないがしろにできないのだろう。

「……ちゃんと指導しているんだろうな」

「ええ、もちろん。牧君は優秀ですから、しっかりとしたプレゼンができるはずです」

祐介が答えると、肥後は苛立たしげにかぶりを振った。

「違う、違うんだよ！　馬鹿かお前は。俺が言いたいのはそういうことじゃないんだよ！」

「そういうことじゃないと言いますと……？」

「察しの悪いやつだな。明日、あの患者のプレゼンをしたら、間違いなく循内の奴らはカテで治療するって言い出す。患者の年齢が高いから、侵襲性が低い方がいいってな」

「はあ、そうですね」

「まだ分からねえのかよ。いいか、あの症例はバイパスかカテかで揉める症例だ。そして主治医の意見を聞かれて、それが治療の決定に大きな影響を及ぼす」

「……はい」

肥後の意図に気づき、祐介は頭を抱えたくなる。できればこの話を牧に聞かせたくなかった。しかし、肥後の舌は止まらない。

「いいか、どんなことがあってもこの症例はバイパスにしろ。せっかくうちの科のOBが俺の外来に送り込んできてくれたんだ。俺が執刀しないでどうするんだよ」

牧が目を剝《む》くのを見て、祐介はほぞを嚙《か》む。肥後はこう言っているのだ。「せっかくの獲物を絶対に逃がすな」と。

もし高橋が開胸手術を受ける場合、慣例的にその執刀医は外来で診察をした肥後が務めることになる。純正医大心臓外科では、バイパス術の大部分は絶対的な腕を持つ赤石により執刀されていた。肥後が執刀できるのは、スケジュール的にどうしても赤石や准教授が執刀できない場合と、高橋のように紹介状を持って直接自分の外来に送られてきた場合ぐらいだ。

心臓外科医が技術を維持するためには、定期的に執刀を行う必要がある。だからこそ、肥後はどんなことをしても高橋を執刀したいのだ。

祐介はすぐには答えられなかった。外科医として肥後の気持ちは分からなくはない。しかし、患者の治療法を限定するなんて……。

「あの……」

言葉を探していると、牧がおそるおそる声を上げた。

「なんだ？」

肥後のたるんだ頰の肉が、ぴくりと動く。

「こちらの都合で患者さんの治療を決めるのは、なんというか……間違っていると思います。心臓外科と循環器内科のドクターがしっかりと議論をして、患者さんに一番適した治療法を決めるべきだと思います」

「循内と協力？」

「そうです。同じチーム医療を行う仲間なんですから……」

「敵だ！　あいつらは仲間なんかじゃねえ。敵なんだよ！」

「敵……？」牧はあんぐりと口を開ける。

「ああ、そうだ。心臓外科医にとって、循内は敵だ。あいつらがカテーテルで心筋梗塞や狭心症を治しちまうから、俺たちの執刀数が少なくなっているんだ。あいつらは俺たちから患者を奪ってるんだよ」

「それは……、治療の進歩だから……」

困惑の表情でつぶやく牧を、ハエでも追い払うように手を振って黙らせると、肥後は祐介を睨む。

「平良ぁ、おめえは指導医なんだろ。それくらいのこと、ちゃんと研修医にたたき込んでおけ」

牧から注がれる冷たい視線を横顔に感じながら、祐介は「……はい」とあごを引いた。

「いいか、もしあの患者を循内にとられてみろ。当分、第一助手はできると思うなよ」

背筋が冷たくなる。執刀医の対面に立つ第一助手、それは祐介のような修業中の外科医にとってはもっとも重要な仕事だった。執刀医の手術を補助しつつ、目の前で行われている技術を盗む。いまだに徒弟制度に近い教育システムをとっている外科の世界において、第一助手から外されるということは、腕を磨く機会を奪われることに他ならない。そして、手術の助手選定を一任されている医局長がその気になれば、祐介を手術に入れないなど容易なことだった。

肥後は「忘れるなよ」と言い残すと、重い足音を残して去っていく。

「……平良先生」

立ち尽くしていた祐介は、牧に声をかけられて我に返った。

「あ、ああ、悪い。ぼーっとして」

「医局長が言っていたのは本当ですか？　心臓外科医にとって循環器内科は『敵』だって」

牧の口調はどこまでも硬かった。

「いや、そんなことは……」

祐介自身はそんなふうに考えたことはなかった。しかし、心臓外科医の中には肥後のように考える者も少なくない。

「僕は心臓外科と循環器内科は協力して、お互いを補完しながら治療を行っていると思っていました。それがチーム医療というものだと思います。お互いが敵視し合っていては、患者さんが不利益をこうむると思います」

牧は悔しげに唇を嚙む。

「も、もし、明日のカンファレンスをやるのが嫌だったら、俺が……」

「やります！」

卑屈に発した祐介の提案を、牧の大声がかき消した。

「僕にやらせてください！」

「そ、それじゃあ頼むよ。医局長の言ったことは気にしなくていいからさ」

「……本当にいいんですか？」

牧はあごを引いて、祐介を睨《ね》め上げた。

「え？」

「本当に医局長に言われたことを気にしなくていいんですか？　意見を聞かれたとき、カテーテルの方がいいと思ったら、正直にそう言っていいんですか？」

「当然だよ」そう言おうとした。しかし、なぜか舌がこわばって言葉がでなかった。

牧の表情に落胆が浮かぶ。

「……図書室に行きます」

「あ、牧君……」

慌てて声をかける。しかし、牧は振り返ることも、足を止めることもしなかった。

「ただいま」

「おかえりー」

玄関扉を開けると、明るい声とともに、妻の美代子が小走りにやってくる。

「お疲れ様。あれ、表情がさえないね。なにか嫌なことでもあった?」

一瞬、「そんなことないよ」と誤魔化そうとするが、三十年近い付き合いの妻に見抜かれないわけがないと思いなおす。

「いろいろと疲れることがあってね」

「そうなんだ。とりあえずご飯まででしょ。用意するから少しくつろいでいて」

無理に「疲れること」の内容を聞き出さない心遣いが嬉《うれ》しかった。

幼なじみだった美代子と結婚したのは、二年の初期研修を終え心臓外科に入局してすぐの頃だった。

娘の真美が生まれた後は仕事から離れていた美代子だったが、真美が幼稚園に入園したのを機に、司法書士の資格を生かして近所の法律事務所で非常勤として働きはじめている。そのため、幼稚園への迎えは、近所に住んでいる祐介の母親が引き受けていた。

「真美は?」

祐介がリビングを見回すと、美代子は唇の前に人差し指を立て、その指で寝室をさす。

「ああ、もう寝ている時間だよな」

時刻は午後十時を回っていた。牧のプレゼンの準備に付き合っていたので、こんな時間になってしまった。

牧の冷めた表情が脳裏に蘇《よみがえ》り、祐介は口を固くむすぶ。余計なことさえしなければ、牧に軽蔑されることもなく、娘との時間を楽しむことができたというのに。何もかもがうまくいかない。

祐介はゆっくりと寝室の引き戸を開ける。薄暗い部屋の中、ぬいぐるみがたくさん置かれた小さなベッドの上で、真美が小さな寝息を立てていた。

足音をしのばせながらベッドに近づいた祐介は、起こさないように気をつけつつ娘の頭を撫《な》でる。絹のような髪の手触りが、毛羽だった心をわずかに癒《い》やしてくれる。なにか楽しい夢でも見ているのか、その寝顔は幸せそうだった。

リビングに戻ると、美代子がダイニングテーブルに食器を並べていた。

「準備できたよ」

「ああ、ありがとう」

味噌汁《みそしる》と肉じゃが、そして鶏肉の炒《いた》め物を前にして、「いただきます」と手を合わせる。食欲を刺激する匂《にお》いが漂ってきた。

味噌汁を一口すする。口の中に温かく優しい味が広がった。

箸《はし》を動かして、炒め物を口の中に運んでいると、美代子が対面の席に腰掛けた。自分と祐介の前にコップを置き、ノンアルコールビールを注《つ》いでいく。

「いつもお疲れさま」

「美代子こそ、仕事と家のこと大変だろ。苦労かけて本当に悪いな」

「お義母《かあ》さんが色々手伝ってくれるから、それほどじゃないよ。とりあえず乾杯しましょ」

美代子がコップを掲げる。祐介は自分のコップを軽くぶつけると、細かい泡がはじける琥珀《こはく》色の液体を喉《のど》の奥に流し込んだ。冷たい刺激が口から食道を駆け下りていく。

「どう、久しぶりのビールの味は？」

「ビールといっても、『もどき』だけどな」

苦笑しながら、もう一杯注いでもらう。ここ数年、ほとんどアルコールを口にしていなかった。当直以外でもたびたび病院に呼び出されるため、酔うわけにはいかないのだ。

「慣れればこっちも美味《おい》しいじゃない」

美代子もコップに口をつける。

「本当のビールの味を忘れかけてるよ」

祐介は箸を動かしていく。病院に泊まり込んでいるときは、カップラーメンなどで夕食を済ますことが多いので、妻の料理を食べられることが嬉しかった。

ものの十分ほどで料理をすべて胃の中におさめた祐介は、「ごちそうさまでした」と再び両手を合わせる。美代子は「お粗末さま」と、食器をまとめて台所に持っていった。

ソファーに移動した祐介は、残ったノンアルコールビールをちびちびと飲んでいく。明日のカンファレンス、一体どうなるのだろう？　忘れかけていた不安が胸をよぎった。

「悩み事？」

いつの間にか洗い物を終えた美代子が、顔を覗き込んでくる。

「いや、べつに悩みってわけじゃないよ」

「本当？　眉間《みけん》にしわが寄っていたよ」

美代子はおどけながら祐介の額に触れた。祐介は数秒迷ったあと、ぼそぼそと話しはじめた。

「……今月から、研修医を三人受け持っているんだ」

「三人？　いつもは一人じゃなかった？」

「ああ、だからいろいろと大変でね。しかも、三人ともうちの科への入局を考えているんで、指導だけじゃなくて勧誘もしないといけないんだよ」

「勧誘するのが負担なの？」

美代子は小首をかしげる。

「どうすれば心臓外科の魅力を伝えられるのか、分からないんだよ。ただでさえ忙しいから、落ち着いて考える余裕もなくて……」

「心臓外科の魅力かぁ。それなら、いつもどおりにしてればいいんじゃないかな」

美代子は軽い口調で言った。

「いつもどおり？」

「祐介君って、昔から心臓外科一筋でしょ。こんな大変な仕事なのに、一生懸命頑張っている。それって、心臓外科の仕事に魅力を感じているからなんじゃないの？」

「……まあ、そうかな」祐介は曖昧《あいまい》にうなずいた。

「ということは、普段の祐介君の姿を見せれば、その研修医たちも心臓外科の魅力に気づくんじゃない」

「ああ、……そうかもな」

きっとその通りなのだろう。諏訪野やヤナさんにも同じことを言われた。祐介は片手で目元を覆《おお》う。

変に研修医に気を使ったりせず、普段どおりにやっていればよかったのだ。しかし、すでに手遅れだ。

「美代子……、言っておかないといけないことがあるんだ」

「どうしたの、あらたまって？」

美代子の顔に軽い緊張が走った。

「たぶん来年の四月に、関連病院に出向することになる」

「ああ、そうなんだ。どこに出向するかはもう分かっているの？」

「まだ決まってないけど……、もしかしたら富士第一に行けるかも」

研修医たちを心臓外科に入局させられたらだけど……。内心でつけ足しながら、祐介は妻の反応をうかがう。美代子の顔には花が咲くように笑みが広がっていった。

「富士第一って、ずっと祐介君が行きたいって言っていた病院じゃない！」

「いや、まだ決まったわけじゃ……。ただ、その可能性もあるっていうだけで……」

「可能性だけでもいいじゃないの」

美代子の目が潤《うる》んでいるのを見て、胸に強い決意が生まれる。それ一流の心臓外科医になるという夢のために、家族には苦労をかけ続けている。それを無駄にするわけにはいかない。

富士第一総合病院は市街地の中心にある。家族で住むのに支障はないだろう。けれど、もし沖縄に飛ばされたら……。

冷たい震えが背中に走る。さすがに沖縄に家族を連れて行くのは難しい。運転免許を持っていない美代子に、車社会の沖縄での生活は難しいはずだ。

それに富士第一のような人気出向先と違い、純粋に人手が欲しい沖縄の病院に飛ばされたら、いつ東京に戻ってこられるのか分からない。下手をすれば、そのまま『島流し』になる可能性すらある。

家族と離ればなれになり、心臓外科の手術もできず、使い勝手のいい労働力として働かされ続ける。そんなこと、あっていいはずがない。

どんなことがあっても、研修医たちを入局させなければならない。けれど、どうやって……。

祐介はコップに残っていたノンアルコールビールを呷《あお》る。温《ぬる》くなったビールの苦みが口に広がっていった。

翌日、朝七時過ぎに医局に行くと、牧が電子カルテの前に座っていた。

今朝は八時から、週一回開かれる医局連絡会がある。それまでに来ればいいと伝えていたのだが、早めに来てカンファレンスの準備をしていたらしい。

「牧君、おはよう」

「……ああ、おはようございます」

牧は気怠《けだる》そうに挨拶《あいさつ》を返す。

「それ、高橋さんのカルテだよな。時間もあるし、発表のリハーサルしてみるかい？」

「いえ、大丈夫です。さっき、他の先生にいろいろとアドバイスをもらいましたから」

「他の先生？」

聞き返すと、「先輩、おはようございます」と背後から明るい声が響く。振り返ると、針谷が立っていた。

「針谷？　なんでこんなに早く？」

「昨日、当直だったんですよ。それで日誌を書きに医局に来たら、牧君が一生懸命今日のプレゼンの準備をしていたんで、発表の練習に付き合っていたんです」

「お世話になりました。すごく分かりやすかったです」

牧は丁寧に礼を言う。祐介にはそれが当てつけのように聞こえた。

「どういたしまして。それじゃあ先輩、俺はちょっと用事があるんで失礼しますね」

針谷は医局から出て行く。それを見た牧も、電子カルテの前から立ち上がった。

「僕も調べなおしたいことができたので、図書室に行きます」

祐介に声をかける隙《すき》も与えず、牧は早足で出口へと向かう。

苦い敗北感を胸に、祐介は拳《こぶし》を握りしめることしかできなかった。


居心地が悪い……。

ナースステーションで外来患者の診断書を書きながら、祐介は横目で研修医たちの様子をうかがう。三人は電子カルテの前に座り、黙々とキーボードを叩いていた。

時刻は午前十一時を少し回っている。朝の医局連絡会が終わったあと、祐介は研修医たちとともに病棟業務を行っていた。その間、重い雰囲気を払拭《ふっしょく》しようと牧や郷野に何度か声をかけたのだが、彼らは祐介と視線すら合わさず、小声で「はい」とつぶやくだけだった。宇佐美だけは会話を交わしてくれたが、あくまで指導医に対して失礼にならない程度にといったところで、雰囲気を改善するにはほど遠い。

　このままじゃ、入局させるどころか指導医の交代を要求されかねない。

なんとか信頼を取り戻さなくてはと気持ちは焦《あせ》るのだが、その方法が分からない。ストレスのせいか、みぞおち辺りがきりきりと痛んだ。

「平良先生。三人ともカルテの記入と、その他諸々《もろもろ》の業務終わりました」

　近づいてきた牧が報告する。

「あ、ああ、そうか。俺は午後外来なんで……」

「先生の外来を見学しても、他の先生の手術を見学してもいいんでしたね」

　祐介のセリフを遮るように牧は言う。

「三人とも手術の見学をすることにしました。午後に針谷先生のペースメーカー挿入のオペがありますので、それを見学させていただきます。針谷先生の許可も得ています」

「針谷の……」

「問題ありますか？」

挑発的に目を細くする牧を前にして、祐介はぎこちなく首を横に振る。

「いや……、問題なんてないよ」

「では、僕たちは先に昼食をとらせていただきます。お時間あるときに、カルテのチェックをお願いいたします」

抑揚のない口調で告げて離れて行こうとした牧を、祐介は反射的に「ちょっと待ってくれ」と呼び止める。

「なんですか？」

「いや、今日のカンファで高橋さんの治療方針を訊《き》かれたら、なんて答えるのかなと思って」

「……それって、昨日肥後先生が言っていたように、バイパス術を推すべきだっていう意味ですか？」

牧の眼差《まなざ》しに軽蔑《けいべつ》の色が浮かぶ。

「べつにそういうわけじゃ……」

「もし高橋さんがカテーテル治療になったら、自分が手術に入れなくなるからって、バイパス術を勧めて欲しいんですか？」

「なんでそんなふうに取るんだ。俺はただ、どうするのか聞いているだけじゃないか！」

　声が大きくなる。離れた位置にいた郷野と宇佐美が、いぶかしげな視線を向けてきた。唇をへの字に曲げたまま、牧は深々と頭を下げた。

「生意気なことを言って申し訳ありませんでした。きっと僕の誤解だったんでしょう」

　慇懃無礼な態度に、祐介は言葉が継げなくなる。

「ただ少なくとも僕は、患者さんの治療方針は医師の都合でなく、あくまで科学的な根拠に基づいてなされるべきだと思っています。それは間違っていますか？」

「……いや、間違っていないよ。その通りだ」

「ということは、カンファレンスで意見を求められたら、昨日肥後先生に言われたことは気にしないで、自分の意見を言っていいということですね？　その結果、平良先生がオペに入れなくなったとしても」

　オペに入れなくなるという恐怖が、一瞬舌をこわばらせる。

「ああ……もちろん、自分の思ったとおりに発表すればいい」

「平良先生、そんなに緊張しなくても大丈夫ですよ」

　牧は皮肉っぽく唇の端を上げる。

「だめだと言われても、僕は自分が調べた根拠に基づいた発言をします。けど、だからってそれが先生にとって悪いものとは限りませんから」

「はあ？」

思わず呆《ほう》けた声が零《こぼ》れる。しかし、真意を訊ねる間もなく牧は離れていった。研修医たちはナースステーションから出ていく。

完全に舐《な》められている。いや、もはや軽蔑されていると言うべきかもしれない。しかし、それもしかたがなかった。これまでに、あまりにも情けない姿をさらしてしまった。

肩を落としていると、遠くから「あの、平良先生……」というか細い声が聞こえた。振り向くとナースステーションの外に老婦人が立っていた。高橋吾郎の妻、マツだった。

「あ、高橋さんの奥さん。どうかしましたか？」

祐介はあわてて立ち上がり、廊下に向かう。

「あの、主人のことで少しご相談したくて……」

マツは伏し目がちに言う。もともと背中が曲がっているので、まるでお辞儀をしているかのような姿勢になる。

「治療方針の件でしょうか？　それにつきましては、夕方の会議で決定しますので、そのあとあらためて詳しくお話しさせていただきますけど……」

「いえ、治療のことは先生方にすべてお任せします。ただ、そのことではなく……」

マツは警戒するように周囲を見回した。その様子を見て、彼女がなにか深刻な話をしようとしていることに気づく。

「……ここではなんですし、場所を変えてお話をうかがいましょう」

祐介はマツを病棟の端へと連れて行くと、そこにある部屋へと案内する。

病状説明室。文字通り、患者やその家族に病状を説明する際に使用する狭い部屋だった。四畳半ほどの空間に、机とパイプ椅子《いす》、そして電子カルテだけが置かれている。

二人は机を挟んで座った。

「それで、どのようなお話でしょうか」

「実は……孫娘が今度結婚するんです」

マツは首をすくめるようにして言う。

「お孫さんが？」

「はい、一人だけの孫なんです。小さいときからよくうちに遊びに来ていまして。本当にお利口な子で、優しくて……」

「自慢のお孫さんなんですね。それで、お話とは？」

ほころんでいたマツの顔から、笑みが引いていく。

「主人は私以上に孫を可愛《かわい》がっていました。ですから、孫が結婚することになって本当に喜んでいました」

マツがなにを伝えたいのか、祐介は勘づいた。

「……お孫さんの結婚式はいつ頃なんですか？」

「三週間後の週末です」

「三週間後ですか」

「平良先生、主人の治療を結婚式が終わるまで延期するわけにはいかないでしょうか？」

「……かなり難しいです」

もともとしわの多いマツの顔に、さらにしわが刻まれる。

「以前も申し上げましたが、ご主人はいつ心筋梗塞を起こしてもおかしくない状態です。いまは薬によって一時的な対処をしていますが、できるだけ早く根本的な治療をする必要があります」

祐介はマツに理解してもらえるよう、噛んで含めるように説明する。

「けれど、いまのところ大丈夫なんですよね。それなら、ずっと入院して、結婚式の日だけ病院からタクシーで……」

「いえ、それはおすすめしません」

必死に提案するマツの前で、祐介は顔を左右に振る。

「病院にいれば、心筋梗塞を起こした場合でもすぐに治療することができます。けれど、外出時に急変したら適切に対処することは困難です」

マツは哀《かな》しげに目を閉じる。その姿に罪悪感をおぼえながらも、祐介は言葉を続けていった。

「ご主人を結婚式に参加させてあげたいという気持ちはよく分かります。けれど、主治医としては未治療での外出は許可できません」

「治療したら……、治療したら主人は結婚式に参加できるんですか？」

「残念ですが、保証はできません」

祐介は正直に言う。吾郎は八十歳と高齢であるうえ、糖尿病を患《わずら》っている。もし開胸《かいきょう》手術をするとしたら、長期間の入院が必要になる可能性が高かった。

「先生、あの人は最近、孫の結婚式に出ることができたらもう思い残すことはないとまで言っています。だから、どんなことがあっても参加させてあげたいんです。ただ、あの人はそういうことをお医者さんに言うのは失礼だって思っていて……」

マツは声を詰まらせると、涙が浮かんだ目で祐介を見る。

「……勝手なことを言って申し訳ありません。失礼いたします」

立ち上がったマツは、よろよろと扉に向かう。もともと小さなその背中が、さらに萎《しぼ》んでいるように見えた。


医局棟の二階にある会議室。四十畳ほどの部屋に、パイプ椅子に腰掛けた医師たちが三十人以上も正面向きに詰め込まれていた。人口密度の高さと張り詰めた空気に、息苦しさをおぼえる。

時刻は午後六時、これから週に一回開かれる冠動脈カンファレンスがはじまる。

会議室の正面にあるスクリーンの左右最前列には、心臓外科の教授である赤石と、循環器内科の教授である定森剛治《さだもりごうじ》が座っている。

べつに席順が決まっているわけではないのだが、正面向かって右側には心臓外科医が、左側には循環器内科医が陣取っていた。循環器内科医たちの中には、諏訪野の姿もある。

循環器内科は心臓外科の倍近い医局員を抱えているので、自然と心臓外科医たちが部屋の右隅に追いやられているような構図になっている。

この冠動脈カンファレンスは、心臓外科と循環器内科が一堂に会し、忌憚《きたん》ない意見を述べ合うことで、患者に最も適した治療を探っていくものだ。しかし、心臓外科によるバイパス術と、循環器内科によるカテーテル治療、どちらが適しているか微妙な症例が発表された際には、この空間は一瞬にして患者を奪い合う争いの場へと変化する。

もし、高橋吾郎がカテーテル治療を行うことになったら、当分大きなオペには入れなくなる。きりきりと痛むみぞおちを押さえつつ、祐介は斜め前の席にいる研修医たちを眺める。この場の独特の雰囲気に呑《の》まれているのか、彼らの表情は硬かった。特に、発表を控えている牧の額には、脂汗《あぶらあせ》すら浮かんでいる。

「時間になりましたので会議を開始します」

司会役の顎髭《あごひげ》を蓄えた男が声を上げる。赤石教授の右腕にして、成人心臓外科チームのナンバーツーである敷島和樹《しきしまかずき》准《じゅん》教授だった。心臓外科には敷島と、小児心臓外科チームのトップである柳沢の、二人の准教授がいる。

冠動脈カンファレンスでは心臓外科と循環器内科の准教授が、毎週交互に司会を務める。今週は心臓外科の番だ。敷島は今日まで海外の学会に行っていたが、この司会に間に合うように大学に戻ってきていた。

「今日は症例が多いので、さくさく進めていきましょう。それでは最初の症例は、小《こ》松一太《まついちた》さん、主治医は諏訪野先生。お願いします」

敷島に指名された諏訪野が「はい」と立ち上がる。

「六十三歳、男性。労作時の胸痛を主訴に、近医を受診……」

よどみなく患者の病歴を述べていった諏訪野は「お願いします」と、会議室の後ろにある操作台に座っている若い医師に声をかける。

「映します」

若い医師が言うと同時に部屋の明かりが落とされ、正面の巨大なスクリーンに冠動脈造影検査の映像が浮かび上がった。X線により透視された心臓が力強く拍動をする。

三本の冠動脈にくり返し造影剤が流し込まれ、その状態を映しだしていった。

「ごらんのように、右冠動脈の三番に九〇パーセントの狭窄《きょうさく》を認め、この部位が責任病変と考えております。心機能は……」

細かい説明を終えた諏訪野は、最後に「治療に対するご意見をお願いいたします」と一礼して席についた。一瞬、部屋に沈黙が降りる。

「……狭窄部位は一ヶ所だけだ。カテで問題ないだろ」

循環器内科医たちの中から声が上がる。同時に、循環器内科医の多くがうなずいて同意を示した。心臓外科医たちもうなずきこそしないものの、反対意見を口にすることはなかった。

「それでは、右冠動脈に対してカテーテル治療を行うということでよろしいですか？」

敷島は赤石と定森の二人の教授に声をかける。二人ともかすかにあごを引いた。

「では、次の症例に移りたいと思います。次は……」

会議が淡々と進んでいく中、祐介は数時間前に高橋マツと交わした会話を思い出していた。

マツの夫である高橋吾郎の冠動脈は、長年患ってきた糖尿病によってひどい狭窄を起こしている。未治療での外出は許可しない。主治医としてその判断は正しいはずだ。しかし、マツの悲痛な表情がどうしても頭を離れなかった。

「では次の症例に移ります。高橋吾郎さん、主治医は平良先生。お願いします」

名を呼ばれて我に返った祐介は、あわてて立ち上がる。

「えー、高橋吾郎さんの発表ですが、私の代わりに、現在当科で研修中の牧先生に発表していただきます。牧先生、お願いします」

「どうぞよろしくお願いいたします！」

牧はかすれ声を張り上げて、勢いよく立ち上がった。循環器内科医たちのなかから「頑張れよ、研修医」とからかうような声が飛ぶ。

「高橋吾郎さん、八十歳の男性。既往歴は六十三歳よりⅡ型糖尿病を患っていて、現在インスリン治療中です。現病歴としましては……」

手に持った資料に視線を落としながら、牧はたどたどしく発表を進めていく。

「……以上です。それでは、映像をお願いいたします」

牧が病歴の説明を終えると、スクリーンに高橋の冠動脈造影検査の映像が映し出された。造影剤によって冠動脈が黒く描き出されると、室内が軽くざわついた。

右冠動脈、左前下行枝《かこうし》、左回旋枝。三本ある冠動脈すべての内部が、波打っているかのように全域で狭窄していた。

「ご覧のように、冠動脈三枝ともびまん性の狭窄が認められます。有意狭窄としましては、右冠動脈の一番に九〇パーセント、三番に九九パーセント……」

牧がメモに視線を落としながら狭窄箇所をあげていくにつれ、空気が少しずつ張り詰めていく。この症例は荒れる。その予感が、医師たちの表情を引き締めていた。

「……以上です。ありがとうございました」

発表を終えた牧は、深々と頭を下げると席に着く。

「牧先生お疲れさまでした。しっかりしたいい発表だったと思います」

敷島がねぎらいの言葉をかけると、こわばっていた牧の表情が一気に緩んだ。

「さて……」敷島はゆっくりと部屋の中を見渡した。「この患者さんの治療方針はどうしましょう?」

部屋に沈黙が降りる。さっきまでの生ぬるい沈黙ではなく、お互いの出方を息を殺してうかがうような、研ぎ澄まされた沈黙。

「……カテだよ」

重苦しい空気に耐えきれなくなったかのように、中年の循環器内科医が声をあげる。

「この患者、八十歳なんだろ。その歳《とし》で開胸手術は負担が大きすぎる。侵襲《しんしゅう》が少ないカテで治療をするべきだ」

循環器内科医の多くが頷《うなず》く。

「ちょっと待ってくださいよ」

すぐさま声を上げたのは肥後だった。

「よく見てください。三枝すべてに高度の狭窄が認められるんですよ。カテーテルで治療するとなると、何ヶ所も治療を行うことになる。それだけカテで治療すれば、再狭窄のリスクも高くなる。この場合は、冠動脈バイパス術をやった方がリスクは低いはずだ」

細い管を冠動脈の狭窄部位まで進め、その部分の血管を広げたうえ、ステントと呼ばれるメッシュ状の金属チューブを留置するというカテーテル治療。患者への負担は少ないが、時間が経《た》つとその部分が再び狭窄するリスクがあった。

さっき意見を述べた循環器内科医が、渋い表情を浮かべる。

「最新の薬剤溶出性ステントは再狭窄のリスクがかなり低くなっている。カテーテルで治療した方がいい」

「問題は大きく狭窄している部位だけじゃない。冠動脈全体が動脈硬化で劣化しているんだ。いつどこが閉塞《へいそく》するか分かったもんじゃない。その際に心筋梗塞《しんきんこうそく》を起こさないようにするためにも、バイパス血管を繋《つな》いでおくべきだ」

あごの脂肪を震わせながら肥後が早口で反論した。

冠動脈の閉塞は、強度に狭窄している箇所にだけ起こるとは限らない。それほど狭窄していない部位でも血管壁の内膜にたまった脂肪物質が破れれば、血小板が固まって血栓を生じ、一気に閉塞することがあった。肥後の言い分にも一理ある。

肥後と循環器内科医が鋭く視線をぶつけ合い、殺伐とした空気が辺りに満ちはじめた。

「いやあ、これはなかなか難しい症例ですね」

敷島は部屋を見回す。

「たしかにバイパス術を行えば、心筋梗塞を起こすリスクは低くなる。けれど患者は高齢で、侵襲の高い手術を受けること自体が危険でもある。さて、なにかご意見はありますか？」

そのとき、勢いよく手が上がった。祐介は目を見張る。

「おお、研修医のえっと……」

敷島は額に指を当てた。

「牧です！」

真《ま》っ直《す》ぐに手を上げた牧がこたえる。

「そうそう、牧先生。なにか意見があるのかな？　ぜひ言ってみてください」

牧は「はい！」と立ち上がった。

「今回の発表をするに当たって、この症例にバイパス術とカテーテル治療、どちらの方が適しているか、個人的に考えてまいりました」

「それは素晴らしい。それで結論は？」

敷島は楽しげに先をうながす。

「糖尿病合併症例をカテーテルで治療した場合、再狭窄を起こす可能性が高くなります。また大規模臨床試験では、六十五歳以上の多枝病変患者にバイパス術とカテーテル治療を行った結果、バイパス術の方が六年後の生存率が高いという結果がでています。糖尿病合併症例では、さらにその傾向が顕著です。なので、全身状態が開胸手術に適さない場合を除き、冠動脈バイパス術を行うのが望ましい、そうこの論文に書かれています」

牧はクリアファイルから英字論文のコピー数枚を取り出して掲げる。それは、有名な循環器専門医学誌に載った論文だった。

論文のコピーを手にしたまま、牧は大きく息を吸う。

「以上より、今回の症例につきまして、私は冠動脈バイパス術を行うべきだと考えています」

発表を終えた牧は気が抜けたのか、倒れ込むように席についた。

昼に牧が口にした「先生にとって悪いものとは限りません」という言葉の意味を、祐介はようやく理解する。牧は統計的に最も適した治療を検討し、その結果、冠動脈バイパス術を推すべきだという結論に達したのだろう。たしかにそれは、祐介にとって「悪くない報告」だった。

「なるほど、もっともな意見だね。しかも論文までしっかり用意して、素晴らしかったです。さて、皆さんご意見は」

敷島は両手をぱんっと合わせる。

「……この患者は八十歳で、しかも糖尿病なんだぞ。『全身状態が開胸手術に適さない場合』に当たるんじゃないか」

ついさっき肥後とやり合った中年の循環器内科医が、焦《あせ》りの滲《にじ》む口調で言った。

「たしかに高齢ですが、エコー検査によると心機能はしっかり保たれています。糖尿病以外には既往もありませんし、その糖尿病も入院後に強化インスリン療法を行って、現在の血糖値は安定しています。十分手術に耐えるだけの体力はあると思われます」

牧がすぐさま反論した。研修医に正論をぶつけられ、循環器内科医は顔を紅潮させ黙り込む。その様子を見ながら、祐介は思考を走らせる。

たしかに統計だけを見れば、開胸手術が正しい選択なのかもしれない。けれど……。

「平良先生」

敷島が突然声をかけてくる。不意を突かれた祐介は「は、はい」と声を裏返す。

「研修医の牧先生の判断は、冠動脈バイパス術が望ましいということでしたが、主治医としてなにかご意見はありますか？」

医師たちの視線が集まる。祐介は緩慢に立ち上がった。

ここで「特にありません」と言えば、治療方針は肥後の執刀による冠動脈バイパス術で決まるだろう。おそらく高橋吾郎も、その決定に渋々ながら従うはずだ。

それでいいじゃないか。そうなれば俺は第一助手が出来なくなるという悲惨な状況を避けられるし、患者も最も適した治療を受けられる……。

哀しげな高橋マツの顔が、また脳裏にフラッシュバックする。

最も適した治療？　本当にそうなのだろうか？　患者が、高橋吾郎が一番望んでいることとは……。

祐介は両手を強く握りしめる。

「患者の……高橋吾郎さんのお孫さんは、三週間後に結婚します」

「ああ？　それがどうしたんだよ？　関係ないだろ」

肥後が脅すかのような口調で言った。

「まあまあ、ここは平良先生の話を聞こう。主治医の意見は大切にしないと」

敷島にたしなめられ、肥後は不満げな表情で黙り込んだ。心臓の鼓動が加速していくのを感じつつ、祐介は再び話しはじめた。

「高橋さんはたった一人のお孫さんをとても可愛がってきたらしいです。ですから、その結婚式にはどうしても参加したいと希望しています。それに参加できたら、思い残すことはないとまで言っているそうです」

部屋を見回して周囲の人々の反応をうかがう。敷島が「続きを」と促した。

「高橋さんが冠動脈バイパス術を受けた場合、三週間後の結婚式までに退院するのは困難です。心臓外科を含む胸部手術の専門雑誌である『The Annals of Thoracic Surgery』に掲載された論文によると、八十歳以上の左冠動脈起始部をのぞく二枝、または三枝病変、つまりは今回の高橋さんと同じような症例の約千七百人を対象にした調査では、六ヶ月以降の死亡率ではたしかにカテーテル治療よりバイパス術の方が良い成績となっていますが、その一方で、術後院内で死亡する確率はバイパス術の方が高率になっています」

室内がにわかにざわつきはじめた。

「このことと、孫の結婚式に出たいという患者本人の強い希望を考えますと、高橋吾郎さんにバイパス術を行うことが最も適しているのか、議論の余地があるところだと思います」

一度言葉を切った祐介は、からからに乾燥した唇を舐める。覚悟は決まった。

「以上より、カテーテル治療を行ったうえで、血糖値やコレステロール値を厳密にコントロールして再狭窄や閉塞を防いでいく。それが高橋吾郎さんに最適な治療法だと私は考えます」

部屋の中に静寂が降りた。心臓外科医である祐介が、バイパス術で決まりかけていた症例に反対意見を述べるという状況に、多くの医師が戸惑いの表情を浮かべている。

数枚も振り返って、珍獣でも見るかのような眼差しを向けてきていた。肥後が茹《ゆ》でられたタコのように顔を紅潮させて、こちらを睨《にら》んでいる。

これで、当分手術には入れてもらえないだろうな。祐介はゆっくりと椅子に臀部《でんぶ》を下ろす。不思議と後悔はなかった。それどころか、胸の奥につかえていたものが取れたかのような爽快感《そうかいかん》をおぼえていた。

「平良先生、ありがとう。なるほど、たしかにそういう状況だったら、カテーテル治療の方が患者さんのニーズにはこたえられるのかもしれませんね。これはなかなか難しい症例だ。赤石先生、定森先生、よろしければご意見をいただけませんでしょうか？」

敷島は二人の教授に水を向ける。意見がまとまらなかった場合、教授たちに判断をゆだねる。それがこの会議の慣例だった。

「循環器内科が受けてくれるなら、私はカテーテルで良いと思う。定森先生、いかがでしょうか？」

足を組んでいる赤石は、定森に話を振る。

「赤石先生のご許可があるなら、うちの科としては喜んで治療させていただきますよ。もちろん、その治療方針で患者さんが納得されればですけどね」

「赤石先生、定森先生、ご意見ありがとうございます。それでは、高橋吾郎さんはカテーテルで治療することにしましょう。そうなりますと、治療の前に循環器内科に転科する必要がありますね。平良先生、患者さんとご家族によくインフォームドコンセントをとったうえで、転科の手続きをするように」

祐介が「はい」と答えると、敷島は「では次の……」と会議を進めていく。

これで良かったんだ。これで高橋さんは治療を受けたうえで、孫の結婚式に参加することができる。

脱力していた祐介はふと、牧がまだ自分を見ていることに気づく。視線が合うと、彼はあわてて正面を向いた。

自分の意見をひっくり返されたことで怒っているのかもしれない。

本当にうまくいかないもんだな。祐介は頭を掻《か》きながら、小さくため息をついた。

「お前、なに考えているんだ！」

カンファレンスが終わって廊下に出ると、予想どおり怒りに顔をゆがめた肥後につかまった。白衣の襟《えり》を摑《つか》んだ肥後は、額に血管の浮いた顔を近づけてくる。

「すみません」

感情のこもっていない謝罪を口にする。この状態の肥後にどんな弁明をしたところで、火に油だということは、これまでの付き合いで知っていた。

「すみませんで済むか。てめえ、俺に恨みでもあんのかよ」

「いえ、そんなことはありません」

「じゃあ、なんであんなことした！」

肥後は祐介の背中を壁に押しつけた。後頭部をぶつけ、祐介は顔をしかめる。そのとき、研修医たちが歩み寄ってきた。肥後は大きく舌を鳴らして襟を離すと、「当分手術に入れるとは思うんじゃねえぞ」と、捨てゼリフを吐いて去って行った。祐介は乱れた白衣を整え、研修医たちに引きつった笑みを見せる。

「やあ、どうかした？」

「俺たち、もう帰っていいんスか？」

郷野がつまらなそうに言う。

「特にやることないなら、帰りたいんですよ」

「あ、ああ、今日はもう終わりでいいよ。明日はオペがあるから……」

「朝八時にオペルーム集合でしょ。分かってますよ。……それより、なんであんなこと言ったんスか？」

「え？　あんなこと？」

「だから、なんでカテーテルを推したんですか。他の科に治療をまかせようとするなんて、外科医としてのプライドとかないんスか」

言葉を失う。患者のためを思った選択をしたつもりだったが、研修医の目から見たら、他科に治療を丸投げした無責任な医者に見えたのだろうか？

固まっていると、郷野はわざとらしくため息をついて大股《おおまた》に離れていく。

「……平良先生。僕も一つよろしいでしょうか？」

続いて、牧が硬い声をかけてくる。また糾弾《きゅうだん》されるのだろうか。祐介が奥歯を噛《か》みしめると、牧は頭頂部が見えるほど深く頭を下げた。

「これまで生意気な態度を取って、申し訳ありませんでした！」

祐介は「……え？」と狼狽《うろた》える。

「僕は統計データだけ見て、高橋さんには冠動脈バイパス術が最適だと判断しました。けれど、平良先生の意見を聞いて気づいたんです。患者さん自身のことを見てはいなかったんだって。もっと血の通った、もっと温かい選択をするべきだったって」

牧は悔しげにかぶりを振った。

「たしかに高橋さんのことを本当に考えたら、お孫さんの結婚式に参加できる方法を考えるべきでした。そのことをはっきりと主張できた平良先生は、本当に素晴らしいと思います。しかも、ちゃんと科学的データに基づいた意見でもある。外科医って手技に偏《かたよ》りすぎていて、アカデミックなことに興味がない人ばかりかなと思っていましたけど、平良先生みたいな人がいることが分かって嬉《うれ》しいです」

しゃべっているうちに興奮してきたのか、牧は前のめりになってくる。

「けれど、郷野君はさっき……」

「ああ、あいつは手術にしか興味ないから、さっきの発表の凄《すご》さが分かっていないんですよ。気にしないでください」

そういうわけにもいかないのだけれど……。祐介は曖昧《あいまい》に頷く。

「それで平良先生、これからやることはありますか？」

「え、いや、高橋さんにできるだけ早く治療を受けてもらえるように、今日中に循環器内科に掛け合って、治療日を決めようかと思っているけど……。あと転科の依頼書も書かないといけないし、まずは高橋さんとご家族に治療方針を説明して、了解をいただかないと……」

「分かりました。それじゃあすぐに高橋さんの病室に行って、ご家族がいるか確認してきます。説明できる状態になったら、院内携帯でお知らせしますね。ではまたあとで」

興奮冷めやらぬ口調で言うと、牧は小走りに去っていった。

「なんだったんだ？」

あっけにとられていると、宇佐美が忍び笑いを漏らした。

「男って単純ですよね。牧君、さっきの発表を聞いて、平良先生に心酔しちゃったんですよ」

「心酔って、俺はべつに特別なことなんて……」

予想外の言葉に、祐介は気恥ずかしくなる。

「ええ、平良先生にとってはきっと特別なことじゃないんでしょうね。けれど、それって本気で患者さんのことを考えていて、そのうえしっかりとした知識があるからこそできるんだと思います。きっと牧君はそこに惚《ほ》れちゃったんですよ」

「惚れ……?」

絶句する祐介に向かって、宇佐美はからかうように言った。

「男に惚れられる男性って、本当に格好いい人だと思いますよ」


「それじゃあ失礼します」

祐介が病室から出ようとすると、高橋吾郎とマツの夫婦は深々と頭を下げ、「ありがとうございます」と声をそろえた。

「高橋さんたち、喜んでいましたね」

廊下を並んで歩きながら、宇佐美が言う。

「ああ、そうだな」

牧から「準備ができました」という連絡を受けて病室に向かった祐介は、今後の治療方針について夫婦に説明をした。

順調にいけば孫の結婚式までに退院できることを告げると、二人は目に涙を浮かべ手を握り合った。

「お疲れさまです、平良先生。このあとはどうしましょうか？」

牧がテンション高く訊《たず》ねてくる。

「とりあえず、循環器内科の医局に行って、できるだけ早く高橋さんを治療してもらえるように掛け合おう。そのあとは、病棟に戻って転科の手続きだな」

「分かりました！」

牧は先頭に立って歩き出す。

「いや、残っているのは事務的な手続きだけだから、君たちはもう帰って大丈夫だよ」

郷野を帰しておいて、二人にだけ仕事をさせることに抵抗があった。

「いえ、高橋さんは僕の担当でもありますから、最後までしっかりかかわらせてください」

はきはきと答えた牧は、歩調を早める。

「やらせてあげてください。きっと、先生に失礼な態度をとった罪滅ぼしのつもりなんですよ」

宇佐美が牧に聞こえないように囁《ささや》いて来た。

気にする必要はないのにと思いつつも、その気持ちが嬉しくもあった。最初でつまずいた研修医との関係だが、牧と宇佐美の信頼は少しは取り戻せたようだ。

医局棟へ戻ってきた三人はエレベーターで六階にあがり、循環器内科の医局へと向かう。

「失礼します」

部屋に入ると十数人の循環器内科医たちが、医局秘書の机を取り囲むように立っていた。その中に諏訪野の後ろ姿を見つけた祐介は、近づいて肩を叩《たた》く。

「諏訪野、循内の医局長はまだいるか？　さっきカンファで発表した患者さんのことについて相談したいんだけど」

「平良先輩！」

ふり返った諏訪野は声を張り上げた。

「なんだよ、そんな大きな声を出して」

「先輩、もしかして、まだ見ていないんですか？」

「見ていない？　なんのことだ？」

「これですよ」

諏訪野が机の上から一枚のファックス用紙を手に取って、祐介の顔の前に掲げる。

患者の個人情報をやり取りする医療現場では、情報流出のリスクの低さから、いまだにファックスが現役で稼働《かどう》している。

「十分ぐらい前に流れてきました。うちだけじゃなくて、いろいろな科に届いているみたいです」

そこには大きさが不揃《ふぞろ》いな文字が並んでいた。おそらくは新聞や雑誌の文字を切り抜き、貼《は》り付けたのだろう。サスペンスドラマなどに出て来る脅迫状のような禍々《まがまが》しい雰囲気。

漢字、ひらがな、カタカナがまざって読み取りにくいその文章を目で追うにつれ、呼吸が乱れていく。隣に立つ宇佐美が大きく息を呑んだ。

『コク発じょウ
心臓ゲ科きょうジュ の 赤石ゲン一ロウは
薬ざい臨床シケン の 結か ヲ 改ざんし
その 見カエり に ワイ賂 を ウけ取ッている
純セイ医だい ハ ただチに赤石の不正をただスベシ

詳さい　ハ　コン月まつ　に　また伝エる』

視界から遠近感が消え、文字が襲いかかって来るかのような錯覚をおぼえながら、祐介はただ立ち尽くすことしかできなかった。

第二章 外科医の決断

1

切り開かれた大腿部《だいたいぶ》に埋まっている血管を、周囲の組織から慎重に剝《は》がしていく。直径数ミリ、長さ十センチほどの血管を取り出し、トレイへと置いた祐介は一息つく。あとはこの血管を、バイパス血管として使用できるように処理するだけだ。

冠動脈バイパス手術では主に、左側の冠動脈には胸郭の内側を走る内胸動脈を繫《つな》ぎ、右側の冠動脈には大腿から採取した静脈を利用して大動脈とのバイパスを作る。

手術台の頭側では、眼鏡型拡大鏡をかけた赤石源一郎が開創器によって大きく開かれた胸部に両手を差し込んでいた。研修医たちは部屋の隅で、術野が映し出されているモニターを眺めている。

血管の処理をはじめようとしたとき、赤石の対面に第一助手として立っている針谷が視界に入り、胃の辺りが締め付けられるような感覚をおぼえる。

本当なら、俺があそこに立っているはずだったのに……。

高橋吾郎の治療方針を決めた冠動脈カンファレンスから一週間ほど経《た》っていた。その間、医局長の肥後は宣言どおり祐介を第一助手から外し続けた。

いま手術を受けている患者の主治医は祐介だった。術前の検査、手術の説明を行い、術後管理も担当することになっている。にもかかわらず、この手術で祐介に与えられた業務は、バイパス用の血管の採取という、普段はレジデントが行なうような簡単なものだった。

この陰湿ないやがらせはいつまで続くのだろうか？　肩を落とした祐介は、郷野がこちらを見ていることに気づく。その眼差《まなざ》しには明らかな侮蔑《ぶべつ》が含まれていた。

牧と宇佐美とは良好な関係を築きはじめている。しかし、郷野との関係は改善するどころか悪化する一方だった。特にこの数日で、郷野は露骨にあざけるような態度を取るようになっていた。おそらく、技術が劣るから手術に入れてもらえていないのだと、馬鹿にしているのだろう。

それもしかたないか……。祐介は背中を丸くする。シャント手術の際、郷野には

『あれ』を目撃されている。あんな光景を見れば、外科医として三流だと思われて当然だ。

郷野は諦《あきら》めて、牧と宇佐美の勧誘に労力を注ぐべきだろうか？　いや、それは危険すぎる。良い関係を築けているからといって、二人が心臓外科に入局する保証などにもないのだ。来年、富士第一に出向できる可能性を少しでも上げるためにも、どうにか郷野とも和解したいのだが……。

頭の中で思考を走らせつつ、祐介は黙々と手を動かし続けた。

「あとは頼む」

三本の冠動脈にバイパス血管を繋ぎ終えた赤石が手術台から離れた。針谷は「分かりました」と張りのある声でこたえる。

滅菌ガウンを首元から破いて脱ぎ、血液で濡《ぬ》れた手袋を床に捨てた赤石が、スリッパを鳴らしながら出口に向かう。

「お疲れさまです」

数十分前にこの手術での仕事を終え、出口近くに控えていた祐介は頭を下げた。

「……平良、ちょっと出られるか？」

赤石は軽くあごをしゃくった。

「え？　あ、はい」

赤石に続いて祐介は手術室を出る。赤石は廊下の奥にある、『説明室』と記された扉の前まで移動した。手術結果の説明などに使われる狭い部屋へと入ると、赤石は倒れこむようにパイプ椅子《いす》に腰掛ける。

「君も座ってくれ」

「失礼します」

祐介がパイプ椅子に座ると、赤石は無言のまま鼻の付け根を揉《も》んだ。拍動する心臓の表面を走る、直径数ミリの血管を縫い合わせるという精密作業を何時間も行っていたのだ。消耗しているのも当然だ。祐介は緊張しつつ、赤石の言葉を待った。

もしかしたら、冠動脈カンファで、循内に患者を送ったことを責められるのだろうか？　それとも、郷野が研修についての苦情でも訴えたのか？　悪い想像が次々に頭に浮かんでいく。

「ずいぶん、肥後の機嫌を損ねたみたいだな」

「は、はい！」

やはり冠動脈カンファレンスのことだ。祐介は背筋を伸ばした。

「あいつにも困ったもんだ。そんなことで手術の助手を替えるなんて。担当患者なのに第一助手ができなくて、君も悔しいだろ?」

「え、いや、そんなことは……」

てっきり糾弾されると思っていた祐介は、予想外の言葉に口ごもる。

「あいつは手術の腕はいまいちだが、関連病院との交渉などの実務能力が高かったので医局長に任命したんだ。ただ、最近は調子に乗りすぎている感がある。一度、しっかりと釘《くぎ》を刺す必要があるな」

淡々とした赤石の口調は、言い出しにくいことを口にするタイミングをうかがっているかのようだった。

「あの、それでお話というのは……」

祐介が促すと、赤石は白い眉《まゆ》をしかめて十数秒黙ったあと、押し殺した声でつぶやいた。

「怪文書のことは知っているな」

「怪文書……」

切り抜いた文字が貼《は》り付けられた文書が脳裏に蘇《よみがえ》る。

「先週、ファックスで各医局に送られたものだ。私が製薬会社から金を受け取って、論文を捏造《ねつぞう》したという内容のな」

「……耳には入っています」

言葉を選びながら答える。あのファックスが流れてすぐに、心臓外科だけでなく病院全体が大騒ぎになった。もし告発の内容が本当なら、とんでもないスキャンダルになる。

治療機関であると同時に医療研究の場でもある大学病院では、常に様々な臨床試験が行われている。その中には研究のスポンサーとして、製薬会社がかかわるものもあった。

病院としては研究資金を得られるし、製薬会社としては研究結果が自社の薬品の優位性を示すものなら宣伝に使えるという、お互いに利益のある関係だ。しかし、両者が癒着し研究結果を改竄《かいざん》するという危険性を孕《はら》んでいる。

それを防ぐために、研究データの解析は基本的に第三者機関で行われる。さらに研究結果を示した論文は多くの研究者の目に晒《さら》され、研究に不備がないかチェックされるシステムが確立していた。それをかいくぐってデータを改竄するのは容易ではない。研究の不正が世間に知られれば、大きな批判を浴びることになる。赤石教授ほどの地位も名誉も得ている医師が、すべてを失うリスクを冒してまでデータ改竄などするはずがない。気味悪い『告発状』のインパクトが時間に希釈されていくにつれ、大部分の者がそのような判断をするようになっていた。

「平良、誰があれを作ったのか調べてもらえないか？」

赤石が押し殺した声で発したセリフに、祐介は耳を疑う。

「あんなものただのいたずらでしょう。無視しておけば……」

鋭い視線に射貫かれ、祐介は口をつぐむ。

「……公《おおや》けにはなっていないが、大学が私の論文の調査を開始している。データに不備がないか、徹底的に洗い出しているんだ」

「な、なんでそんなことに⁉」祐介は目を剝《む》いた。

「教授会で決まった。教授たちのなかには、あれがいたずらじゃないと考えているものも多いということだな」

「いや、でも犯人を見つけるなんて……」

祐介は細かく首を振る。

「これをやった奴《やつ》は、根も葉もない噂《うわさ》で私をおとしめようとした。今回疑いが晴れても、犯人が分からなければまた同じような嫌がらせを受ける可能性がある。私には救わないといけない多くの患者がいる。同時に、私が培《つちか》った技術が途切れないよう、それを受け継ぐべき次世代の術者の育成もしていかないといけない。おかしな嫌がらせに、かかずらわっている余裕なんてないんだ」

「けれど、なんで私なんですか？　調べるならちゃんと警察に……」

「警察なんかに捜査されれば、表面上はおさまった騒ぎがまたぶり返す。できるだけ内輪で処理をしたい」

「でも、調査なんてしたことありませんし、いまは研修医たちの指導医もしていて余裕がありません。他の医局員にまかせたほうがいいかと……」

「誰ならいい？」

「え？」

「君以外、誰にこんなことを頼めばいい？」

「そ、それは……。もっと上の先生方の誰かとか、逆に私よりは少し余裕があるうちの科のレジデントとかのほうが……」

しどろもどろに言うと、赤石はかぶりを振った。

「講師以上の医局員は信用できない。彼等には私を教授から追い落とす動機がある。准《じゅん》教授や客員教授のなかには、次期教授の座を狙《ねら》っている者もいる。講師も裏で次期教授候補と手を組んでいるかもしれない」

「そんな……」

自分とは無縁のどろどろとした権力構造の話に、祐介は絶句する。

「逆にレジデントたちは院内の情報に疎《うと》い。それに対して君は、他科からの依頼も積極的に受けているので、様々な科にも顔が利《き》く」

たしかにそうかもしれない。けれど、同じような医局員がもう一人いるじゃないか。

祐介は数秒間ためらったあと、その人物の名を口にする。

「針谷は……、なんであいつには頼まないんですか？」

「針谷は私の甥《おい》だ。もし犯人を見つけたとしても、調査に身内がかかわっていると、余計な詮索《せんさく》をされる可能性がある。それで、答えを聞かせてくれないか。依頼を引き受けてくれるか？」

葛藤《かっとう》が胸で渦巻く。尊敬する赤石のためならできる限りのことをしたい。しかし、日常業務と研修医たちの指導だけでも手いっぱいなのだ。怪文書を送った犯人の調査などできるわけがない。それに、こんなきな臭い事柄にかかわりたくはなかった。

「オペに入れないのはつらくないか……」

どうやって断ろうか思案していると、赤石が囁《ささや》いた。祐介ははっと顔を上げる。

「いや、それは……」

「引き受けてくれたら、肥後に指示して、以前のようにオペに入れるようにしてやろう」

「そ、それは嬉《うれ》しいですけど」

逡巡《しゅんじゅん》する祐介に追い打ちをかけるように、赤石は言葉を続ける。

「研修医たちの指導はうまくいっているのか？」

「まあ……、なんとか」

祐介はわずかに目を伏せた。

「もし怪文書を送った者をつきとめたら、研修医たちが入局しなかったとしても、富士第一への出向を検討してやってもいい」

「本当ですか⁉」

最高の餌《えさ》を目の前にぶら下げられ、椅子から腰が浮く。

「ああ、もちろん本当だ。……引き受けてくれるか？」

このままでは、研修医のうち二人を入局させるのは難しいと悩んでいたところだ。

大きなチャンスかもしれない。

引き受けるべきか否《いな》か。頭の中で損得勘定が入り乱れる。

「……分かりました」

地獄に垂れた蜘蛛《くも》の糸を摑《つか》もうとしているのか、それとも底なし沼に足を踏み入れようとしているのか判断がつかないまま、祐介は頷《うなず》いた。赤石は一言、「頼んだぞ」と言って席を立つ。

祐介は反射的に呼び止めようとする。一つ、確認しておきたいことがあった。しかし、喉元《のどもと》まであがってきたその問いを、祐介は必死に飲み下す。赤石が部屋から出て行った。

「赤石先生……本当に改竄はしていないんですよね？」

閉まった扉に放った問いが、寒々しく響き渡った。

2

手術室に戻ると手術を終えた針谷が手袋を外すところだった。研修医たちは患者を手術台からストレッチャーに移す手伝いをしている。

「あ、お疲れ様です。いまからＩＣＵに搬送するところです」

針谷が近づいてくる。

「ああ、分かった。お疲れさん」

「今日はなんかすみませんでした。本当なら先輩が第一助手やるはずだったのに」

研修医たちには聞こえない声量で、針谷は囁く。

「べつにお前が謝ることじゃないだろ。決めたのは肥後先生だ」

「それはそうなんですけど、なんとなく申し訳なくて」

それなら黙ってくれ。お前に謝られると、さらに虚《むな》しくなるんだよ。祐介は針谷から目を逸らした。

「あ、そういえば先輩。来年度のこと聞きました？　俺たち二人とも出向になるみたいですね」

なんの気負いもなく針谷が言う。全身の細胞がざわりと震えた。

「……そうらしいな」

「お互い、どこに出向することになるんでしょうね。たしか先輩は富士第一が希望ですよね。実は俺もなんですよ」

きわどいことをずばずばと口にする針谷を前にして、頬が引きつっていく。

「そうか……」

「どっちが富士第一をゲットできるか、勝負ってことになりますね。ちなみに、出向先についての話を聞いたりしていないんですか？」

針谷の目の奥に、一瞬鋭い光が宿ったような気がした。

「いや、まだ聞いていないな」

「やっぱりそうですか。俺もなんですよ。こういうのって結構ドキドキしますよね」

俺にはそんな余裕ないんだよ。胸の奥で黒い感情がわき上がってくる。

教授の血縁である針谷は、富士第一でなかったとしても、十分に経験の積める出向先へ赴任することができるだろう。しかし自分は、富士第一に行けなければ沖縄へ飛ばされるのだ。

そのとき、あることに気づき、祐介は声を上げそうになる。

万が一、今回の怪文書騒動で赤石が失脚することになれば、針谷は『教授の甥』という地位を失う。それどころか、医局内で腫《は》れ物のように扱われるだろう。そうなれば、富士第一のような人気病院への出向はできなくなる。

怪文書を送った犯人を見つけて赤石の無実を証明しても、逆にそれに書かれていたことが本当だと分かっても、俺は富士第一に行けるのかもしれない。

「先輩、どうかしました？」

いぶかしげな針谷の声で、祐介は我に返る。

「いや、なんでもない。助手お疲れさまだったな。あとは俺がやっとくから」

「はあ、それじゃあお願いします」

小首をかしげつつ手術室を出て行く針谷を見送った祐介は、あらためて頭を整理する。

赤石が失脚すれば、富士第一への出向のチャンスは広がる。けれど、その時は尊敬する赤石が医局を追われることになる。出向を終えて本院に戻ってきたあとは、彼に指導を仰ぐつもりだったのに、それでは意味が……。けれど、実際に改竄していたのであれば、責任を取るべきだし……。

迷いが迷いを生み、軽く頭痛がしてくる。そのとき、麻酔科医が「ICUに移動します」と声を上げた。

祐介は一旦《いったん》思考を棚上げにすると、ストレッチャーに近づいてモニターに表示されている数値を素早く確認していく。

「問題ないな。それじゃあ移動しよう」

宇佐美と牧は「はい！」と返事をするが、郷野だけは、まるで声が聞こえないかのようにそっぽを向いたままだった。

またか。頭痛が強くなる。さすがに指導医として注意しなければいけないのだろうが、どう切り出せばいいか分からなかった。

そもそも、後輩を叱《しか》ったりするのって得意じゃないんだよな……。祐介は首筋を掻《か》きながらストレッチャーを押しはじめた。手術室のすぐ脇《わき》にある専用エレベーターで、一階下にあるＩＣＵまで患者を運ぶ。

ＩＣＵに到着すると、看護師たちが素早くストレッチャーを取り囲んだ。

「赤石教授執刀の冠動脈バイパス術の患者さんですね。お引き受けします」

患者の移動を彼女たちに任せ、祐介たちはナースステーションへ向かう。術後の薬剤投与や検査の指示を出さなくてはならなかった。

「……なんで第一助手じゃなかったんスか」

他の病棟とは違い、患者の様子が直接見えるようオープンスペースになったナースステーションで電子カルテの前に座ると、郷野がぼそりとつぶやいた。

「え、なんのことだい？」

「今日の手術ですよ。平良先生が主治医なのに、なんでバイパス用血管の採取なんていう、雑用みたいなものやらされたんですか。そもそも平良先生、ほとんど大きな手術に入らせてもらっていませんよね」

挑発的に言う郷野の前に、牧が割って入る。

「郷野、それは……」

「牧君！」

祐介は慌《あわ》てて牧を制した。肥後との間に起こったごたごたについて他言しないよう、頼み込んでいた。医局長の悪評を広めることは、怪文書の件で浮き足立っている医局内に無駄な軋轢《あつれき》を生みかねない。

牧が悔しげに口をつぐむのを見て、郷野が勢いづく。

「もしかして平良先生、手術の腕が悪いから、針谷先生が代わりを務めていたんじゃないですか？」

針谷の名前を出され、一瞬で体中の血が沸騰《ふっとう》する。怒鳴りつけたい衝動に駆られるが、感情的に叱りつけたところで敵愾心《てきがいしん》を強めるだけだ。祐介は深呼吸を繰り返して心を冷ましていく。

「針谷先生の腕は一流っスよね。それに比べて平良先生は、この前のシャント手術のときとか……」

「やめなさい！」

怒声が響き渡る。しかし、それは祐介が発したものではなかった。

「な、なんだよ……」

郷野は自分を怒鳴りつけた相手、宇佐美に向き直る。

「郷野君、それ、研修医のとるべき態度じゃないでしょ」

手術着に包まれた胸を反らすと、宇佐美はぴしゃりと言う。その隣で牧も大きくうなずいた。

自分の言動をかえりみてさすがにまずいと思ったのか、郷野はばつが悪そうに黙り込む。しかし、その口から謝罪の言葉が漏れることはなかった。険悪な空気が辺りに満ちてくる。

「……平良先生」

目を伏せたまま郷野がつぶやく。

「あ、えっと、なんだい？」

張り詰めた空気を払拭《ふっしょく》しようと、つとめて明るい口調で言うが、郷野のふて腐れた態度が崩れることはなかった。

「今日は俺、六時から救急当直なんですよ。ちょっと早いけど、もう行ってもいいスか？」

純正医大附属病院では研修医は月に四回ほど、救急部で当直勤務を行うことになっていた。

「あ、ああ、もちろん。俺も今晩は心臓外科の当直だから、救急部でなにかあったら……」

祐介が「いつでも呼んでくれ」と続ける前に、郷野は踵《きびす》を返して去っていった。それを見て、牧が頭を下げる。

「すみません、平良先生。あいつ、先生のことを誤解しているんですよ」

「……誤解なんかじゃないよ。研修初日に俺は君たちに失礼なことをした。それに……」

祐介は第二関節が竹の節のように膨らんだ右手の中指を見下ろした。

「でも、いくらなんでもあの態度はないですよ。僕が明日にでも話をしておきます」

「いや、俺がどうにかするよ」

「でも……」

牧の眉尻《まゆじり》が不安げに下がる。宇佐美もなにか言いたげな視線を投げかけてきた。

「さあ、早く指示を打ち込まないとナースたちに叱られるぞ。三人で手分けしてちゃっちゃと終わらせよう」

祐介はむりやり顔の筋肉を動かして笑顔を作った。

安定しているな。モニターに表示されている数値を確認しながら、祐介は背中を反らした。もうすぐ日付がかわる時刻になっている。体の奥に重い疲労がたまっていた。

この数時間、ICUで術後患者の容態を観察し続けていた。患者が五十代で体力があることと、赤石の執刀がスムーズだったおかげで、術後の経過は順調だ。この調子でいけば、明後日ぐらいには一般病床に移すことができるだろう。

牧と宇佐美は二時間ほど前に帰らせていた。二人とも一緒に残りたいと言ったのだが、なにかあったらすぐに呼び出すという約束で、病院裏にある研修医寮に戻ってもらった。

俺もそろそろ仮眠を取らないとな。祐介は肩を回す。今日はたんなる泊まり込みではなく当直だ。いつ急患や入院患者の急変で呼び出されるか分からないので、体力を蓄えておかなくてはならない。しかし、どうにも当直室に向かう気になれなかった。疲労がたまっているにもかかわらず、神経が高ぶって眠れる気がしない。

原因は分かっていた。昼に赤石から依頼された件だ。祐介は背もたれに体重をかける。

怪文書を送った犯人をつきとめる。そんなことが果たして可能なのだろうか？　赤石は犯人が医局の関係者だと考えているようだが、それだって確かではない。それに、まだ助手でしかない祐介には、医局内での複雑な権力構造が把握できていなかった。まずはその部分の情報を得なければ、怪文書を送る動機がある人物をリストアップすることすらできない。

「けれど、そんなこと知っていそうな奴なんて……」

つぶやいた祐介の前を、白衣姿の背の高い男が横切っていった。

「いたぁ！」

勢いよく立ち上がる。声に驚いたのか、その男、循環器内科の諏訪野はびくりと体を震わせた。

「なんですか、急に大きな声を出して。ほら、ナースたちも睨《にら》んでいますよ」

「悪い悪い。ところで今日は当直か？」

「ええ、そうですよ。と言っても、ほとんどコールもなくて暇ですけどね。仮眠を取る前に、担当患者の様子を見に来たんです」

「このあと、ちょっと話せないか？　お前の情報収集能力を見込んで相談したいことがあるんだよ」

「またですか？」

諏訪野は皮肉っぽく、唇の端を上げた。

「さすがに、今回は相談料をいただきますよ」

「なるほど、怪文書の犯人をねえ。またやっかいなこと引き受けましたね」

相談料として祐介が買ってやった缶コーヒーを、諏訪野は一口飲む。

「ああ、本当にやっかいだよ。研修医の指導だけでも大変なのに」

祐介と諏訪野はICUの隣にある医師用の休憩室に移動していた。八畳ほどのスペースにソファーが二脚と清涼飲料水の自動販売機が置かれた空間。ICUに担当患者がいるときなど、祐介はよくこの部屋で仮眠を取っていた。

「それなら、引き受けなければよかったじゃないですか」

「そういうわけにもいかないだろ。もし犯人を見つけたら、富士第一へ出向させてくれるって言うんだから」

諏訪野は無言で、もの言いたげな視線を向けてくる。

「なんだよ。言いたいことがあったらはっきり言ってくれよ」

「いえね、なんだか先輩、いいように使われているなぁと思って。そんなに富士第一に出向したいんですか？」

「当たり前だろ。あそこに出向できれば、心臓外科のオペレーターになる道が大きく開けるんだ」

「前々から思っていたんですけど、平良先輩って心臓外科の執刀医になることにとらわれ過ぎじゃないですか」

冷めた口調で言うと、諏訪野はコーヒー缶を振る。

「なに言っているんだよ。もしこれで執刀医になれなかったら、この八年の苦労が無駄になるんだぞ」

「八年が無駄ですか……。そんなことないと思いますけどねえ。先輩って本当に自己評価が低いですよね。そもそも、平良先輩って学生時代から心臓外科医一筋でしたよね。その情熱ってどこから来るんですか？」

「それは……」

祐介は言葉につまる。過去の記憶が走馬燈のように頭をよぎった。

「まあ、それはいいとして、あの怪文書の件でしたね」

祐介の様子からなにか察したのか、諏訪野は急に話題を変えた。

「そう。お前なら、なにか知っていることがあるだろ」

「そりゃまあ、あれだけ騒ぎになった事件でしたからね。いろいろ噂は入って来てはいますよ」

「それを教えてくれ！」

諏訪野は「はいはい」と肩をすくめると、記憶をたどるように視線を右上に向ける。

「まずですね、ファックスはPDF化した画像をネット上から一斉送信したものらしいです。送信先は各科の医局と大学病院の総合受付らしいですね。ちなみに分院の医局にも送られているらしいです」

「分院にまで……」

祐介の眉がぴくりと動く。純正医大は港区の神谷町《かみやちょう》にある本院以外に、都内と千葉に三つの分院を持っていた。

「ええ、だからかなりの騒動ですよ。表面的には騒ぎが収まって見えますけど、裏ではいろいろときな臭いことになっていますね」

「自分の論文がすべて調べられているって、赤石先生も言っていた」

「らしいですね。ただ赤石教授って研究の方も力入れていますから、筆頭著者になっている論文だけでもかなりあります。大学の方も苦慮しているみたいですよ。全部調べ上げるにはあまりにも労力がかかりすぎる。けれど、放ってもおけない」

「製薬会社から金を受け取って論文のデータ捏造なんて、大スキャンダルだからな」

「しかも、疑いがかかっているのはうちの大学でも、一、二を争う有名教授でしょ。もしこんなことがマスコミにでもすっぱ抜かれたら、ただごとじゃすみませんよ」

「赤石先生はクビか……」

「それどころじゃありませんって。教授本人だけじゃなく、『赤石派』への粛清の嵐《あらし》が吹き荒れますよ」

「赤石派って……」

祐介は渋い顔になる。

「赤石派は赤石派ですよ。僕とか先輩はまだ助手ですから、権力争いとかそういうのから離れていられますけど、講師以上になるとそうもいかないんですよ。講師から准教授にあがるのには、教授に気に入られないとなかなか難しいですからね。多かれ少なかれ、どこかの派閥には属していますよ」

「いやな話だな」

「どこの会社でもある話じゃないですか。医局なんていわば小さな派遣会社みたいなものですからね。医局員を送り込んで関連病院に恩を売っておいて、教授とかがリタイヤしたときに、部長職とかで天下ったりする」

「べつにそれ自体は悪いことじゃないと思うんですよ。医者が集めにくい地方の病院にも医局員を派遣しているからこそ、僻地《へきち》の医療がなんとか回っているっていう面もあるんだから。まあ、最近そのシステムも崩れつつありますけどね」

シニカルに言う諏訪野に、祐介は「ああ、そうだな」とうなずく。

二〇〇四年からはじまった新臨床研修制度により、研修医は容易に市中病院で研修を受けられるようになった。その結果、大学病院の研修医は大きく減少し、研修修了後に医局に入る医師の数も激減した。力を失った医局は地方の関連病院から医局員を引き上げはじめ、地域医療の過疎《かそ》化が進行している。

「研修医の側からしたら、選択肢を広げてくれるありがたいシステムですけど、いまの臨床研修制度ってデメリットも多いですよね。地域医療が崩壊しそうになったり、外科系の医者が減少したり。こうしてみると、医局制度って問題もありますけど、なかなかうまくできていたんですね」

諏訪野はしみじみとうなずく。

「医局制度の善し悪《よあ》しについては、いつかゆっくり聞いてやるからさ、とりあえず怪文書の話に戻してもらえないか？」

「たしかにな……」

「あ、すみません」

諏訪野は自分の後頭部をはたく。

「そういうわけで、もし怪文書の内容が本当なら自分たちにも影響が及ぶと考えて、医局員たちが赤石教授から距離を取りはじめているんですよ」

「なんだよそれ、節操ないな」祐介は眉をしかめる。

「しかたがないんじゃないですか。自分たちの将来がかかっているんだから。赤石教授もかなり焦《あせ》っているはずですよ。人望がなくなったら、医局の運営に支障をきたしますからね。ということで赤石教授は、いろいろな人を使って怪文書を送った犯人を必死に探している。犯人を見つけてその人を処分すれば、また求心力を取り戻せるってことなんでしょうね」

「ちょ、ちょっと待ってくれ」

祐介は諏訪野の前に掌を掲げる。

「いろいろな人を使ってって、怪文書の調査を頼まれたのは俺だけじゃないのか?」

「先輩、そんなわけないじゃないですか。赤石教授は自分に近い人たちに、片っ端から声をかけていますよ。下手な鉄砲も数撃ちゃってやつですね」

「下手な鉄砲……」

祐介は呆然《ぼうぜん》とその言葉をくり返す。

「だから、先輩もあんまり入れ込み過ぎない方がいいですよ。大火傷《おおやけど》する可能性もありますからね」

「……教授がそれくらい必死だってことは、うまく犯人を見つけたら見返りも大きいってことだろ」

諏訪野は呆《あき》れた様子で首を左右に振る。

「そうかもしれませんけど、のめり込みすぎないように気をつけてくださいよ」

「ああ、気をつけるよ。それで……」

祐介は乾燥した口腔《こうくう》内を舐《な》めて湿らせると、もっとも訊《き》きたかったことを口にする。

「だれがあの怪文書を送ったか、なにか噂は聞いていないのか？」

「そりゃあまあ、噂ぐらいは聞いていますけどね……」

天然パーマの頭を掻《か》く諏訪野に、祐介は詰め寄った。

「それを教えてくれ！」

「分かりました。分かりましたから落ち着いてくださいよ。最初に言っておきますけど、あくまで噂ですからね。その程度のものと思って聞いてくださいよ」

諏訪野は軽く咳払《せきばら》いをして話しはじめた。

「まず、こういうことやってもおかしくないと思われている筆頭は、松戸病院の山田《やまだ》教授です」

「山田教授が？」

意外な名前に声が高くなる。純正医大分院の一つである松戸病院で心臓外科の客員教授を務める山田宗政《むねまさ》は六十四歳で、来年には定年で退任するはずだ。そんな人がなんで？

祐介の顔に浮かんだ疑問を読み取ったのか、諏訪野は話し続ける。

「十一年前、赤石先生が教授になった教授選に、山田先生も立候補していたんですよ。けれど、臨床でも研究でも圧倒的に赤石先生の方が上で、ほとんど勝負にならなかった。かくして、赤石先生は心臓外科の主任教授に就任して、負けた山田先生はその二年後に客員教授なんていう、ほとんどなんの権限もない役職でお茶を濁されて松戸に飛ばされたわけです」

「けれど、山田先生は来年退任だぞ。赤石先生が失脚しても、教授選には出られないだろ」

「そんなこと関係ないくらい、赤石教授を恨んでいるんですよ」

教授選で負けたという恨みは、十年以上経っても消えないほど強烈なものらしい。

「次に怪しいのは、肥後先生ですね」

考え込んでいた祐介は、諏訪野が口にした名前に目を剝く。

「医局長が⁉」

「ええ、そうですよ」

「なに言っているんだよ。肥後先生は赤石教授の腰ぎ……」

腰巾着《ぎんちゃく》と言いかけて、祐介はあわてて口をつぐむ。この休憩室は医師に開放されている。いつ誰が入ってくるか分かったものではない。

「先輩の言いたいことは分かりますよ。たしかに肥後先生が医局長を務めているのは、赤石教授にうまくとりいったからです。けれど、肥後先生は最近調子にのって、関連病院と色々とトラブルを起こしたりしている」

「あの人らしいな」

強きを助け弱きを挫《くじ》く肥後なら、医師を派遣してもらう立場の関連病院に対してかなり高飛車な態度をとるだろう。

「まあ、そういう苦情が増えてきて、赤石教授も医局長を代えようかと考えているらしいです。すでに代わりの医局長候補に声をかけているとか。そのことに気づいた肥後先生は、これまで以上に赤石先生にこびを売りつつも、裏で色々と画策している。

赤石先生を失脚させて、その混乱を医局長として収めることで、自分の地位を守ろうとしてもおかしくないですね」

「なんでそこまで知っているんだよ。お前、本当にすごいな」

呆れと賞賛を込めて言うと、諏訪野は得意げに胸を反らした。

「まあ、僕のネットワークを使えば、病院中のありとあらゆる情報が耳に入ってきますからね」

「お前、医者より芸能リポーターの方が向いているんじゃないか？　それで、他に怪しい人物とかいるのか？」

「ええ、もちろん。准教授の柳沢先生ですよ」

「ヤナさん!?」

予想外の名前に声が跳ね上がる。諏訪野があわてて口の前で人差し指を立てた。

「先輩、声を抑えて。ここって壁が薄いんですから」

「わ、悪い。けれど、なんでヤナさんが……」

「先輩と柳沢先生って、仲いいんでしたっけ。じゃあ、ちょっと言いにくいんですけど、いま赤石教授が失脚した場合、一番利益を得るのが柳沢先生なんですよ」

「どういうことだよ？」

「分かりませんか？　もし赤石教授がスキャンダルで退任したら、次の教授の最有力候補は柳沢先生なんですよ。実績も十分だし、医局員からの人望も厚い。けれど、赤石先生が失脚しないかぎり、柳沢先生は主任教授になるのは難しい」

「なんで？　ヤナさんなら次の教授選で……」

「赤石先生が定年まで勤めあげたとしたら、次の教授選は五年後です。そしてその時、柳沢先生は五十二歳になっている」

諏訪野がなにを言いたいのかに気づき、祐介は口元に力を込める。

「知っているでしょ、うちの大学が教授陣を若返らせる方針をとっていること。新しく教授になるのは、ほとんどが四十代です。つまり、赤石教授が定年まで勤めあげたら、柳沢先生は主任教授になれない可能性が高い」

「だからって……」

「分かります。だからって、柳沢先生があんな怪文書なんて送るわけないって言いたいんでしょ。たしかに柳沢先生は人格者だし、僕もそう信じたいです。けれど、准教授になるまで大学に残っているような人にとって、教授になるっていうのは唯一《ゆいいつ》無二の目標なんですよ。そのためなら、どんな人でも魔がさす可能性は十分にあると思うんです」

「そんな……」

軽い吐き気をおぼえ、祐介は胸に手を当てる。

「大丈夫ですか？　だから忠告したでしょ、この件に深入りしない方がいいって。先輩みたいなお人好《ひとよ》しは、そういう汚い世界にかかわらない方がいいんですよ」

「……お人好しで悪かったな」

胸を押さえたまま、祐介は唇をへの字に曲げる。

「いやいや、褒めているんですよ。やっぱり医者の本分は、権力争いなんかじゃなく、患者に真摯《しんし》に向き合うことですからね。お人好しの先輩は、これまでちゃんとその本分をわきまえて医者をやってきているじゃないですか」

「褒めているのかよ、それ？」

「最大限の褒め言葉のつもりですけど、なんで分かってもらえないかなぁ。個人的には、これからも先輩にお人好しのままでいてほしいですね」

富士第一への出向のために躍起になっていることを揶揄《やゆ》された気がして、居心地の悪さをおぼえる。そのとき、首にかけている院内携帯が細かく震えだした。手に取って着信ボタンを押すと、女性の声が聞こえてくる。

『平良先生、救急外来です。心臓外科を三週間前に退院した患者さんが吐き気を訴えて受診しました。診察お願いします』

「了解、すぐに行くよ」祐介は通話を切った。「悪い、諏訪野。呼ばれたんで、行ってくる。いろいろ教えてくれてありがとうな」

「あ、先輩」

「ん？」

ドアノブに手をかけたまま、祐介は振り返る。

「どうか先輩は『医者の本分』ってやつを忘れないでいてくださいよ。貴重な心臓外科の癒《い》やし系としてね」

諏訪野はへたくそなウインクをしてきた。

「それじゃあお大事に」

祐介が声をかけると、初老の男性は深々と頭を下げて診察室から出て行った。先月に大動脈弁置換術を受けた患者で、数時間前から嘔吐《おうと》をくり返して救急外来を受診した。本人は手術の影響じゃないかと心配していたが、診察したところそんな様子もなく、詳しく話を聞くと二日前に生牡蠣《なまがき》を食べたということで、ウイルス性の胃腸炎だと診断することができた。

三十分ほど制吐薬を混ぜた点滴をしてやったところ、嘔気《おうき》もかなり良くなり帰宅となっていた。

腕時計に視線を落とすと、午前一時半を回っていた。さすがに、そろそろ仮眠を取らなくては。

診察室を出て救急部の処置室を横切ろうとすると、感染防護用のガウンを羽織った郷野と鉢合わせになった。

「あ、郷野君。……当直お疲れさま」

郷野は「はぁ」と返事ともため息ともつかない声を漏らす。

「えっと……、いまから患者が搬送されてくるのかい?」

「患者っていっても、たんなる酔っ払いですよ。救急のドクターが外科への引き継ぎで忙しいから、俺一人で酔っ払いの対応をやることになったんです」

郷野は苛立《いらだ》たしげにかぶりを振ると、救急部の奥に向かってあごをしゃくる。そこでは、顔見知りの救急医と外科医が患者をストレッチャーで運び出していた。

「あの患者さん、手術室に運ばれるのか」

「絞扼性《こうやくせい》イレウスでいまから緊急オペっスよ」

相変わらずのふて腐れた態度だが、無視されることはなかった。さっき宇佐美にたしなめられたのが効いているのだろう。

遠くから救急車のサイレン音が聞こえてくる。郷野は「来たか」と搬入口に向かった。

「一人で診察するのは大変だろ？　救急医が戻ってくるまで手伝おうか」

「平良先生がですか？　先生、救急なんてできるんですか」

小馬鹿にするような態度にかちんと来るが、必死に顔に出さないようにする。

「救急はレジデントのときにかなりやったからね」

「いりませんよ。酔っ払いくらい一人で診れます」

虫でも追い払うように手を振った郷野は、患者を迎えるため搬入口から外へと出て行った。

サイレン音が消え、すぐに郷野が救急隊員や看護師たちとともにストレッチャーを引きながら救急処置室へと入ってくる。恰幅《かっぷく》のいい中年男が載ったストレッチャーが、祐介の前を横切った。なぜか、背中に冷たい震えが走る。

「三十分ほど前、新橋駅の路地で嘔吐して倒れているのを通行人が発見、救急要請がありました。現場到着して話を聞こうとしましたが、呂律《ろれつ》が回っておらず、会話が成立しませんでした。かなり飲酒をしたようで、救急車の中でも二回嘔吐。血圧は九四の五四、心拍数……」

早口で説明しながら、救急隊員たちは患者を処置用のベッドへ移動させた。

「はい、了解です。お疲れ様でした」

郷野が書類にサインすると、救急隊員たちは「よろしくお願いします」と言い残して去って行った。

「それじゃあ、点滴ラインを確保してください。酔いが覚めるまで点滴しながら寝かしておきますから」

気怠《けだる》そうに、郷野は看護師たちに指示をする。相手がたんなる泥酔者ということで気合いが入らないのだろう。看護師たちの動きもどこか緩慢だった。

「……まだいたんスか？」

電子カルテに点滴のオーダーを打ち込んでいた郷野は、祐介に気づいて呆れ顔になる。

「いや、すぐに戻るけど、ちょっとあの患者が気になって……」

「たんに酔いつぶれたおっさんですよ。放っておけば、そのうち起きて帰りますって」

泥酔者ならその通りだろう。けれど……。胸で正体不明の不安が膨らみ続けていた。

いったい俺はなにが気になっているんだ？　自問しつつベッドに視線を送っていた祐介は、患者の首筋に血管が浮かび上がっていることに気づく。それはまるで、皮膚の下に小さな蛇が這《は》っているかのようだった。全身に鳥肌が立つ。

「あれ？」

患者の血圧を測っていた若い看護師が、訝《いぶか》しげにつぶやいた。キーボードを叩《たた》いていた郷野が顔を上げる。

「どうかしました？」

「いえ、血圧が測定できないんです」

「なに言っているんスか。そんなわけないでしょ」

立ち上がってベッドに歩み寄った郷野は、患者の首筋に指を当てる。その眉間《みけん》にしわが寄った。せわしなく指の位置を替えながら脈を取ろうとする郷野の顔が、次第に青ざめていく。

「なんで脈が触れないんだよ⁉」

「し、心停止ですか⁉　蘇生《そせい》を行いますか？」

声を上ずらせながら看護師が訊《たず》ねる。しかし、郷野は助けを求めるように視線を彷徨《さまよ》わせるだけだった。

祐介はすぐ脇にあった救急カートから太い点滴針を数本手に取り、大股《おおまた》にベッドに近づいた。

「どいてくれ」

郷野を押しのけた祐介は、ベッドに横たわる患者の胸に手を添える。

「た、平良先生。なにをやっているんですか。これから蘇生術をするんだから、邪魔をしないで……」

「うるさい、黙ってろ!」

一喝された郷野は、怯《おび》えた表情で一歩後ずさった。

祐介は手首のスナップを効かせて打診を行う。太鼓を叩くような小気味のいい音が辺りに響いた。郷野の口から「ひっ!」という、しゃっくりのような音が漏れた。

「緊張性気胸《ききょう》だ!」

叫んだ祐介は、両手で男のワイシャツを摑み、左右に開くように思い切り力を込める。ボタンがはじけ飛び、胸毛が生えた胸があらわになった。

緊張性気胸。外傷などにより胸腔《きょうくう》と外界が弁状に繫《つな》がり、胸腔内に空気は流入するが、外へ出て行けなくなる病態。その結果、異常に上昇した胸腔内圧は肺とともに、心臓までも押しつぶし、全身に血液を送ることができなくなる。放置すれば数分のうちに死にいたることさえあった。

手にしていた点滴針のキャップを口でくわえて外した祐介は、指先で肋骨《ろっこつ》の隙間《すきま》を探り当てると、そこに針先を一気に刺す。点滴針の後ろから勢いよく空気が噴き出し、笛を吹いたような音が辺りに響いた。

点滴針を根元まで埋め込むと、通常は血管内に留置するプラスチック製の外筒部分を残して、金属製の針を引き抜く。これなら肺が膨張しても、針先で傷つけることはない。祐介は新しい点滴針を手にすると、同じ処置をくり返していった。

「脈、触れました！」

四本目の点滴針を刺したところで、患者の首筋に触れていた看護師が歓喜の声をあげた。祐介は大きく息を吐く。

「点滴針は応急処置だ。すぐに胸腔ドレーンを挿入するから準備をして」

祐介が額に滲《にじ》む汗を拭《ぬぐ》うと、患者の引継ぎを終えた救急医が、騒ぎを聞きつけて走り寄ってきた。

「どうした⁉　なにがあったんだ？」

「こ、この患者が、緊張性気胸だったんです。……平良先生、なんで分かったんですか？」

救急医に報告した郷野は、震える声で訊ねてくる。

「頸静脈《けいじょうみゃく》が異常に怒張していたんだよ。心臓に還流できない血液が滞って、静脈が膨れあがったんだ。それを見たら、緊張性気胸を疑わないといけない」

「でも、泥酔しているって運ばれてきたんですよ。なんで緊張性気胸なんて……」

「これを見なよ」

祐介は胸が露《あら》わになっている男のワイシャツに手をかけ、さらにはだけさせる。郷野と救急医が同時にうめいた。

男の右上腹部が広範囲で紫色に変色していた。その部分を押すと、ぐにゃりとへこむ。

「肋骨がボロボロに砕けてるな」

「なんで……こんな……？」

郷野の声がかすれる。

「たぶん交通事故だ。じゃないと、なかなかここまで肋骨は粉砕されない」

「で、でも……救急隊は酔いつぶれていただけだって……」

「これだけアルコール臭をまき散らして路上に倒れていたら、そう思うのもしかたがない。けれど実際は、酔って路地を歩いていたところを轢《ひ》き逃げされたんだろう」

早口で説明した祐介は、血圧を測っている看護師に視線を向ける。

「バイタルは？」

「血圧八四の四二、脈拍は一四二です」

「ショック状態だ！　早く点滴をとって、生理食塩水を全開で流してくれ。あと輸血も必要になるかもしれないから、検査部に緊急でクロスマッチ用の血液を送って！」

看護師に指示を飛ばすと、祐介は救急医に向き直る。

「腹腔《ふくくう》内で出血しているかもしれません。すぐにエコーで確認しないと。この人を重症外傷患者のプロトコールで診察しなおしましょう。指示をお願いします」

「そうですね。郷野君、処置室からポータブルエコーを持ってきて。平良先生にはドレーンチューブの挿入をお願いできますでしょうか」

修羅場慣れしているだけあって、救急医はすばやく指示を飛ばしていく。指示系統が確立したことにより、処置がスムーズに進みはじめた。看護師たちは点滴を繋ぎ、必要な機材を持ってくる。祐介は胸腔に溜《た》まった空気を抜くため、ドレーンチューブを差し込む作業をはじめた。

数分後、祐介が胸腔内に挿入したチューブを固定していると、エコーで腹腔内を調べていた救急医が舌を鳴らした。

「腹の中に血液が大量に貯留している。たぶん、肝臓が裂けて出血が続いている」

「それなら、すぐに緊急手術をしないと。麻酔科と外科の当直を呼びましょう」

祐介が提案すると、救急医は渋面を作った。

「だめです。当直の外科医は緊急手術に入っています。執刀する外科医がいません」

「外科医のオンコールは？」

毎晩、各科の医師が一人自宅待機していて、緊急時には呼び出すことができるオンコールと呼ばれる制度がある。

「こんなに重症だと思わなかったんで、オンコールの外科医には前もって声をかけていません。いまから呼んでも三十分以上かかります。けれど……、この患者はそれまでもたない」

部屋の温度が一気に下がった気がした。

「そ、それなら、受け入れ可能な病院を見つけて、そこに救急車で搬送してもらうのはどうでしょう？」

中年の看護師が提案するが、救急医は顔を左右に振る。

「受け入れ先を探して、そこまで搬送する方が時間がかかる。オンコールの外科医に連絡を入れて、それまでは輸液と輸血で耐えるしかない。かなり厳しいが……」

部屋に重い沈黙が降りる。それを破ったのは祐介だった。

「……俺が執刀します」

「え？　先生は心臓外科じゃ……」

救急医は眉《まゆ》をひそめる。

「心臓外科では二年ほど外科に出向し、一般的な手術の修業をします。一通りのことはできます」

「そうは言っても、最近は腹部の手術はやっていないでしょ？　それにこれは外傷外科の領域ですよ。外科の専門医でもかなり難しい手術です」

「けれど、他に方法がないじゃないですか」

「救命できなかった場合、責任問題になるかもしれません。緊急時に専門以外の医者が治療を行って、訴訟に発展したケースがある。だから……」

「そんなの関係ない！　俺が執刀しなければ、この人は確実に助からないんだ。医者なら助けられる可能性にかけるべきでしょう！」

祐介は声を張り上げる。救急医ははっとした表情を浮かべると、口元に力を込めてうなずいた。

「分かりました。すぐに手術室に運びましょう。オンコールの外科医が来るまで、私が第一助手を務めます。本当ならもっと人手が欲しいんですが、さっきの絞扼性イレウスの手術にとられてしまって……」

「うちの科を回っている研修医たちに手伝ってもらいましょう。二人は研修医寮にいるんですぐに呼び出せます。郷野君」

唐突に声をかけられ、「は、はい」と背筋を伸ばした郷野の目を、祐介は覗《のぞ》き込む。

「君には第二助手をやってもらう。できるな?」

一瞬の躊躇《ちゅうちょ》のあと、郷野は「はい!」と力強く答えた。


けたたましいアラーム音がこだまする手術室。額に汗を滲ませた麻酔科医が麻酔導入を行っている。

滅菌ガウンと手袋を装着し、いつでも執刀できる状態で手術台のそばに立つ祐介は、麻酔器のモニターを横目で見る。そこに表示されている血圧や心拍数は、かなり厳しいものだった。オンコールの外科医はまだ到着していない。

やはり俺が執刀するしかない。祐介は緊張を息に溶かして吐き出していく。

適合する輸血用血液は、院内にストックされた分は全《すべ》て使用したが、まったく足りてはいなかった。日本赤十字社に追加を頼んでいるが、届くのにはまだ時間がかかるはずだ。腹腔内の出血を止めない限り、この患者を救命することはできない。

麻酔科医のそばでは、牧と宇佐美がせわしなく動いて、点滴の交換や、気管内チューブ挿入の補助を行っている。十五分ほど前、祐介が内線電話で連絡をすると、二人とも一言の文句も口にせず、寮から手術室へと直行してくれた。二人のサポートのおかげで、麻酔導入がスムーズに進んでいる。

麻酔科医が気管内チューブを患者の口へと挿管《そうかん》していく。祐介は横目で隣に立つ郷野の様子を窺《うかが》った。マスクをしていてもその表情がこわばっているのが見て取れる。

「大丈夫だ。落ち着いて」

祐介はできるだけゆったりとした口調で声をかける。郷野は関節が錆《さ》び付いたかのような動きでこちらを見た。

「でも……、俺がすぐに交通事故だって気づいていれば……」

「いまは手術に集中するんだ。この人を助けるぞ！」

祐介が気合いを込めて言うと同時に、麻酔科医が「麻酔導入完了しました！」と声を上げる。

「お願いします！」

祐介は右手に持ったメスの刃先を、滅菌シートから露出した患者のみぞおちに当てた。腹部の手術は久しぶりだ。しかし、迷っているひまはない。腕を素早く真横に引く。

極限まで鋭く研がれたメスの刃先が、皮膚と脂肪組織を切り裂いていく。正中線上をみぞおちから下腹部まで切開した祐介は、器具台の上にメスを放った。

「クーパー！」

器械出しの看護師が手術用のはさみであるクーパーを手渡す。手術台を挟んだ向こう側では、救急医が必死に切開部の出血を電気メスで焼灼《しょうしゃく》止血していた。

切開部にクーパーを差し込んだところで祐介は動きを止める。このクーパーで腹膜を切り裂けば、腹腔内の圧力が低下し出血量が一気に増えるだろう。

祐介が目配せをすると、その意味を理解した麻酔科医は小さくあごをひいた。

覚悟を決めた祐介は、腹膜を一気に切り裂いていく。切開された部分から深紅の血液があふれ出した。

「吸引！」

祐介が叫ぶと同時に、救急医がプラスチック製の細長い管を腹腔内に差し込む。鼻をするような音をたてながら、吸引管に血液が吸い込まれていく。

「筋鉤《きんこう》で創部《そうぶ》を開いて！」

祐介は器具台の上から、先がL字型になった金属製の器具を手に取り、郷野に渡す。あわててその先端を創部に差し込んだ郷野は、左右に力を込めた。傷口が大きく広がる。

白い小腸が血の海にゆらゆらと浮かんでいた。片手で無影灯のハンドルを握って光の当たる角度を調節しながら、祐介は腹腔内を覗き込む。

右上腹部の大部分を占める巨大な臓器、肝臓が上下に深く裂け、そこから拍動性に血液が噴き出していた。

「ガーゼ！」

看護師がガーゼを数枚渡してくる。

「これじゃ足りない、あるだけのガーゼをくれ！」

看護師から次々とガーゼを受け取ると、祐介はそれを肝臓の傷口に押しつけた。まずは圧迫止血で出血量を抑えなくては。両手で圧をかけていく。

「血圧低下！　七四の三八！」

麻酔科医の叫び声が手術室に響き渡る。やはり腹膜を開いたことで、出血量が増えたらしい。

祐介は自分の手元を見る。出血の勢いは弱くなっているが、完全には止血できていない。真っ白だったガーゼがじわじわと赤く変色していた。圧迫だけで止血するには、あまりにも傷口が大きすぎる。

体重をかけて圧迫したいところだが、ここまで傷口が大きいと、肝臓が裂けてしまうかもしれない。

どうする、どうすればいい？　焦燥がじりじりと精神を炙《あぶ》る。

「血圧さらに低下！　六八の三四！　止血をお願いします！」

麻酔科医の声はもはや悲鳴のようだった。この場にいる全員が、絶望を湛《たた》えたまなざしを祐介に向ける。

「クーパーを！」

マスクの下で歯を食いしばった祐介は、器械出しの看護師に向かって叫ぶ。

「え？　あ、はい」

一瞬の躊躇のあと、看護師はクーパーを差しだしてきた。祐介はガーゼから右手を離すと、その手でクーパーを受け取る。

「平良先生、なにを⁉　ガーゼを離したら出血が！」

救急医が声をあげる。

「いいから、しっかり吸引をしていてください。郷野君！」

突然祐介に名を呼ばれ、郷野は体を硬直させる。

「無影灯で俺の手元を照らしてくれ」

「え、なんでそんな……」

「いいからやるんだ！」

「は、はい！」

郷野は慌《あわ》てて無影灯のハンドルを握る。祐介は麻酔科医に視線を向けた。

「先生、一分だけでいいんで、なんとか血圧を保ってください」

「……できる限りのことはします」

「よろしくお願いします」

祐介は大きく息を吐くと、肝臓の上に置いていたガーゼを腹腔から取り出し、床に放り捨てる。大量の血液を含んだガーゼは、重い音を立てながら床に赤いしぶきをまき散らした。

圧迫が解除された傷口から、再び勢いよく血が噴き出しはじめた。

「吸引しっかりお願いします！　あと無影灯も！」

祐介はぬるぬるとした胃と小腸を掻き分け、肝臓の裏側に手を差し込むと、それを大きく持ち上げた。

「暗くて見えない！　光を当ててくれ！」

祐介の指示で郷野があわてて無影灯を動かし、斜めから光を当てる。肝臓の裏側が照らし出された。

早く！　けれど慎重に。

自分に言い聞かせながら、結合組織をクーパーで掻き分け、肝臓の裏面を露出させていく。

「血圧六〇を切りました！」

麻酔科医の声が響く中、祐介はただひたすらに、クーパーの刃先で結合組織を掻き分け続ける。目的のものをさがして。

「血圧測定不能！」

麻酔科医が叫ぶと同時に、『それ』は見つかった。祐介は手にしていたクーパーを床に投げ捨てる。

「コッヘル！」

『それ』から目を離すことなく、祐介は右手を後ろに向かって差し出す。その掌に、叩きつけるようになにかが渡される。祐介は自分が手にしている器具を確認することなく、その先端部分を肝臓の裏側の奥深く差し込み、力を込めた。ガチリという鈍い音が鼓膜を揺らした。

時間が止まった気がした。血管を挟んで止血する際などに使用するコッヘル鉗子《かんし》、そのはさみに似た持ち手からおそるおそる手を離すと、祐介は肝臓の表面を見る。ついさっきまで止め処《ど》なく血を噴き出していた傷口が、赤黒い断面を晒《さら》していた。

「止血……できた？」

無影灯のハンドルを握ったまま、郷野が声を漏らす。

祐介は視線を麻酔器のモニターに移した。『測定不能』となっていた血圧表示が『58／32』に変わる。

「血圧、上昇しはじめました！」

麻酔科医の興奮した声を聞くと同時に、祐介は拳《こぶし》を握り込み、小さくガッツポーズを作る。研修医と看護師たちが歓声を上げた。

「どうして……？　傷は開いたままなのに……？」

無影灯のハンドルを握ったまま、郷野が呆然とつぶやく。

「肝門部を露出させて、そこをまとめてコッヘルで遮断したんだよ」

肝臓の裏にある肝門部は、肝動脈、門脈などの重要な血管や、胆汁の流れ道である胆管などが集まっている。そこを強く挟めば、肝臓への血流を根本から止めることができる。

「肝臓は虚血に強い臓器だ。ある程度の時間は血流を止めておける。その間に傷を修復していこう」

祐介が言うと、入り口のドアが開き、息を切らした看護師が入ってきた。

「外科のドクター、到着しました！　輸血用の血液ももうすぐ届くとのことです」

看護師の後ろから薄緑色の手術着を着た、体格のいい中年の男が姿を現す。

「待たせた。どんな状況だ？」

野太い声で訊ねながら近づいてきた外科医が術野を覗き込む。

「Ⅲａ型の肝損傷か。とりあえず止血できているみたいだな」

「肝門部クランプして、応急的に止血処置を施しました」

祐介が報告すると、外科医は「ほう」と声を上げる。

「先生、心臓外科なんだよな。よくそんな方法、知っていたな」

「外科に出向中、肝切除術の助手をやったときに教わったのを思い出しまして」

「なるほど。よし、すぐに手を洗って執刀を代わろう。先生は助手にまわってくれ」

小走りに出口へと向かった外科医は、唐突に足を止めると「なあ、心臓外科の先生」と振り返る。

「はい、なんでしょうか？」

「いい判断だよ。あんたはいい外科医だ」


疲れた……。ＩＣＵのナースステーションで、祐介は倒れ込むように椅子《いす》に腰掛ける。研修医たちもそれにならった。

時刻は午前七時半を回っていた。数時間前、祐介と執刀を代わった外科医は、専門家だけあって素早く肝臓を修復していった。

手術後には、外科医とともにＩＣＵで術後管理を行ったり、轢き逃げの可能性が高いということで所轄署の警官に状況を説明したりしているうちに、いつの間にかこんな時間になっていた。

「お疲れさま。とくに牧君と宇佐美さんは、当直でもないのに手伝ってもらって悪かったね。助かったよ」

「そんなことありません。いい勉強になりました」

「すごく充実した夜でした」

全身から疲労を色濃く滲ませつつも、牧と宇佐美は微笑《ほほえ》んだ。

「なんにしろありがとう」

祐介は奥に視線を向ける。中年女性と小学生ぐらいの男の子が、ベッドに寄り添っていた。患者の妻と息子だ。妻の目が真っ赤に充血しているのが、遠目に見て取れた。

「良かったですね、助かって」宇佐美が言う。

「ああ、本当に」

満足感に顔をほころばせた祐介は、研修医たちを見回した。

「それじゃあ、とりあえず解散にしよう。三人とも疲れただろ。今日の午前中は心エコーの見学だけだから、午前中は仮眠をとっていても……」

唐突に郷野が椅子から立ち上がった。祐介は思わず言葉を止める。

「えっと……、どうかした？」

またなにか文句を言われるのだろうか？　体に緊張が走る。

「……見学します」

郷野は俯《うつむ》いたままつぶやいた。祐介は「え？」と目をしばたたかせる。

「救急部で引き継ぎを終えたあと、ちゃんと心エコーの検査は見学します！」

「あ、ああ、もちろん体力に余裕があるならぜひ」

戸惑う祐介を、郷野は見つめ続ける。視線の圧力に、思わずのけぞってしまう。

「あの……、他になにか？」

「今日はありがとうございました！」

唐突に郷野は腹の底から声を出した。

「先生が救急部にいてくれなかったら、あの患者は助けられませんでした。それに、開腹の止血術、すごかったです。あんな追い詰められた状況で、専門外の手術を完璧《かんぺき》にこなすなんて信じられませんでした。なんていうか……感動しました！」

一息に言うと、郷野は身を翻《ひるがえ》して去っていく。

「……なんなんだ？」

郷野の背中を見送っていると、宇佐美が口元を隠しながらくすくすと笑い声を漏らしはじめた。

「牧君に続いて郷野君まで、平良先生ファンクラブに入会したみたいですね。やっぱり男の子って単純」

牧は「僕はそんな……」と唇を尖《とが》らせる。

べつに特別なことをしたつもりはない。患者を助けようと全力を尽くしただけだ。

ただ、その姿になにかを感じてくれたなら、それは嬉《うれ》しかった。

「それじゃあ、俺たちも解散しようか。君たちは寮に戻って休んでくれ。俺は医局に寄って当直日誌を書いたあと、エコー検査の時間まで仮眠しておくよ」

祐介たちはICUを出る。新館の出口で牧、宇佐美と別れた祐介は、医局棟へ向かった。朝の清廉《せいれん》な空気が心地よかった。

医局棟でエレベーターを待っていると、「あの、平良先生……」と声をかけられる。振り返ると宇佐美が立っていた。

「あれ？　寮に戻ったんじゃ？」

「そうしようと思っていたんですけど、ちょっとご相談があって。いま少しお話しできますか？」

「ああ、もちろん」

「最初にご説明したとおり、私、小児心臓外科に興味があるんです。それで、もし可能ならでいいんですけど、研修中に小児の症例も見ておきたいんです」

「ああ、なるほど。小児の症例を……」

祐介は成人心臓外科グループに所属しているため、小児の患者は受け持っていなかった。

「わがまま言っていることは分かっています。だから、できれば郷野君と牧君のいないところでご相談したくて……」

宇佐美の声が小さくなっていく。

「いや、わがままなんかじゃないよ。そうだよな、小児心臓外科医を考えているのに成人患者だけ診てもな……。分かった、なんとかしよう」

「本当ですか⁉」

宇佐美の表情がぱっと明るくなった。

「ああ、小児心臓外科グループのトップの柳沢准《じゅん》教授とは親しくさせてもらっているから、今日にでもお願いしてみるよ」

「ありがとうございます！」

宇佐美は満面の笑みを浮かべた。

「宇佐美さんは本当に子供が好きなんだね」

「はい！ 最初は小児科に進もうと思っていたんですけど、小児心臓外科の方がもっと直接的に子供の病気を治せるかなと思って。それに、最近は小児心臓外科医になろうとする人、減っているって聞きますし」

「ああ、たしかに……」

祐介は胸の中で「心臓外科に進む医者自体が減っているんだけどね」とつけ足す。

「だからこそチャンスだと思っているんです。たしかに勤務が大変なのは分かっています。友達にも、心臓外科はやめた方がいいって言われることもあります。けれど、昔ほど執刀医になる競争率が高くないなら、頑張れば一人前の小児心臓外科医になって、たくさんの子供を救えると思うんです！」

徹夜明けでテンションが高くなっているのか、宇佐美は熱く語り続ける。

「もし心臓外科を選んだら、たくさんの子供を手術して助けて、そのうえで家庭も両立して、自分の子供も育てて行きたいんです」

「そうか……」

宇佐美の夢がいかに困難なものであるか、娘とほとんど顔を合わせていない祐介には分かっていた。しかし、それを指摘するつもりはなかった。

これまでの研修で、宇佐美がタフで能力が高く、要領も良いことは分かっている。自分にはできなくても、宇佐美なら心臓外科医と家庭の両立という夢を実現できるかもしれない。それに、劣悪な労働環境が社会的に問題になっている昨今、心臓外科の殺人的な勤務態勢もそろそろ見直される可能性もある。

「おい、平良！」

唐突にだみ声が飛んできた。見ると、医局長の肥後が脂肪でたるんだ腹を揺らしながらエントランスに入ってくるところだった。

「あ、肥後先生。どうも」

祐介は首をすくめるように挨拶《あいさつ》する。先週の冠動脈カンファレンスで逆鱗《げきりん》に触れて以来、もともと苦手だった肥後との関係は、さらにぎくしゃくしたものになっていた。

「お前、教授になに言ったんだ？」

肥後は祐介の胸を軽く押す。

「なんのことですか？」

「しらばっくれるんじゃねえよ。昨日、お前を元通り手術に入れろって、教授が言ってきたんだよ」

「それは……」

怪文書の調査を引き受けた報酬などと言えるわけもなく、祐介は口ごもる。

「あんまり調子のんなよ。しっぽ振る相手を間違えると、痛い目にあうからな」

「え……？　どういう意味ですか？」

聞き返すと、肥後の顔に動揺が浮かんだ。昨夜、諏訪野から聞いた話が頭をかすめる。

赤石教授に医局長を解任されそうになったから、肥後が怪文書をばらまいたのかもしれない。昨夜は信じられなかったが、いまの肥後の言動を見ると、あり得ないことではないのかもしれない。少なくとも、肥後は赤石から距離を置こうとしている。

「そんなことより、こんな時間に研修医となに話してんだよ？」

失言を誤魔化すためか、肥後は声を張る。

「二人とも疲れた顔しているぞ。平良、お前まさか研修医に手を出したんじゃないだろうな。朝まで当直室でしっぽりやっていたとかよ」

下卑た笑い声をあげる肥後に、顔の筋肉が引きつる。冗談にしてもあまりにも酷すぎる。完全なセクハラだ。

宇佐美はなにを言われたか理解できないといった様子で、口を半開きにしていた。

「い、いや。宇佐美さんを勧誘していたんですよ。研修医のみんな、とても優秀なんで、ぜひ心臓外科に来て欲しいなって」

祐介は慌てて取り繕う。ようやく肥後の言葉が頭に浸透してきたのか、宇佐美の顔がみるみるこわばっていった。

「そりゃあいい、ぜひ入局してくれよ。ただ、女医は入局してもすぐに、ガキができたとかで辞めていっちまうからな。うちに入るなら子供は諦《あきら》めるんだぞ」

宇佐美は目を見開き、息を呑《の》む。そんな反応に気づく様子もなく、肥後は「じゃあな」と到着したエレベーターに乗り込んだ。

なんてことを言ってくれたんだ。閉まる扉を眺めながら、祐介は頭を抱えたくなる。

恥辱のためか、それとも怒りのためか、宇佐美の頰は紅潮していた。

「あ、あの……、宇佐美さん」

「……失礼します」

硬い声で言うと、宇佐美は早足に去っていく。かけるべき言葉が見つからず、祐介はその小さな背中を見送ることしかできなかった。

忘れかけていた疲労感が、背中に重くのしかかってきた。

第三章　追憶の傷痕《きずあと》

1

宇佐美の件があってから丸一日経《た》った早朝、祐介は扉を開けて医局に入る。まだ午前七時過ぎだけあって誰もいなかった。

あくびをかみ殺しながら自分のデスクへと向かう。担当患者が全体的に安定していたので、昨夜は久しぶりに早く帰宅して、娘の真美と顔を合わせることができた。

祐介と会えたことを、真美はとても喜んでくれた。無邪気な笑みを見て、嬉《うれ》しく思うと同時に、娘との時間をとれていないことに罪悪感をおぼえた。

椅子《いす》に座った祐介は首筋を揉《も》む。久しぶりに自宅でゆっくりできたというのに、胸にはもやもやとしたものがわだかまっていた。原因は分かっている。肥後のセクハラ発言だ。昨日、宇佐美は一日中思い詰めた表情を浮かべていた。その様子を不審に思った郷野や牧が「どうした？」と訊《たず》ねても、宇佐美は平板な声で「なんでもない」と答えるだけだった。

せっかく、郷野との関係を修復できたというのに、今度は宇佐美だ。しかも今回は自分が原因でないだけに、さらに対処が難しい。

肥後の話を聞くまで、宇佐美は間違いなく心臓外科への入局に積極的だった。しかし、「入局するなら子供をつくるな」などと言われれば、入局をためらって当然だ。どうすれば、再び宇佐美を心臓外科に入る気にさせられるだろうか？　思考を巡らせていた祐介は、ふと額に手をやる。

宇佐美にとっては心臓外科に来ない方が幸せなのではないか？　心臓外科は最も多忙な診療科だ。それに、一人前になるのに時間がかかる科でもある。肥後の発言は、あまりにもデリカシーに欠けていたが、医局としての本音でもあるのかもしれない。

一人前の医師を育てるためには、多くの先輩医師が時間をかけて指導をしていく必要がある。そこまで労力をかけて育て上げた医者が、妊娠や出産で勤務できなくなることは、医局としては避けたい事態なのだろう。

出産をのぞむ女性にとって、心臓外科は避けるべき入局先なのではないか。

……そんなこと考えてもしかたがない。祐介は頭を振る。最終的に決定するのは宇佐美自身だ。彼女が心臓外科医としての勤務と、出産して母親となることを両立させたいというなら、他人が口を出すべきじゃない。たとえそれが、困難きわまりないとしても。

俺の仕事は心臓外科の魅力を研修医たちに伝えること。そこから先は、彼らが自分で決めるべきだ。

祐介が自分に言い聞かせていると、手術着の上に白衣を纏《まと》った長身の女性があくびまじりに入ってくる。小児心臓外科グループのリーダーである柳沢准《じゅん》教授だった。

「お、平良君じゃない」

柳沢は軽く手を振る。

「おはようございます、ヤナさん」

「どうしたの、こんな朝早くから？」

「いえ、ちょっと早めに来て、術後患者の様子を見に行こうかと思いまして」

「ああ、昨日ICUから一般病棟に移った金井《かない》さんでしょ。さっき様子見てきたけど、安定していたよ」

ソファーに腰掛けた柳沢は、体を反らせて大きく伸びをした。

「わざわざ見てきてくれたんですか？　ありがとうございます」

「当直なんだから当たり前でしょ。しかし、さすがにこの歳《とし》になると、当直室のベッドの硬さがきついね」

柳沢はわずかに寝癖のついた頭を掻《か》き上げる。本来、准教授である柳沢は当直をしなくてもよいのだが、それでは若い医者への負担が大きくなりすぎると、月に二、三回の当直を引き受けていた。

ソファーわきのテーブルに置かれた当直日誌を手に取り、面倒くさそうに記入していく柳沢を眺めながら、祐介は話を切り出すタイミングを探る。

「平良君、朝食は食べた？」

「はあ、食べてきましたけど」

「そう。私はまだなんだ。良かったら付き合ってよ」

柳沢は親指を立て、医局の出口を指さした。

純正医大附属病院本館の地下にある食堂で、生卵をかけた白飯をかき込んでいる柳沢と向かい合った祐介は、ウーロン茶をすする。数十人は入るであろう広い空間には、二人以外に誰もいなかった。

「朝食がでるんですね、ここ」

祐介は食堂内を見回す。築百年を越える本館の施設だけあって、かなり年季の入った雰囲気だ。普段、昼食は新館の食堂ですませているので、ここにくることはほとんどなかった。

「若いドクターは知らないだろうけど、ここは三百円で朝食セットだしてくれるんだよ。私が研修していた頃は、いつも当直明けにここで朝食を食べていたんだ」

柳沢は味噌汁《みそしる》をすすると、「ほぅ」と満足げに息を吐いた。

「やっぱり当直明けの味噌汁はうまいよね。普段飲むのとまったく違う味がする。それで平良君、なんの話？」

「え？　話って？」

「私になにか言いたいことがあるんじゃないの？　そんな顔してたよ。だからわざわざ私が当直明けの日に、やけに早く医局に来た。違う？」

図星を指され、祐介は苦笑いを浮かべる。

「そんなに分かりやすいですかね、俺？」

「年の功ってやつよ。で、どうしたの？」

「実は、出来れば小児チームの患児を一人担当させてもらえないかなと思いまして」

「お、ようやくうちのチームに移る気になった？」

「いえ、そういうわけじゃなくて」

祐介はあわてて両手を胸の前で振る。

「冗談だって。そんなに焦《あせ》らないでよ。なんでうちの患児を担当したいの？」

「いま受け持っている研修医が一人、小児心臓外科に進むことを考えているんです。彼女が小児の患者を担当しておきたいと言っていて」

「ああ、宇佐美って子ね。あの子、小児心臓外科医を目指しているんだ。ということは、将来私のチームに入るかもしれないってわけか。どう？ 正直なところ、あの子は入局しそう？」

柳沢は前のめりになる。

「かなり乗り気だったんですけど、ただ……」

脳裏に、昨日の出来事が蘇《よみがえ》る。

「なにかあったの？」

伝えるべきかどうか、数瞬迷う。告げ口をするようで気分が良くなかった。しかし、柳沢は数少ない女性心臓外科医だ。なにかアドバイスをもらえるかもしれない。

「実は……」

意を決して、祐介は説明していく。話が進むにつれ、柳沢の表情が険しくなっていった。

「肥後君……ね」

話を聞き終えた柳沢は、苦虫をかみつぶしたような表情になる。

「昔から彼はデリカシーがないのよね。いつか訴えられるわよ」

「そのせいで、宇佐美さんはかなりショックを受けていまして」

「うーん、ただね、肥後君の言うことも分からないでもないんだよ。現実問題としていまのうちのシステムで、心臓外科医をやりながら育児ができると思う？」

祐介は返答に困る。家庭のことを妻に任せっきりの自分でさえも、体力の限界を感じるような勤務だ。これに加えて、子育てまでできるとはとても思えなかった。

「ね、無理でしょ。外科の世界は、時代遅れの男の世界。職人の世界なんだよ」

「職人ですか？」

「そう。いまだに『習うより慣れろ』『見て盗め』って感じでしょ。まさに職人の世界そのものじゃない」

「たしかに……」

「そういう効率が悪いことをやっているから、若い子が敬遠して入局者が減っちゃうんだよ。一子相伝みたいに手術技術を伝えていく時代は終わったの。これからの時代は、もっとオープンにして、個人の負担を減らしていかないと」

柳沢のセリフに熱がこもっていく。興味を引かれた祐介はテーブルに肘《ひじ》をついて身を乗り出した。

「それって具体的には、どうするつもりなんですか？」

「まずは、手術の動画を撮って、医局員がいつでも見られるようにする。それに、一部の医者が手術を独占するんじゃなく、上級医のサポートのもとに修業中の医者にも可能な限り執刀のチャンスを与えるの。あとは、週に一回は技術指導会を開催して、上級医の技術を下の医者に教える場を作る。もちろん、外部から講師を招いたりもしたいわね」

「それは素晴らしい！」

魅力的な内容に、声が大きくなる。

「ちゃんと負担を減らす方法も考えているわよ。いままでみたいに忙しくちゃ、なかなか医局員は増えないだろうからね。まず、患者は主治医制じゃなく、完全当直医制にする」

「完全当直医制……」

完全当直医制では、勤務時間外の業務は基本的にすべて当直医が行う。主治医が呼ばれるのは、担当患者がひどい急変をしたり、亡《な》くなったときだけだ。

「当直医制なら、自分の患者の状態が悪いからって何日も病院に泊まり込むこともなくなるでしょ。たしかに当直中は忙しいけれど、それも週に一回ぐらいなら我慢できるはず」

「けれど、術後の患者とか、急変の可能性が高い患者はやっぱり主治医じゃないと素早く対応できないんじゃ……」

「それは、担当外の患者の情報を持っていなかったから。もっとカンファレンスを増やして、重症患者については小児、成人関係なく情報を共有すれば、当直医で対応できるはずでしょ」

「たしかにそうですね……」

「もちろんそれだけじゃ不十分。この病院で心臓外科が異常に忙しいのは、マンパワーが圧倒的に少ないことが原因だからね。それなら、心臓外科医を増やせばいいのよ。そうすれば、一人あたりの負担は少なくなる」

「そうでしょうけど。簡単に入局者は増えませんよ」

「違う違う。新しく医局員を増やすんじゃなく、関連病院に散っている医局員を呼び戻すってことだよ」

「医局員を呼び戻す⁉」祐介は耳を疑う。「そんなことをしたら、関連病院を失うことになるじゃないですか」

「それでいいの。医局が人材派遣会社のまねごとをやるような時代は終わったんだって。もちろん、あっちにも都合があるだろうから、すぐに全部引き上げさせるようなことはしない。けれど、手術件数が少なくて、教育に適しない病院からは随時医局員を引き上げる。残すのは、医局員の腕をあげるのに有用な、手術件数の多い病院だけ。これからの医局は人材派遣じゃなく、あくまで教育機関を目指すべきなんだよ」

しゃべり疲れたのか柳沢はコップの水を一口飲むと、軽くウェーブのかかった髪を気怠《けだる》そうに掻き上げた。祐介はいま聞いた話を頭の中で咀嚼《そしゃく》していく。

人材派遣組織であることをやめ、あくまで教育機関であることを目指す。たしかに、医局員が減っていく現在、それが医局の目指すべき方向なのだろう。そもそも医局の役割は医師の教育・育成だったはずだ。皮肉なことに、力を失ってあるべき姿に戻りつつあるのかもしれない。

関連病院から医局員を引き上げさせれば、マンパワーは増す。勤務はかなり楽になる。そのうえで、修業中の医師たちが腕を上げるための様々な試みを行っていけるなら、いいことずくめだ。けれど……。

「けれど、そんなこと本当にできるんですか？」

いま説明されたことを行おうとしたら、様々なところからの抵抗にあうだろう。これまで何十年間も続いてきた伝統を破壊するのだ、大きな軋轢《あつれき》を生むことは間違いない。

「難しいことは分かってるよ。一応うちのチームでは、手術ビデオとか技術講習会なんかの、できるところからはじめている。ただ……」

柳沢の目がすっと細くなる。

「医局の形を大きく変えるには、准教授じゃ無理ね。少なくとも主任教授にならないと」

怪文書をばらまいた犯人は柳沢かもしれない。諏訪野から聞いた話が頭をかすめた。自らの理想を実現するため、柳沢がなりふり構わない行動に出た可能性も……。

「いまのままでは、心臓外科で仕事と子育てを両立することは難しいけれど、今後はできないとは限らない。……できれば二十年前にそうなって欲しかったけどね」

柳沢は遠い目になる。彼女は既婚者だが、子供はいなかったはずだ。心臓外科医としてのニ十年を越えるキャリアの中で、きっと女性としてつらい選択を強いられてきたのだろう。祐介は柳沢を無言で眺め続ける。

「ああ、話がそれちゃったあ。うちのチームに入院してくる患児を担当したいんだよね」

柳沢は白衣のポケットから、小さな手帳を取り出すと、指を舐《な》めてめくりはじめる。

「えっと、今週入院してくる予定の子は……」

手帳をめくる手が止まり、柳沢の表情が曇っていく。

「どうかしました？」

「平良君がレジデントだったとき、私と担当していた患児が明日入院してくるんだけど……」

「俺が担当したことある子ですか？　それならちょうどいいじゃないですか。よければ、その子を俺と宇佐美さんで診させてもらいますよ」

柳沢が手帳を差しだしてきた。そこに記されていた名前を見て、背筋に冷たい震えが走る。

「青木《あおき》絵里香《えりか》ちゃん……？　もしかして、これって……」

「そう、再発したかもしれないんだ」

柳沢の陰鬱《いんうつ》な声が、がらんとした食堂に響いた。

2

翌日の昼前、祐介は宇佐美と並んで小児病棟の廊下を歩いていた。郷野と牧は、赤石のオペを見学している。担当する患児に会うため、宇佐美だけ手術を抜け出してきたのだ。

廊下を進みながら、祐介は横目で宇佐美の様子をうかがう。肥後の件があってからというもの、彼女とどう接すればいいのか計りかねていた。

「どうかしましたか?」

祐介の視線に気づいた宇佐美が足を止めた。

「いや、ちょっと……」

「もしかして、肥後先生のことですか?」

祐介は、「いや、その……」と言葉を濁す。宇佐美の顔から、急速に表情が消えていった。

「分かっていたんです。心臓外科が女には、特に私みたいに出産と育児を考えている女には向いていないことは。口には出さないですけど、肥後先生みたいな考え方の人は心臓外科に多いってことも」

宇佐美が見つめてくる。その視線は「あなたもそうなんでしょ？」と問いかけてきているようで、祐介は無意識に目を伏せてしまう。

「はっきり言われて、かえって良かったのかもしれません。もし心臓外科医になるつもりなら、私はどんな男性よりも努力して、誰にも文句を言わせないぐらいの実力をつけないといけないって分かりましたから」

宇佐美の口調に強い決意がみなぎっていく。

「私は女性が心臓外科医に向いていないなんて、絶対に認めません。たしかに体力的なこととか、出産・育児とかのハンデがありますけれど、女性にしかできないことだってきっとあるはずです。それを証明するため、私は絶対に負けません！」

力強く宣言する宇佐美に、祐介は一抹《いちまつ》の不安をおぼえる。肥後の発言は想像以上に宇佐美の心に傷を残していた。そして宇佐美は、男を打ち負かすことでその傷を癒《い》やそうとしている。

宇佐美は目を閉じて数回深呼吸を繰り返したあと、瞼《まぶた》を上げる。その表情は、普段の穏やかなものに戻っていた。

「すみません。ちょっと興奮して、変なことを口走っちゃいました」

柔らかくはにかんだ宇佐美は、「行きましょう」と歩き出す。祐介は重い気持ちでそのあとを追った。

「この病室ですね」

廊下の一番奥にある個室病室の前で、宇佐美は緊張と期待を孕《はら》んだ声で言う。

「……ああ」

またあの子に会うことになるなんて……。さらに気分が落ち込んでいくのを感じながら、祐介はノックをして病室へ入った。

八畳ほどの個室。窓際《まどぎわ》に置かれたベッドのそばに中年の男女が立っていた。二人とも顔色がすぐれず、目の下を濃いくまが縁取っている。

「どうも、平良先生……。お久しぶりです」

スーツ姿の男が頭を下げてくる。患児の父親である青木光也《みつや》だった。隣に立つ妻の聡子《さとこ》も弱々しく会釈《えしゃく》をする。

「お久しぶりです、青木さん」

二人に会うのは四年ぶりだったが、記憶より十歳近く老《ふ》けたように見える。

「今回も私が主治医をさせていただきます。あと、研修医の宇佐美先生が補佐として一緒に診療に当たります」

「宇佐美麗子と申します。よろしくお願いいたします」

宇佐美は恭《うやうや》しく頭を下げた。

青木夫妻の奥ではベッドに横たわった少女がマンガ本を読んでいた。青木絵里香、今回担当する患児だった。

「絵里香ちゃん、久しぶりだね。今回も俺が主治医だからよろしくね」

挨拶《あいさつ》をするが、まるで声が聞こえていないかのように、絵里香は反応しない。

「あの、……絵里香ちゃん」

再び声をかけると、絵里香は横目で睨《にら》みつけてきた。

「聞こえているってば。うるさいな」

「絵里香、ちゃんと平良先生に挨拶しなさい」

光也が娘をたしなめるが、その声はどこか遠慮がちだった。絵里香は父親の言葉を無視すると、再びマンガを読みはじめる。

変わってないな、この子。祐介は頰を掻く。四年前に担当した時もこんな態度だった。

「えっとね、絵里香ちゃん。今回は俺だけじゃなくて、この先生が一緒に絵里香ちゃんを担当することになるから、よろしくね」

紹介された宇佐美は、ベッドわきに移動した。

「こんにちは絵里香ちゃん。私、宇佐美麗子っていうの。よろしく。なにか困ったことがあったらなんでも言ってね」

やはり絵里香は無言でマンガを読み続ける。

「なにを読んでいるの？　私もマンガ好きなんだ」

宇佐美は絵里香が読んでいるマンガ本に手を伸ばす。

「触らないでよ！」

絵里香が手を叩《たた》いた。ぱーんという小気味いい音が室内に響き渡った。

「絵里香！」

聡子が鋭い声で娘を叱《しか》りつける。絵里香は顔をしかめると、あちら側を向いてしまった。小さな背中から、露骨な拒絶が放たれている。

「申し訳ありません、うちの娘が……」

「いえ、そんな。気になさらないでください」

謝罪する聡子に、祐介はあわてて言う。

「あの、それで、これからの予定は……」

聡子は上目遣いに、不安げな視線を送ってきた。

「まずは数日かけて精密検査を行います。その後のことについては、その検査の結果次第となります。結果がそろった時点で、またあらためてご説明をさせていただきます」

聡子と光也は「よろしくお願いします」と、力なく声をそろえた。

「こちらこそよろしくお願いします。それじゃあ宇佐美先生、戻ろうか」

祐介はドアに向かう。しかし、宇佐美は動かなかった。

「絵里香ちゃん。なにかつらいことがあったら、いつでも言ってね。力になるから」

どこか媚《こ》びるように宇佐美が言うと、絵里香は首だけ回して振り返る。その眼差《まなざ》しは氷のように冷たかった。

「力になる？　あんたになにが出来るの？　私の病気を絶対に治すって約束できるの？」

「それは……」

「できないなら、適当なこと言わないでよ！　すぐに出てって！」

絵里香は手にしていたマンガ本を宇佐美に投げつける。本は宇佐美の胸元に当たり床に落ちた。

「絵里香、なんてことするの！」

聡子が悲鳴じみた声を上げる。絵里香はベッドの上でダンゴムシのように丸くなると、両手で耳を覆《おお》った。全《すべ》てを拒絶しているようなその姿に、誰も言葉をかけられなくなる。

「……宇佐美先生、行こう」

祐介は再び宇佐美をうながす。宇佐美は丸くなった絵里香を見つめたまま、ドアへと向かって歩き出した。


「心臓腫瘍《しゅよう》ですか？」

牧が甲高い声を上げる。絵里香との顔合わせを終えた祐介と宇佐美は、手術室から戻ってきた郷野、牧と心臓外科の病棟で合流し、ナースステーションで電子カルテを眺めていた。

「心臓に腫瘍なんかできるんスね」

椅子の背に体重をかけた郷野がつぶやく。

「なに言ってるんだよ、郷野。かなり珍しいけれど、心臓にも腫瘍はできるぞ。一番多いのは、粘液腫っていう良性腫瘍だよ」

「ああ、そういえばそんなのあったな。国家試験の時に勉強した気がする。けれど、良性腫瘍なら特に問題ないだろ」

「あのなあ、粘液腫は崩れやすい腫瘍で、血流にのって脳に飛んだら、脳梗塞《のうこうそく》を起こすこともあるんだぞ。だから、大きさによっては手術で心臓を開いて、腫瘍を除去しないといけないんだよ。それくらい覚えておけよ」

牧が呆《あき》れ顔で言う。郷野は「そうだっけか？」と後頭部で両手を組んだ。

「牧君の言うとおりだ。ごくまれに心臓にも腫瘍が生じることがある。その大部分が良性腫瘍で、一番多いのがいま言っていた粘液腫だ」

祐介はマウスをクリックする。ディスプレイには四年前に入院した際の、青木絵里香の診療記録が表示されていた。

「それで、この子も粘液腫なんスか？」

「いや、違う」祐介は鼻の付け根にしわを寄せる。「悪性腫瘍、癌《がん》だ」

「悪性腫瘍⁉　心臓に悪性腫瘍なんてできるんスか？」

「ああ、ごくごくまれに悪性腫瘍が生じることがあるんだ。もともと珍しい心臓腫瘍のなかでも、さらに珍しい症例だよ」

祐介は画面に病理検査の結果を表示する。そこには『Rhabdomyosarcoma』と記してあった。

「これって……」牧が唾《つば》をのんだ。

「横紋筋肉腫《おうもんきんにくしゅ》だ。骨格筋を構成する細胞から生じた癌だな。ただ、心臓となると世界的にもほとんど報告されていない」

「たしか……悪性度の高い癌なんスよね？」

かなり難しい症例であることに気づいたのか、郷野は姿勢を正す。

「ああ、一般的に肉腫、つまり非上皮性細胞から生じた癌は悪性度が高い傾向にある。この横紋筋肉腫も例外じゃない」

「じゃあ、五年生存率は？」

「はっきりとは分からないんだ。あまりにも症例数が少なすぎて。けれど俺が調べた限り、心臓横紋筋肉腫の患者で診断から五年以上生存した例は……ゼロだ」

無言で画面を凝視していた宇佐美の体が小さく震えた。その顔を横から郷野が覗《のぞ》き込む。

「おい、宇佐美。大丈夫かよ。なんか顔、真っ青だぞ」

「……大丈夫」

かすれ声で答える宇佐美の様子は、とても「大丈夫」には見えなかった。

「ただ、俺が調べた症例は、発見時すでに他臓器に腫瘍が転移していて、手術不能なものばかりだった。だから、絵里香ちゃんには当てはまらない。絵里香ちゃんはかなり初期段階で偶然腫瘍が発見されて、手術できたからね」

祐介が取り繕うように言うと、牧が不思議そうに「偶然ですか？」と訊ねてくる。

「絵里香ちゃんは学校の健診で心雑音を指摘されて、心臓エコー検査を受けたんだ。雑音自体は無害性心雑音、つまり子供によくある問題のない雑音だったんだけど、エコーで右心房の壁に小さな塊みたいなものが発見された。それを精査したところ、横紋筋肉腫であることが分かったんだ。腫瘍自体も小さくて転移もしていなかったので、柳沢先生が執刀して、腫瘍とその周囲の心筋を摘出した」

「その手術、成功したんスか？」

手術の話に興味が湧《わ》いたのか、郷野が訊ねる。

「成功したよ。ちゃんと腫瘍は摘出できた。ただ、問題はそのあとの治療だった」

「手術のあと？」

「肉腫は転移しやすいから、手術の数年後に再発することが少なくない。だから、術後に再発の可能性を低くするために抗癌剤の投与をおこなったんだ。海外の症例で、抗癌剤で心臓横紋筋肉腫を縮小させたっていうデータがあったからね」

「なんか、治療法がいきあたりばったりっていう感じですね」

　牧が額にしわを寄せる。

「しかたがないんだよ。心臓横紋筋肉腫で手術ができた症例っていうのは、報告がほとんどないんだ。だから、治療のプロトコールが決まっていない。ご両親とよく相談したうえ、最善の治療を手探りで探っていくしかなかった。そうやって、俺たちは最善だと考える治療を決めた。けれど……」

　祐介は四年前のことを思い出す。見つけられる限りの論文を集め、小児心臓外科グループ全体で議論を重ね、そして両親と何度も面談をして治療法を決めた。しかしいま思えば、治療はすべて絵里香本人が不在のまま決められていった。

「化学療法を最後までやる前に、絵里香ちゃんが精神的に限界になったんだ」

「精神的にって、何があったんスか？」

「絵里香ちゃんにしてみれば、体調も悪くないのにいきなり開胸《かいきょう》手術で体に傷をつけられ、激しい痛みに耐えなくちゃいけなかった。しかも、それが終わったら強力な化学療法だ。だるさや吐き気でつらいし、髪の毛も抜けていく。十歳の子供にはあまりにもつらすぎた。だから、化学療法の途中ですべての治療を拒否したんだ」

「拒絶されたからって、治療を途中でやめたんスか？」

「『これ以上やるなら自殺する！』、そう言い出したんだよ。まだ十歳の子が『自殺』だぞ。ご両親はものすごく動揺してな。すぐに化学療法をやめるように言ってきたよ」

「……」

牧と郷野が絶句する。宇佐美は膝《ひざ》の上に置いた手を強く握りしめた。

「そんなわけで、化学療法は中止になって、絵里香ちゃんは退院になった。その後は定期的に検査をして、再発がないかをたしかめていたんだ。けれど、先週の検査で……」

「再発したんですか？」牧が首をすくめる。

「分からない。エコー検査で右心室の壁にかすかに異常が認められた。腫瘍の再発かもしれないし、もしかしたら心臓の手術痕《しゆじゆつこん》が写し出されただけかもしれない。それを確認するため、今回入院してきたんだよ」

四年前のことを思い出し、後悔が心を蝕《むしば》む。

絵里香を救おうと必死に治療を行った。しかし、その代償として彼女の心に深い傷を負わせてしまった。最初から医療スタッフに対して警戒心を持っていた絵里香だったが、退院するころには完全に心を閉ざしていた。そして、それは四年経ったいまも変わっていない。

絵里香の冷え切った瞳《ひとみ》を思い出していると、唐突に宇佐美が立ち上がった。

「平良先生、図書室に行って心臓横紋筋肉腫の文献を調べたいんですけど」

「あ、心臓横紋筋肉腫についての文献なら、四年前に俺が集めたやつがあるから、あとでそれを……」

「はい、それもいただきます。ただ、この四年間で新しい論文とか症例報告があるかもしれません。それを調べたいんです」

抑揚なく言う宇佐美の瞳はどこか虚《うつ》ろで、不安をあおる。

「ああ、かまわないよ。俺たちは回診をしているから、六時にまたここに集合しよう」

「ありがとうございます」

宇佐美は一礼してナースステーションを出て行く。

「宇佐美さん、どうかしたんですかね。なんか暗い顔していたけど」

牧が首を捻《ひね》った。

「この青木絵里香ちゃんに、かなりきつい言葉を浴びせられてね。それでショックを受けているんだと思う」

祐介が説明すると、郷野が肩をすくめた。

「平良先生、気にすることありませんよ。いつものことですから」

「いつものこと？」

「俺、小児科研修で宇佐美と一緒だったんですよ。あいつ、普段はのほほんとしているんだけど、重症の子供を見るとあんな感じになるんです」

「今日みたいに思いつめた態度ってことかい？」

「そうなんスよ。なんか自分が病気になったみたいに深刻になっちゃって、その子供にべったりひっついて治療しようとするんですよ。小児科でも最初は『真面目《まじめ》な研修医』って思われていましたけど、最後の方にはちょっと入れ込みすぎじゃないかって、指導医たちも心配というか、引いているというか……」

「なんでそんなことに？」

「さあ、俺も詳しく知りません。あいつ、小さな子供のことになると周りが見えなくなるんですよね。だから、あいつが小児患者を診たいって言い出したとき、『ちょっとやばいんじゃないの』って思っていたんスよ」

「そういうことは早く言ってくれよ」祐介は片手で顔を覆う。

柳沢から絵里香の担当を打診された際、どうしようか悩んだ。最終的には極めて珍しい疾患を診ることは貴重な経験になると思い受け入れたのだが、郷野からの情報を知っていたら断っていただろう。不安定な患児に不安定な医者。双方ともに傷つくことになりかねない。

いまからでも、担当を変えた方がいいのかもしれないが、宇佐美は容易には受け入れないだろう。宇佐美の虚ろな瞳を思い出す。

すでに彼女は絵里香に入れ込んでいる。危険なほどに……。

「あの、平良先生」

郷野が探るように声をかけてきた。

「ん？　どうした？」

「ちょっと話は変わるんですけど、肥後先生ってなにかあったんスか？」

「肥後先生？　なんの話だい？」

「いえ、今日の手術中に……、なあ」

郷野に水を向けられた牧は、ためらいがちにうなずいた。

「なんだよ。はっきり言ってくれ」

「いえ、今日の手術なんですけど、肥後先生の赤石教授に対する態度がおかしかったんスよ」

「教授に対する態度？」

「ええ、これまで肥後先生って、赤石先生の前になると、なんというか……、媚びへつらうというか……」

「ああ、言いたいことはわかるよ」

若手の医局員に対しては高圧的な肥後だが、立場が上の者、とくに赤石教授の前では、揉み手でもしそうなほど卑屈になる。

「それが今日に限って、やけに反抗的な態度だったんスよ。肥後先生が第一助手だったんですけど『教授、指示が聞こえないんですけど』とか『そんなに急がないでもらっていいですかね』とか言って」

「肥後先生が⁉」

普段の肥後からは考えられない言動に、声が跳ね上がる。

「そうですよ、信じられないでしょ。だからなにかあったのかなと思ったんです」

理由は明らかだった。肥後は赤石に見切りをつけたのだ。このまま赤石についていくのが危険だと判断し、敵対する方針に舵《かじ》を切った。

自分を切り捨てようとしている赤石を失脚させるため、肥後が怪文書を送った。諏訪野から聞いたその仮説の真実味が、にわかに増してくる。

小さな声が鼓膜を揺らす。その瞬間、うつむいて考え込んでいた祐介は顔を上げた。見ると、牧が目をじっと覗き込んできていた。

「この前、各科の医局にファックスで送信された赤石先生への告発状。あれが原因じゃないかと僕たちは思っているんです」

「どうしてそんなこと……」

どう誤魔化せばいいか分からず、祐介は口ごもる。

「噂《うわさ》ですけど、赤石先生の過去の論文が調べられているらしいんです。もし告発状に書かれていたことが本当なら、赤石先生は教授を辞めさせられるかもしれません」

なんでそこまで知っているんだ？　動揺する祐介の顔を、牧と郷野が凝視してくる。

「な、なんだい？」

「平良先生、このこと知っていましたよね？」

牧に指摘され、祐介は「え？」と呆《ほう》けた声を漏らした。

「ごまかしてもだめっスよ。平良先生、思っていることが顔に出やすいんだから。すぐにわかります」

からかうように郷野に言われ、祐介は観念する。

「告発状……」

「ああ、知っていたよ。黙っていて悪かった。医局のごたごたに巻き込みたくなくてね。それに、赤石教授がそんなことになっているって知ったら、君たちががっかりするんじゃないかと思って」

二人の反応をおそるおそるうかがう。もしかしたら、初日のように彼らの不興を買ってしまっただろうか。

「気にしないでくださいよ。そういうの、どこの科でも多少はあるものじゃないっスか。それに、ぶっちゃけ赤石先生が退任したからっていって、心臓外科に入局するかどうか決めるのに大して影響しませんから」

「え……？　けれど君たち、赤石先生の指導を受けたいんじゃ……」

「半分はリップサービスですよ。たしかに、赤石教授みたいに手術できるようになりたいとは思っていますけど、べつに教授に手取り足取り指導してもらえるわけじゃないでしょうし、研究だって教授がいなくなっても引き継がれていくものだし」

郷野が「だろ」と同意を求めると、牧はあっさりと頷《うなず》いた。拍子抜けして全身から力が抜けていく。

「しかし、君たちよくそこまで知っているね」

感心と呆れがブレンドされた感想を述べると、郷野は得意げに口角を上げた。

「研修医のネットワークをなめないでくださいよ。この病院では八十人の研修医が各科を回って、寮とかで情報を交換しているんです。その気になれば、病院中の情報を集められますよ」

病院中の情報が集められる？　それなら……。

「それなら、誰があの怪文書を送ったかわからないか⁉」

祐介は思わず立ち上がってしまう。

「急にどうしたんスか？」

「いや、気にならないかい？　誰がなんであんなことをしたか。それに、犯人が分かれば、このごたごたも早く収まるかなと思って……」

祐介は歯切れ悪く言う。いくら二人が心を開いてくれているからと言って、「犯人を見つければ、富士第一に出向できるからだ」とは言えなかった。

「いまのところ、そういう話は聞いていませんね。よければ情報集めてみましょうか」

「よろしく頼む！」

勢い込んで言う祐介に、郷野は「はぁ」と生返事をした。

「じゃあ、そろそろ回診をはじめないとな」

郷野の瞳に不審の光が宿るのを見て、祐介はその場をごまかす。そのとき、ふと疑問が浮かんだ。

「あれ？　今日の赤石教授の手術、肥後先生が第一助手やったのか。たしか第一助手は針谷の予定だったんじゃ？」

祐介が首を傾《かし》げると、郷野が渋い表情になる。

「オペがはじまる寸前に、肥後先生が入ってきて針谷先生を追い出したんです。『お前には第一助手は早い』みたいなことをまくし立てて。なんか、嫌みったらしくて感じ悪かったです」

3

翌日の朝九時過ぎ、祐介は宇佐美とともに、小児科病棟のナースステーションにいた。

電子カルテの前に座る柳沢を、十数人の医師が取り囲んでいる。その大部分が、小児心臓外科グループに属する医師たちだった。

心臓外科では赤石による教授回診と、柳沢による准《じゅん》教授回診が週に一回ずつ行われている。教授回診では心臓外科の患者を全員診察するのだが、柳沢の准教授回診では、小児心臓外科グループの患児しか診察しない。そのため、基本的に成人心臓外科グループの医師たちは参加しなかった。昨日から青木絵里香の主治医となったので、祐介は宇佐美を連れてこの准教授回診にやってきたのだ。しかし、今日の回診には、祐介の他にも一名、成人心臓外科チームの医師の姿があった。

……なんであんたがいるんだよ？　祐介は柳沢のすぐそばに立つ人物に視線を向ける。そこでは医局長の肥後が、媚びるような笑みを浮かべていた。

周囲の医師たちから冷たい視線を浴び、柳沢には戸惑いの表情を浮かべられても、肥後が意に介す様子はない。どうやら、尻尾《しっぽ》を振る相手を赤石から柳沢に移したらしい。その変わり身の速さは、もはや見事ですらあった。

あの二人のどちらかが、怪文書を送ったのだろうか？　祐介は二人を見つめる。

赤石によって医局長の座を追われかけている肥後、そして赤石が失脚すれば次期教授に就く可能性が高い柳沢。

肥後はともかく、柳沢は疑いたくなかった。

「よし、時間になったしそろそろ行こっか」

柳沢が立ち上がる。

「はい、柳沢先生まいりましょう！」

肥後が陽気な声をあげて、周りの医者たちの顰蹙《ひんしゅく》をかった。

准教授回診は滞りなく進み、次が最後の患児となっていた。

「最後は青木絵里香ちゃんだね」

絵里香の病室の前で柳沢は足を止めた。集団の後ろの方にいた祐介と宇佐美が慌《あわ》てて前に出る。

「よろしくお願いします。青木絵里香ちゃん、十四歳、昨日検査目的で入院しました。既往歴は……」

宇佐美はメモに視線を落としながら、早口で絵里香の病歴を説明していく。

「……本日より精査を行い、その結果によって今後の治療方針を決定する予定となっています。以上です」

「了解。発表お疲れ様。じゃあ、行こっか」

柳沢はノックをして病室に入る。

「絵里香ちゃん、回診だよ。ちょっとお邪魔するね」

祐介が声をかけると、ベッドに座ってスマートフォンをいじっていた絵里香は、冷たい視線を向けてきた。

「今日の体調はどうかな?」

こわばった笑顔を浮かべながら、祐介はベッドに近づく。

「……最悪」

顔をしかめつつ、絵里香はスマートフォンを床頭台《しょうとうだい》に置いた。

「体調悪いの? どこか痛いところとかあるの?」

宇佐美もベッドに近づいてくる。

「こんないっぱい医者が来たせいで、気持ち悪いのよ。これじゃあ私、動物園の動物みたいじゃない」

絵里香は吐き捨てるように言った。部屋の空気が、急速に硬度を増していく。

「こんにちは、絵里香ちゃん」

柳沢が声をかけると、絵里香の唇がへの字に曲がった。四年前、絵里香の執刀をしたのが柳沢だ。彼女にとって敵視する最たる人物なのだろう。

「こんなにむさい男たちが大勢でおしかけたら、そりゃ気分も悪くなるわよね」

柳沢は振り返って、部屋にいる医師たちを見回す。

「担当医以外は解散して大丈夫よ」

小児心臓外科チームの医師たちは頷くと、ぞろぞろと部屋から出て行った。肥後だけは動こうとしなかったが、柳沢にあごをしゃくられ、渋々と病室をあとにする。柳沢、祐介、そして宇佐美だけがベッドのそばに残った。

「すっきりしたね。それじゃあ、診察させてもらえるかな？」

柳沢が柔らかく言うと、絵里香は硬い表情のままベッドに横になる。

「ちょっと失礼するね」

柳沢は首にかけていた聴診器を耳にはめ、集音部を絵里香の胸に当てる。十数秒間聴診を行った柳沢は、祐介に向き直った。

「少し脈に乱れがあるわね」

「え？」

祐介は絵里香に「ちょっとごめん」と断り、自分も聴診をする。たしかに数秒間に一回ほど、リズムから外れた心拍音が聞こえた。

「たしかに……」

「まあ、この感じだと期外収縮だから、それほど気にしなくていいかも。なんにしろ、しっかり検査をしていきましょう」

「……受けない」

絵里香が小声でつぶやく。

「ん？　絵里香ちゃん、なにか言った？」

祐介が聞き返すと、絵里香は勢いよく上半身を起こした。

「検査なんか受けないって言っているの！」

「え？　でも、検査のために入院してきたんだから……」

「あんたたちが入院しろって言うから、うちの親が強引に連れてきたのよ。私はこんなとこ来たくなかった！」

「で、でもね……。ちゃんといまの心臓がどうなっているか調べないと……」

「いや！　絶対にいや！　またあんなに苦しいことするの絶対いやなの！」

絵里香はヒステリックに頭を振りだした。

「今回の検査は苦しくないよ。横になっていればすぐに終わるから」

「そんなの信じられない！　四年前、あんなひどいことしたじゃない」

「あれは絵里香ちゃんの体を治すためにしかたなく……」

祐介が言い訳じみたセリフをこぼしたとき、宇佐美が唐突にベッド柵《さく》に手をかけ身を乗り出した。

「お願いだから検査を受けて！　絵里香ちゃんの体を治すために必要なの。心配なら、私が一緒についていくから！」

鬼気迫る様子で懇願する宇佐美に、祐介は啞然《あぜん》とする。

「いやなものはいやなの！」

絵里香は両手で頭を抱えた。

「そんなこと言わないで！　なんでもするから！」

宇佐美は声を張り上げる。これは危険だ。絵里香だけじゃなく、なぜか宇佐美まで感情的になっている。

「宇佐美さん、ちょっと落ち着いて」

祐介はあわてて宇佐美の肩を叩いた。振り返った宇佐美の目が真っ赤に充血し、涙で潤《うる》んでいるのを見て目を疑う。

「絵里香ちゃん、またあとでお話をしにくるから。検査についてはそのときに相談しようね」

この場をおさめようと祐介が提案すると、絵里香が暗い声でつぶやいた。

「……土下座してよ」

「はぁ？」

「あんたじゃなくて、その女に言っているの。さっき、なんでもするって言ったでしょ。それなら、そこで『検査を受けてください』って土下座してよ。そうしたら考えてあげる」

「絵里香ちゃん、いくらなんでもそんなこと……」

祐介は言葉を失う。迷うことなく膝を折った宇佐美を見て。

「お願い、絵里香ちゃん。検査を受けて」

止める間もなく、宇佐美は額が床につくほどに頭を下げる。さすがに本当にやるとは思っていなかったのか、絵里香の目が丸くなる。柳沢もあんぐりと口を開けていた。

「宇佐美さん。立つんだ！」

祐介は宇佐美の腕を掴《つか》んで強引に立ち上がらせた。

「これで検査を受けてくれる？」

いびつな笑みが宇佐美の顔に刻まれる。

「宇佐美さん。出るぞ」

祐介は引きずるようにして、宇佐美を病室の外へと連れ出した。

「なんであんなことしたの？」

椅子《いす》の背もたれに体重をかけながら、柳沢がため息交じりに言う。絵里香の病室を出た柳沢は、祐介と宇佐美をすぐそばにある病状説明室へと連れてきていた。

「すみません。頭が真っ白になっちゃって……」

宇佐美が力なくこうべを垂れる。

「たしかに、可能な限り患者さんの要望に添うのは大切よ。けれど、理不尽な要求はのんじゃだめ。健全な関係を築けないからね。まだ精神が成熟していない子供の場合は特に」

「はい……、本当にすみませんでした」

「これからは気をつけてね。それじゃあ、もう行っていいよ」

うなだれたままの宇佐美とともに、祐介は部屋をあとにしようとする。

「平良君は残って。来月の学会の件で話があるから」

「え……？　あ、分かりました。それじゃあ宇佐美さんは病棟に戻って、郷野君たちと一緒に病棟業務をやっていてくれ。話が終わったらすぐに行くから」

宇佐美は「はい」と弱々しく頷くと、部屋から出て行った。

「お話って、宇佐美さんのことですね」

扉が閉まると、祐介は柳沢に向き直る。来月、参加する予定の学会などなかった。

「そう。彼女、大丈夫？　かなり精神的に不安定に見えるけど、もともとあんな感じなの？」

「いえ、普段は冷静な子なんですけど、絵里香ちゃんのことになると、なぜか入れ込んでしまって」

「あの子に絵里香ちゃんを担当させたのは間違いかもね。大きな問題が起きないうちに、他の患児を担当させた方がいいんじゃない？」

祐介は腕を組んで考え込む。

「……もう少し、様子を見させてください」

「大丈夫？　なにかあってからじゃ遅いんだよ」

「ちゃんと指導します。責任は俺が取りますので、どうかよろしくお願いします」

頭を下げると、柳沢はこめかみを掻《か》いた。

「オーケー、そこまで言うならまかせる。ただし、注意して。気をつけないと、悲惨なことになるわよ」

「分かっています」

祐介は口元に力をこめてうなずいた。

柳沢との話し合いを終えた祐介が病棟へ行くと、ナースステーションの隅にあるパソコンの前で研修医たちが身を寄せ合っていた。背後から覗き込むと、なにやらネットニュースを見ているようだった。このパソコンだけは医療情報などの閲覧のため、ネットに接続されている。

「こら。勤務中にネットサーフィンか？」

三人は体を震わせると、ぎこちない動作でふり返った。

「ちょっとぐらい息抜きしてもいいけど、ナースには見つからないようにやりなよ。特に師長にはな」

おどけて言うと、牧が顔を細かく左右に振った。

「違うんです、平良先生。大変なんですよ。これを見てください」

牧がディスプレイを指さす。表示されている文字の羅列を目で追った祐介は息を呑《の》む。画面の一番上には煽情《せんじょう》的な見出しが躍っていた。

『医学界の闇《やみ》を暴《あば》く　有名私大で研究結果捏造《ねつぞう》か⁉』

牧を押しのけるようにしてマウスを摑んだ祐介は、画面をスクロールして記事を読んでいく。そこには、都内にある一流私立医大の有名教授に研究データ改竄《かいざん》の疑惑がもたれ、院内で大規模な調査が行われていることが記されていた。さらに、先日医局に送られてきた怪文書の写真まで掲載されている。さすがに名指ししている部分は黒塗りにされているが、それでも関係者が記事を読めば、それが赤石を告発するものだと気づいてしまうだろう。

「これって……」

祐介は目を皿のようにして記事の内容を読んでいく。そこには、改竄された研究がこの五年以内のもので、新薬の効果について調べたものであることが記されていた。明らかに、告発状以上の情報が書かれている。しかも、次号にはさらに詳細な追加記事を載せるという予告まで打ってあった。

「今日発売の月刊誌が報じたものです。三流ゴシップ誌の小さな記事ですし、これだけじゃうちの大学の話だって分からないですけど、院内にはかなり噂が広がっています」

牧は声を潜める。

「なにが起きてるんだよ……」

「たぶん、誰かが雑誌に情報を売ったんでしょうね」

「誰がそんなことを⁉」

「告発状をばらまいた人物だと思います。だからこそ、告発状より具体的な情報が載っている。ただ、なにより問題は大学の外にまでこの情報が広がったことです。このまま騒ぎが大きくなれば、ここにマスコミが殺到するかもしれません」

祐介が言葉を失っていると、背後から「おい、平良」というだみ声が上がった。祐介は慌ててニュースの画面を閉じて振り返る。肥後があごの脂肪を揺らしながら近づいてきていた。宇佐美の顔がゆがむ。

「肥後先生、なんですか？」

祐介は記事が消えていることを横目で確認する。

「お前、午後はエコー当番の予定だったよな」

「ええ、そうですけど」

「エコーはレジデントにやらせるから、お前は俺の僧帽弁置換術の第一助手に入れ。正午に入室予定だ。遅れるなよ」

「え？　ちょっと待ってください。その手術を受ける患者って、たしか……」

「ああ、針谷の担当患者だ。どうもあいつが第一助手だとしっくりこなくてよ。だから、第二助手に回した」

「第二助手⁉」

祐介は唖然とする。縫合糸の結紮《けっさつ》や、組織の把持《はじ》などを行う第一助手は、執刀医とともに手術の中枢《ちゅうすう》を担《にな》うが、第二助手は血液の吸引などの雑用的な働きが多い。針谷のレベルの医師がやるような仕事ではなかった。

「なにか文句あるのか?」

「いえ、文句はありませんけど……」

「なら、ぐちゃぐちゃ言ってないで、第一助手を務めろ。遅れるんじゃねえぞ」

肥後は重い足音を鳴らしながら離れていく。

「いまのって、もしかしたら雑誌の記事と関係あるんですかね?」

不安げな牧の問いに、祐介は答えることができなかった。

4

「それじゃあ、あとはよろしくお願いします。すぐに主治医が来るはずですので」

看護師に言うと、祐介は研修医たちとともにICUを出てロッカー室へと向かう。急にオペに入ることになったので、病棟業務がまだ終わっていなかった。これから着替えて病棟に戻らなくてはならない。

肥後執刀の僧帽弁置換術の第一助手を務めた祐介は、見学していた研修医たちとともに術後の患者をICUまで搬送した。自分の担当患者ならこれから術後管理に当たるのだが、今日はこれでお役御免となる。

「……なんか今日の肥後先生、針谷先生にきつかったな」

廊下を進んでいくと、隣を歩く郷野がぽつりと言った。

たしかに肥後は、第二助手を務めた針谷にやけにきつく当たった。「血液の吸引がなっていない」だの、「創部の開き方が悪くて術野が見えない」だの、「息づかいがうるさくて集中できない」だの、因縁をつけるかのように針谷に絡《から》みまくった。

肥後のそのような言動はべつに珍しいことではないのだが、これまで針谷が攻撃対象になることはなかった。

「やっぱり、これってあの雑誌が関係しているんじゃないんスか？　あれを見て、肥後先生は本格的に赤石教授を見限った。だから、教授の身内の針谷先生にあんな態度をとったんスよ」

肥後の態度に立腹しているのか、郷野の声が大きくなっていく。祐介は唇の前で人差し指を立てた。

「あんまり大きな声を出すんじゃない。人に聞かれるだろ」

「けれど、いくらなんでもあの態度ってひどくないですか？」

「まあね……」

祐介は生返事をする。これまで、自分は肥後から何度も同じ様な扱いを受けてきた。特別扱いされなくなったというだけで、針谷に同情する気にはならなかった。

「じゃあ、私はここで。着替えたら病棟に向かいます」

女子ロッカー室の前で宇佐美が言う。

「ああ、宇佐美さん」

祐介が声をかけると、ドアノブに手をかけたまま宇佐美は「はい」と振り向いた。

「あとでまた絵里香ちゃんの病室に行こう。たぶん、いまの時間ならお母さんが来ているから、いろいろと相談をしないと」

「はい、分かりました！」

宇佐美は表情を引き締めて女子ロッカー室の中に入っていった。

「……あいつ、大丈夫ですかね」

閉まった扉を見ながら、郷野が心配そうに言う。牧が首を捻った。

「どういうこと？　気合い入っているみたいじゃないか」

「入りすぎていて怖いんだよ。ああいうときの宇佐美って、周りが見えなくなって暴走したりするんだよな」

郷野の心配は的を射ている。絵里香の担当になってから、明らかに宇佐美は暴走気味だった。祐介は不安を押し殺すと、「とりあえず着替えよう」と男子ロッカー室へと入った。

牧と郷野が奥にある研修医用のロッカーに着替えに行く。祐介は入り口近くの個人用ロッカーの前で手術着を脱いだ。

ロッカーからシャツを取り出したとき扉が開き、手術着姿の針谷が入ってきた。その顔には疲労の色が濃く滲《にじ》んでいる。

「あ、先輩。お疲れさまです」

「あ、ああ。お疲れさん」

祐介はぎこちなく片手を上げる。

「すみませんでした、患者をＩＣＵまで運んでもらって。手術記録を書くように指示されたもんで」

「気にするなよ。本当なら、手術記録は執刀医が書くべきなんだから」

「ですよね。第二助手が手術記録を書くなんて、普通あり得ませんよね」

針谷は弱々しく苦笑すると、祐介の隣にあるロッカーを開けた。二人は無言のまま着替えていく。

ズボンを穿《は》いた祐介は、ためらいがちに口を開いた。

「こっちこそ、今日は悪かったな」

「え？　なんのことですか？」

上半身裸のまま、針谷はまばたきをする。

「手術のことだよ。お前が第一助手のはずだったのに」

さっきまで同情などしていなかったが、こうして目の前で落ち込んでいる後輩を見ると、さすがに罪悪感をおぼえてしまう。

「先輩のせいじゃないですよ。気にしないでください」

「……最近、いろいろと大変そうだな」

祐介は言葉を選びながら言う。針谷は痛々しいほど自虐《じぎゃく》的な笑みを浮かべた。

「もしかして、雑誌のことですか？」

いきなり核心を突かれ、祐介は言葉に詰まる。

「やっぱり知っているんですね。俺もさっき、一階のコンビニで読んで驚きましたよ」

針谷は悔しげに首を振る。

「たしかに俺は教授の身内ですけど、そんなこと関係ないと思っていました。けれど、肥後先生から見れば、俺はあくまで『赤石教授の甥《おい》』だったんですね。叔父に見切りをつけたからって、ここまで露骨にいやがらせをしてくるなんて……」

暢気《のんき》なこの男はやはり、自分が特別扱いされていたことに気がついていなかったのだろう。憐憫《れんびん》の情と嫌悪《けんお》感《かん》が、同時に胸に湧き上がる。

「先輩。叔父は本当に論文を捏造して賄賂《わいろ》をもらったりしたと思いますか？」

針谷が詰め寄ってくる。即答することはできなかった。していないと信じたかった。

自分が目標にしてきた人物が、そんな汚いことをしているとは思いたくなかった。しかし、大学病院という複雑な権力社会の裏でなにが行われているのか、まだその闇を覗《のぞ》き込んではいない祐介には、うかがい知ることはできない。

「俺は叔父を信じています」

針谷は力強く言う。

「子供のころから、あの人を見てきました。融通が利《き》かなくて、人に誤解されるようなところはありますけど、そういう不正に手を染めるような人じゃありません。身内とかそういうことに関係なく、あの人を尊敬しています。俺はたとえどんなことがあってもあの人についていきます！」

宣誓でもするかのように声を張る針谷を前にして、右手の中指に痛みが走った。祐介は反射的にそこを左手で摑み、力を込める。

「すみません、興奮しちゃって。なんか先輩を前にすると、甘えちゃうんですよね。おかげで気分が少し晴れました。ありがとうございました」

針谷は慇懃《いんぎん》に頭を下げると、素早く白衣を着て出口に向かう。その表情からは、さっき浮かんでいた暗い影が消えていた。

針谷の姿が扉の向こうに消えても、祐介は中指を握り続ける。

「平良先生」

背後からの声にふり返ると、白衣に着替え終わった郷野と牧が険しい表情で立っていた。

「ああ、君たちか」

針谷との会話に集中していて、二人がロッカー室内にいることを失念していた。

「先生、あの告発状を送った犯人を見つけましょう！」

唐突に、郷野が声を張り上げる。

「このままじゃ、針谷先生がかわいそうですよ。誰があんなことをしたのか、はっきりさせましょう！」

「君たち、いまの話を聞いていたの？」

「聞いちゃ悪いとは思ったんですけど……。まかせておいてください。僕たち、いろいろ調べてみますから」

牧が強引に手を握ってきた。

犯人を見つけることができたら俺は富士第一に行ける。しかし、研修医たちを医局のごたごたに巻き込んでも良いのだろうか。

手を握られたまま、祐介は自問する。どれだけ頭を働かせても、答えをみつけることはできなかった。

5

「それじゃあ行くよ」

声をかけると、宇佐美は緊張した面持ちでうなずく。病棟業務を終えた祐介と宇佐美は、絵里香の病室の前へやって来ていた。

「失礼します」

ノックをして部屋に入ると、中には絵里香と母の聡子がいた。

「平良先生、宇佐美先生、お疲れさまです」

ベッドわきの椅子に座っていた聡子が立ち上がる。

「すみません、遅くなってしまって。絵里香ちゃん、検査お疲れさまだったね」

祐介は絵里香に話しかける。看護師から受けた報告では、絵里香は今日予定されていた検査を拒否することなく受けてくれたらしい。

絵里香が顔をしかめてそっぽを向くと、宇佐美はベッドに近づいた。

「絵里香ちゃん、検査受けてくれて本当にありがとうね。大変だったけど頑張ってくれたんだね」

「……だって、受けないとあんたたちがまたしつこく説得しに来るんでしょ。それが面倒くさかっただけよ」

絵里香はふて腐れた態度で言う。

「それでもいいの。お姉さん嬉《うれ》しかったよ」

祐介は眉根《まゆね》を寄せる。「お姉さん」という単語を口にした瞬間、宇佐美の顔に危険な色がよぎった気がした。

「あの、それで検査の結果は……」

聡子が怖々と訊《たず》ねてきた。

「このあと放射線科医に読影してもらいます。結果が出しだい、適宜ご報告していきますね」

「そうなんですか。すみません、焦《あせ》っちゃって。……あの、なんだか絵里香、少し調子が悪いみたいなんですけど、大丈夫でしょうか？ 検査に行くとき、ちょっと息切れしたとか」

不安げな聡子の言葉を聞いて、祐介はベッドに近づく。

「絵里香ちゃん。痛いところとか、苦しいこととかあるかな？」

声をかけるが、絵里香は答えない。

「絵里香ちゃん……」

「うるさいなあ。ちょっと疲れただけだからほっといて！」

「絵里香、さっきは調子悪いって言っていたじゃない」

聡子が声をかけるが、絵里香は返事をしなかった。聡子は訴えかけるような眼差《まなざ》しを向けてくる。

「もしなにか悪いところがあれば、検査で分かると思いますので、しっかり対処させていただきます」

祐介の説明を聞いて、聡子の顔に浮かんでいた不安の濃度がわずかに下がった。

「それならいいんですけど……。それじゃあ、絵里香。私はそろそろ帰るけれど、先生たちの言うことをちゃんと聞くのよ」

「え⁉ お母さん帰るの？」

絵里香が甲高い声を上げる。

「それはそうでしょ。明日も朝からお仕事があるんだから。大丈夫よ、明日もお見舞いに来るからね」

聡子は立ち上がり、絵里香の頬を撫《な》でる。

「ねえ、今日だけでもいいから泊まっていってよ。この部屋、泊まってもいいんでしょ」

すがりつくように絵里香は言う。

「けれど、着替えも持ってないし……。そんなわがまま言わないで。ね、もう十四歳なんだから大丈夫でしょ」

絵里香は唇を固く結ぶと、再びベッドの上で丸くなった。

「まったく、いくつになっても甘えん坊なんだから。平良先生、宇佐美先生。ご迷惑をおかけしますけど、どうかよろしくお願いします」

聡子は頭を下げる。

「……泊まれないんですか？」

祐介が「お任せください」とこたえる前に、宇佐美が低い声で言った。

「はい？　なんでしょうか？」

聡子は不思議そうに聞き返す。

「どうにか泊まることはできないんですか？」

「いえ、それは……。さっきも言ったように、着替えも持っていませんし……」

「着替えなら、いまから家に行って持ってくればいいじゃないですか」

「それは……」

聡子は助けを求めるように祐介を見た。

「宇佐美先生、いま聞いただろ。聡子さんは明日の朝からお仕事があるんだよ」

危険を感じとった祐介は、宇佐美を刺激しないように、諭すような口調で言う。

「仕事なら、ここから行くこともできるじゃないですか」

「それはそうですけど……」

異様な雰囲気を感じとったのか、絵里香が上体を起こした。

「絵里香ちゃんはお母さんにいてほしがっているんですよ！」

宇佐美の声が大きくなっていく。

「宇佐美先生、ちょっと落ち着いて」

祐介がたしなめるが、宇佐美は聞く耳を持たなかった。

「私は落ち着いています。そもそも、母親なら……」

「宇佐美先生！」

決定的な一言を漏らしかけた宇佐美を、祐介の鋭い声が貫く。硬直した宇佐美は
「あ……」と、言葉ともうめきともとれない声をこぼした。

「宇佐美先生、外に出ていなさい」

祐介は扉を指さす。

「でも……」

「外に出ていなさい」

宇佐美は唇を噛《か》むと、とぼとぼと病室から出て行った。

「研修医が失礼しました」祐介は頭を下げる。

「いえ、気になさらないでください。きっと、絵里香のためを思って言ってくださっ

たんだと思いますので……。明日からはできるだけ泊まれるようにします」

「それもいいかもしれません。けれど、無理はなさらないでください。ご両親が疲労で倒れてしまっては、元も子もないですから」

聡子は「お気遣いありがとうございます」と虚《うつ》ろな笑みをうかべた。

「絵里香ちゃん。今日はお母さんの用意がないから、お泊まりするのは難しいけれど、明日からは絵里香ちゃんが寂しければ泊まってくれるって。それでいいかな？」

祐介の提案に、絵里香は不満げな表情のままうなずいた。

「それでは、私はこれで失礼します」

祐介はもう一度頭を下げてから出口に向かう。部屋を出ると、うつむいた宇佐美が立っていた。

「……あの、平良先生」

「なにを考えているんだ。一人娘が癌《がん》に侵されているかもしれない母親を非難するなんて」

「すみません。けれど、絵里香ちゃんがあんな状態なのに、お母さんが帰ろうとするから……」

遅刻の言い訳をする小学生のような宇佐美の態度に、奥歯が軋《きし》む。

「来なさい」

祐介は宇佐美の手を摑み、すぐわきの病状説明室へと連れて行った。

「いったいなんなんだ、君は！」

扉が閉まった瞬間、祐介は宇佐美を怒鳴りつける。宇佐美の華奢《きゃしゃ》な体が震えた。

「絵里香ちゃんの身内のように振る舞って、あまつさえ母親を糾弾《きゅうだん》するなんて」

「私は、べつに糾弾したつもりは……」

宇佐美の弁明を、祐介は掌を突き出して止めた。

「君がどういうつもりで言ったかなんて関係ない。少なくとも聡子さんは、糾弾されたと感じているはずだ。ただでさえ、娘の癌が再発したかもしれないっていうことで苦しんでいる母親に、そんなことを言うなんて」

祐介は額を押さえる。ようやく、自分のしたことが客観的に見えてきたのか、宇佐美の顔がしだいにこわばってくる。

「あ、あの……、私、絵里香ちゃんのお母さんに謝ってきます」

「いまは行かなくていい！」

出口に向かおうとした宇佐美の動きが止まる。

「お互いに感情が高ぶっている状態で謝罪されても、聡子さんも受けいれにくいはずだ。謝るなら明日以降、落ち着いてからにしなさい」

「……はい」

　重苦しい沈黙が狭い部屋に満ちてくる。数十秒後、祐介はゆっくりと口を開いた。

「宇佐美さん。君、ご兄弟を亡《な》くしているだろ。たぶん、弟か妹を……」

　電流に打たれたかのように、宇佐美の体が硬直する。

「なんで……、そう思うんですか？」

「絵里香ちゃんを担当してからの君は、あまりにも感情的になりすぎている。それを見たら想像がつくよ」

「……妹です。七年前、私が高校三年生のときに亡くなりました。まだ十二歳でした」

　宇佐美はぽつりぽつりと話しはじめた。

「もともとすごく元気な子だったのに、十歳のとき特発性拡張型心筋症を発症して、だんだん心機能が落ちていきました。うちは両親が共働きだったんで、入院中は毎日、私が放課後に面会に行っていたんです。けれど……私にはなにもできませんでした」

　宇佐美は悔しげに目を閉じた。

　特発性拡張型心筋症。心臓の筋肉が変質し、薄く引き伸ばされていく原因不明の疾患。その予後はきわめて悪く、根本的な治療は心臓移植しか存在していない。

「移植は？」

「もちろん移植ネットワークに登録はしました。けれど、心臓が見つかる前に補助人工心臓の合併症で脳出血を起こして……」

宇佐美は口元を手で覆《おお》う。その姿から、彼女が妹の死から完全には立ち直れていないのは明らかだった。

祐介は小さく息を吐く。いまの話で、なぜ宇佐美が絵里香にあれほど入れ込むのかだけではなく、なぜ心臓外科に進もうとしているのかも分かった気がした。

きっと、妹が弱っていくのを目の当《ま》たりにしながら、なにもできなかったという絶望を、妹と同じように心臓に疾患をもつ子供たちを治すことで癒《い》やそうとしているのだろう。

そのこと自体が悪いことだとは思わなかった。ただ、いまの宇佐美はあまりにも度が過ぎている。

「宇佐美さん、絵里香ちゃんの担当を外れなさい」

うつむいていた宇佐美は顔を跳ね上げた。

「な、なんで……」

「君は絵里香ちゃんのことになると冷静さを失う。きっと絵里香ちゃんに亡くなった妹さんを投影しているからだ。もしかしたら、絵里香ちゃんはどこか妹さんに似ているんじゃないか？」

宇佐美は黙り込んだ。想像が正しかったことを知った祐介は言葉を続ける。

「このままじゃ、君にとっても絵里香ちゃんにとってもよくない。もっと軽症な患児の担当に代えてもらおう」

「……いやです」

宇佐美の声はどこまでも硬かった。

「でも、このままじゃ、医師と患者の信頼関係を築くのも難しいし……」

「信頼関係なら築けます！　私にはあの子のことはよく分かっています！」

宇佐美が口にした「あの子」が絵里香のことなのか、それともいまは亡き妹のことなのか、祐介には分からなかった。

「なんと言おうと、君には絵里香ちゃんの担当から外れてもらう」

できるだけ感情を排して告げる。炎に炙《あぶ》られた蠟《ろう》のように、宇佐美の表情がぐにゃりとゆがんだ。

「……平良先生」

たっぷり一分は黙り込んだあと、宇佐美は声を絞り出した。

「もう一度だけ絵里香ちゃんと話をさせてください。そこで拒絶されたら、私は担当を外れます」

祐介はあごに手を当てて考え込む。あれだけ医療者を敵対視している絵里香が、そう簡単に宇佐美を受けいれるとは思えなかった。絵里香にしっかりと拒絶されることで気持ちの整理がつくなら、それもいいのかもしれない。

「……分かった。それでいい」

「ありがとうございます！」

宇佐美は勢いよく頭を下げると病状説明室から出て行った。祐介は重い足取りで後を追う。

再び絵里香の病室の前までやってきた二人は、扉に取り付けられているガラス窓から中を覗き込んだ。室内に聡子の姿はなかった。どうやらもう帰ったらしい。

「絵里香ちゃん、失礼します」

宇佐美は迷うことなく扉を開く。ベッドで天井を眺めていた絵里香は、驚きの表情で上半身を起こした。

「また来たの？」

「ごめんね、また絵里香ちゃんに会いたくて」

「……私はべつに会いたくなんてない」

絵里香はいつものように、こちら側に背中を見せて丸くなった。

「さっきはごめんね、ちょっと驚かせちゃって」

ベッドに歩み寄った宇佐美は、絵里香の小さな背中に語りかける。

「……べつにいいわよ」

背中を向けたまま答えた絵里香に、祐介は違和感をおぼえた。これまでなら、話しかけても返事をしなかったはずだ。それなのに、いまはぶっきらぼうながらも、しっかりと言葉を返している。

「ねえ、絵里香ちゃん。今夜、この病室に泊まってあげようか？」

「はぁ？」

ふり返った絵里香と祐介の声が重なる。

「もし絵里香ちゃんがよければ、私が今夜、この部屋に泊まってあげる」

「なに言ってるの？　そんなことできるわけないじゃない」

「ううん、そんなことないよ。どうせ私、裏にある寮に住んでいるんだから、ここに泊まったってあまりかわらないの。この病室の方が、私の部屋より広くて快適かも」

「そういう問題じゃないでしょ。そもそも、なんであんたが泊まるのよ」

「絵里香ちゃんがそうして欲しいかなー、と思って」

「なんで私が！」

絵里香の口調が鋭くなっていく。しかし、その口からはいまだに、拒絶の言葉はこぼれていなかった。宇佐美ははにかんで、絵里香を見つめる。

「絵里香ちゃんが、一人じゃ怖いんじゃないかと思って」

硬かった絵里香の顔が、細かく蠕動《ぜんどう》しはじめる。

「怖くなんかない！　ぜんぜん、怖くなんか……」

「いいのよ、そんなに強がらなくても。分かっているから」

「なにが分かっているっていうの！」

「検査結果が出るのが怖かったから、さっきはあんなわがまま言ったんでしょ」

絵里香の顔がくしゃっと歪《ゆが》んだ。

「夜に一人でいるのは怖いよね。悪いことばっかり考えちゃうから。だからお母さんに泊まって欲しかったんでしょ」

「そんなこと……、そんなこと……ない」

食いしばった歯の隙間《すきま》から、絵里香は切れ切れに声を絞り出す。

「無理しなくていいんだよ。お母さんに心配かけないように、頑張っていたんだよね」

宇佐美は手を伸ばして、絵里香の髪に触れる。それと同時に、堰《せき》を切ったかのように、絵里香の目から涙がこぼれはじめた。その光景を祐介は棒立ちで眺める。てっきり、医師に対する反感で検査を拒否したのだと思っていた。けれど、自分はなにも分かっていなかった。

両親に心配をさせないために強がりつつも、癌の再発の恐怖と必死に戦っていたのだ。

重い病に侵された妹を看病した経験から、宇佐美は絵里香の本心に気づいた。

「大丈夫……。大丈夫だから。私が一緒にいてあげるから」

絵里香は宇佐美の白衣の胸元に顔をうずめ、胸の奥にたまっていた感情を泣き声とともに吐き出していく。その間、ずっと宇佐美は絵里香の髪を愛《いと》おしそうになで続けた。

数分後、病室を満たしていた泣き声がおさまると、宇佐美は絵里香を柔らかく抱きしめたまま振り返った。

「平良先生、今日ここに泊まってもいいですか？」

宇佐美はもはや「担当を続けてもいいですか?」とは訊《き》かなかった。祐介はゆっくりと首を縦に振る。

「……絵里香ちゃんがいいなら、かまわないよ」

「それじゃあ絵里香ちゃん、今晩よろしくね」

絵里香は鼻をすすりながら頷《うなず》いた。固く閉ざされた絵里香の心の扉を、宇佐美はこじ開けたのだろう。

しかし、二人の姿を眺める祐介の胸では、なぜか不安がさらに大きく膨れ上がり続けていた。

六畳ほどの薄暗い部屋に、複雑な機器が並んでいる。翌日の昼過ぎ、『操作室』と呼ばれる部屋に立つ祐介は、分厚いガラス越しに隣の部屋を眺めていた。ドーナツ状の巨大なCT撮影装置が置かれた『撮影室』。そこでは、撮影台に横になった絵里香の腕に宇佐美が点滴針を刺そうとしていた。点滴で造影剤を投与してからCT撮影をして、病変が鮮明に映るようにする検査だった。手の甲に点滴針が刺さった瞬間、絵里香は軽く眉をしかめた。

点滴ラインが確保されると、宇佐美のそばに立っていた放射線科医が造影剤の入ったシリンジをラインの側管《そっかん》に接続する。

「それじゃあ絵里香ちゃん、これからお薬を打つよ。少し体が熱くなるかもしれないけど心配しないでね」

放射線科医はシリンジの中身を押し込んでいく。透明な液体が点滴ラインを通って、絵里香の小さな手の静脈へと吸い込まれていった。違和感がするのか、絵里香は小さく「うっ」とうめく。

「大丈夫、絵里香ちゃん？」

傍らに立つ宇佐美が心配そうに声をかける。絵里香は「……大丈夫」とか細い声で答えた。

「それじゃあ、撮影していきます」

放射線技師がマイクで声をかけると、宇佐美と放射線科医は鉛製の重い扉を開けて操作室に入ってきた。強い放射線を発する撮影中は、基本的に検査を受ける者以外は撮影室に入れない。

「はい、じゃあ絵里香ちゃん、大きく息を吸って。そこで止めて……」

放射線技師がマイクで指示を出しながら、大きな液晶パネルに表示されたボタンを押していく。そのたびに、巨大なドーナツ状のCT装置が絵里香の胸のあたりを往復した。

「お疲れさま。ちょっとそのまま待っていてね」

数十秒後、撮影を終えた放射線技師がマイクに言った。宇佐美が撮影室へ戻り、看護師とともに絵里香の体を起こす。

「絵里香ちゃん、頑張ったね。お疲れさま」

宇佐美の声を聞きながら、祐介は目の前のモニターを凝視していた。すぐにいま撮影した画像が表示されてくるはずだ。

「絵里香ちゃん⁉」

甲高い声が鼓膜を揺らす。驚いてガラス越しに視線を送ると、絵里香が胸を押さえて床に膝《ひざ》をついていた。

その顔がみるみると蒼白《そうはく》になっていくのを見て、頭の中で警戒音が鳴り響く。

「どうした⁉」

撮影室に駆け込むと、四つん這《ば》いになっている絵里香が顔を上げた。

「……気持ち悪い」

そうつぶやいた瞬間、絵里香の体が糸が切れた操り人形のように力なく崩れ落ちた。

宇佐美が悲鳴を上げる。祐介は素早く絵里香に近づき、その体を仰向けにした。

「造影剤のアナフィラキシーですか⁉」

遅れて撮影室に駆け込んできた放射線科医が叫ぶ。

「いや、違います！」

絵里香の頰を軽く叩《たた》いて意識を確認しながら、祐介は答えた。造影剤はごくまれに、極めて強いアレルギー反応であるアナフィラキシーを引き起こすが、そこで現れるのは主に呼吸苦や全身の発疹《ほっしん》だ。症状が異なっている。

祐介は絵里香の首筋に指を這わす。頸動脈《けいどうみゃく》の拍動が指先に伝わってこなかった。全身に鳥肌が立つ。

「アレストしてる！　すぐに蘇生《そせい》を！」

心肺停止を意味する『アレスト』という単語を口にした瞬間、部屋の空気がいびつに震えた。祐介は放射線科医と看護師を見上げる。

「先生はＤＣカウンターの用意をお願いします。君は救急カートを持ってきて。早く！」

指示を受けた放射線科医と看護師は、「はい！」と返事をして走り出ていく。祐介は絵里香の胸骨の上に両手を重ねて蘇生の用意をした。

「宇佐美さん、点滴を全開に」

宇佐美に指示を出しながら、祐介は体重をかけて絵里香の胸骨を押し込みはじめた。

「な、なんで……」

必死に心臓マッサージを続ける祐介の前で、宇佐美は焦点を失った瞳《ひとみ》で絵里香を見つめ続ける。

「そんなことはいいから、すぐに点滴を全開にするんだ！」

たしかに、なぜいきなり心停止したのか分からない。けれど、いまは原因を探っている場合じゃない。

「救急カート持ってきました！」

看護師が息を切らしながら、緊急用の器具や薬剤が収納されたカートを引いてきた。

「宇佐美さん、すぐにエピネフリンとアトロピンをワンショットして！」

指示を飛ばすが、宇佐美は案山子《かかし》のように立ち尽くすだけだった。

騒ぎを聞きつけた医師や看護師が、続々と撮影室に入ってくる。その波に押し流されるように、膝をついて心臓マッサージを続ける祐介からは、宇佐美の姿が見えなくなっていった。

6

「これは……」

電子カルテのディスプレイを覗き込んだ諏訪野が絶句する。

「どう見る？」

後ろに立つ祐介が低い声で訊ねると、諏訪野はマウスをかちかちとクリックして、ディスプレイに表示されている造影CTの画像を流していく。祐介は研修医たちとともに、息を殺して諏訪野の答えを待った。

絵里香が急変した翌日の早朝八時過ぎ、祐介は絵里香の治療についてアドバイスをもらうため、諏訪野を医局棟にある小さな会議室へと呼び出していた。

「いや、どうもこうも……。こんなの見るの初めてですよ。放射線科の読影結果はどうなっているんですか？」

ふり返った諏訪野は、ぼさぼさの頭を掻《か》く。

「腫瘍《しゅよう》の再発……、しかも心臓全体に。放射線科はそう回答してきている」

「……残念ですが、僕の意見も一緒です。ここにぽちぽちと写っているの、たぶん再発した腫瘍ですね」

暗い声で言いながら、諏訪野はディスプレイの一部を指さす。大きく写し出された心臓の断面像。その分厚い筋層の中に、白い影が斑点《はんてん》のように散らばっていた。

「見たところ、癌細胞は右心室を中心に、心臓全体に広がっていますね」

「そうか……」

祐介は横目で宇佐美を見る。うつむいた彼女の顔は蒼白で、握りしめた両拳《こぶし》が細かく震えていた。

「この子、たしか昨日アレストしたんですよね。……蘇生はしたんですか？」

「ああ、なんとかな」

蘇生術を開始してから五分ほど経《た》って、絵里香の心臓は鼓動を再開した。すぐに心臓マッサージをはじめたこともあって、低酸素による脳へのダメージは認められなかった。その後、絵里香はＩＣＵへと運ばれ、集中治療を受けている。

「あの、癌の再発は分かったんスけど、なんで昨日、この子は心停止したんですか？」

重い空気に耐えきれなくなったのか、郷野が小声で訊ねた。

「たぶん、癌細胞が刺激伝導系にまで浸潤して、異常をきたしたんじゃないかな。だから、心臓中におかしな電気刺激が吹き荒れて心室細動になった」

自信なげに諏訪野が言う。その答えは、祐介が考えていたものと同じだった。洞結節《どうけっせつ》という場所から発せられた電気刺激が、上から下へと流れていくことで、心臓は一定のリズムで鼓動している。その経路に癌細胞が広がり、信号の流れを妨げたのだろう。その代わりをするように、心臓全体にまき散らされた腫瘍細胞が異常な電気刺激を起こし、心臓全体が細かく痙攣《けいれん》しだしたのだ。その結果、心臓は血液を送り出すポンプとしての機能を喪失し、心停止が引き起こされた。

諏訪野は再びマウスを操作すると、ディスプレイに心臓エコー検査の画像を映し出す。急変後にＩＣＵで撮られたものだった。

「鼓動のリズムは安定していますけど、心機能がかなり落ちていますね」

諏訪野は鼻の付け根にしわを寄せる。牧が画面を覗き込んだ。

「心筋が癌に侵されているからですか？」

「それもあるんだろうね。あと平良先輩、この子が蘇生するまで何回カウンターショックをやりました？」

心臓に高電圧の電流を流すカウンターショックは、心筋を一時的に麻痺《まひ》させ、異常な痙攣状態をリセットすることによって心室細動を正常の心拍に戻すために行われる。

しかし、当然心臓に電気を流すたびに、心臓はある程度のダメージを負うことになる。

「……五回だ」

「五回ですか……。もともと癌で心機能が下がっていたところに、五回の通電と心臓マッサージでさらにダメージを負ったんでしょう」

歩行時の息切れなどを訴えていたことを考えると、もともと心機能は落ちていたのだろう。そして蘇生に伴う処置でさらに悪化した。しかたがなかったとはいえ、苦い思いが胸に湧《わ》いてくる。

誰もが険しい顔で黙り込み、会議室は鉛のような沈黙で満たされた。

「あの……、これって治療はどうするんスか？」

首をすくめながら郷野が訊ねる。それは誰もが頭に浮かべながらも、口にするのを躊躇《ため》っていたことだった。

「心不全に対しては、酸素と利尿剤で様子を見て、もし悪化するなら補助循環を使っていくことになるだろうね。ただ、ここまで癌が進行しているとなると……」

言葉を濁した諏訪野は、祐介に向き直る。

「そもそも、なんでこんな状態になるまで気づかなかったんですか？　これってかなり進行していますよね」

「癌の進行が速すぎたんだよ。半年前にＭＲＩを撮影しているけれど、その時は癌の再発は認められなかった」

「たった半年以内でこんなに進行したのか……」

諏訪野がうめく。

「ああ、とんでもない発育速度だ。よほど悪性度が高い癌細胞なんだろうな。四年前の手術で取り切れず、わずかに残ったその癌細胞が、いまになって一気に発育をはじめたんだ」

「あの、それじゃあ今回も手術で治療を？」

郷野が探るように訊ねる。

「できると思うかい？」

祐介に質問を返され、郷野は渋い表情を浮かべた。心臓全体が腫瘍細胞に侵されているのだ。手術で癌細胞を切除することは不可能だ。

「……出来るわけないっスよね。それじゃあ、化学療法か放射線療法を？」

口を固く結ぶ祐介に代わり、諏訪野が答える。

「どちらもあまり期待はできないね。一般的に横紋筋肉腫《おうもんきんにくしゅ》には、放射線も抗癌剤も効果が薄い。特に抗癌剤は、いまの全身状態を考えるとリスクが高すぎる」

「じゃあ……、治療はどうするんスか?」

諏訪野は険しい表情で黙り込む。その背中を祐介は軽く叩いた。

「ありがとう、諏訪野。おかげでいろいろ分かったよ。俺は絵里香ちゃんのご両親と話をしてくる」

祐介は出口へと向かう。これから絵里香の両親に、絶望的な話をしなければいけない。そのことを考えると、全身の血液が水銀に置き換わったかのように体が、そして心が重かった。

「……待ってください」

それまで一言も言葉を発さなかった宇佐美が呼び止める。祐介を見るその目は血走り、据わっていた。

「どうした?」

警戒しつつ、祐介は訊ねる。

「移植はできないんですか?」

「移植?」

「そうです。心臓全体が癌細胞に侵されていて、一部を切除するような手術ができないっていうなら、心臓ごと摘出して新しい心臓を移植すればいいんです」

「それは……」

心臓腫瘍に対して移植を行う、そんなことが可能なのだろうか？

「この前、心臓腫瘍についての文献を調べていたときに見つけたんです。心臓の悪性腫瘍に対して、移植を行った症例があるって。きっと絵里香ちゃんも、癌に侵された心臓を移植で取り替えれば完治できます」

祐介が困惑していると諏訪野が助け舟を出した。

「たしかに、そういう治療法もあるだろうね。ただ、悪性腫瘍がある患者の場合、術後に使用する免疫抑制剤の影響で、癌細胞が急激に発育するリスクがある。だから、転移がある患者は移植の待機リストから除外されるはずだよ」

「絵里香ちゃんは、心臓以外の臓器に転移はみられません」

間髪をいれず宇佐美が反論した。

「けれど、わずか数ヶ月でここまで発育してきた癌細胞だ。しかも、心臓全体にぱらぱらと広がっているところをみると、かなり細胞同士の結びつきが弱い。つまりは転移しやすい癌だってことになる。画像に写ってこないだけで、細胞レベルで他臓器に転移している可能性は高いよ」

「あくまで可能性の問題です！」

「その可能性がある限り、移植臓器が回ってくる可能性は低い。心臓移植をするとなると、脳死移植ってことになるけれど、日本では脳死患者からの臓器移植が少ないことは知っているだろ」

「でも、それ以外に絵里香ちゃんが助かる方法はないじゃないですか！　もし、日本がだめなら、海外での移植の道だってあるはずです」

「そりゃそうだけど、その場合は億単位の金が必要になるんだよ」

宇佐美の剣幕に押された諏訪野は軽く身を反らす。

「お金の問題じゃ……」

さらに反論をしようとした宇佐美の肩に、祐介が手を置いた。

「分かったから落ち着きなさい」

「分かったってどういう意味ですか⁉」

宇佐美は噛みつくように言う。

「ここで議論してもしかたがないだろ。まずはご両親に説明だ。そのとき、心臓移植という選択肢も存在することを伝える。そして、もしご両親が移植ネットワークへの登録を希望したら、すぐに手続きをしよう。それでいいか？」

「……はい」

「それじゃあ、君たちは病棟業務をやっていてくれ。俺は絵里香ちゃんのご両親に話をしてくる」

郷野と牧は「分かりました」と頷いたが、予想どおり宇佐美は納得しなかった。

「私も説明に立ち会わせてください」

「だめだ」

「なんでですか？　私も絵里香ちゃんの担当医です！」

「そういうところが危険だからだよ」

祐介の白衣を摑《つか》むかのように伸ばした手を止めた宇佐美は、はっとした表情を浮かべる。

「患者本人や家族への説明は冷静に行う必要がある。特に、今回のように厳しい病状の説明はね。けれど、いまの君は興奮していて、なにを口走るか分からない。医者が感情的になったら、まともな話し合いなんてできない」

淡々と事実を指摘すると、宇佐美はうつむいたあと、縋《すが》りつくような眼差しを向けてくる。

「お願いです……。説明に立ち会わせてください」

捨てられた子犬のようなその姿に、かすかな迷いが生じる。彼女を説明の場に連れて行くのは危険だ。しかし、宇佐美をこの件から排除しては、彼女の心に致命的な傷を残すかもしれない。

数十秒考えたあとに、祐介は結論を下す。

「分かった、ついてきてもいい。けれど、一つ条件がある」

「どんな条件ですか？」

「ご両親への説明の間、なにがあっても君は口を挟まないことだ」

宇佐美は「そんな……」と目を見開いた。

「それができないなら連れて行けない。どうする？」

回答を求めると、宇佐美は悔しそうに拳を握りしめた。

「……約束します。だから、立ち会わせてください」


ＩＣＵを出てすぐのところにある病状説明室の空気は重く濁っていた。祐介は無言のまま、テーブルを挟んで対面に座る青木夫妻を見つめ続ける。

癌が再発し、かなり厳しい状態であること。根本的な治療法は心臓移植しかないが、それもかなり困難であること。それらを聞いた二人は、数分前からまるで魂が抜けたかのように弛緩《しかん》した表情で黙り込んでいた。

二人の言葉を待ち続けながら、祐介は宇佐美の様子をうかがう。硬い表情の彼女は、最初に二人に挨拶《あいさつ》して以降は、約束通りなにも言葉を発していなかった。

「……どのくらいなんですか？　あとどれくらい、絵里香は生きることができるんですか」

うつむいたまま、聡子が声を絞り出す。

「なんとも言えません。ただ、絵里香ちゃんの心臓を侵している癌細胞は、極めて成長速度が速いものです。そして、絵里香ちゃんの心臓の働きはかなり悪化しています。それを考えると、最悪の場合……数日という可能性もあります」

聡子の口から小さな悲鳴が漏れた。その痛々しい姿に胸を締めつけられながらも、祐介はさらに厳しい事実を伝えていく。

「また、昨日のような不整脈が起こって、いますぐにでも急変する可能性もあります。その場合、今度も救命できるという確証はありません」

再び二人は黙り込んだ。自らの最愛の存在があと少しで消えてしまう。そんな、あまりにも残酷な現実を受け止められずにいるのだろう。

「もし……、もしですけど、心臓移植ができたら、絵里香は助かるんですか？」

ぎこちない動きで光也が顔を上げた。

「そうとも限りません。たとえ移植が成功しても、拒絶反応を抑えこむために免疫抑制剤を飲む必要があります。癌細胞が体に残っていた場合、免疫が抑制されて一気に癌が広がる可能性もあります」

「でも、可能性はゼロではないんですよね⁉」

かすかな希望にすがりつこうと、光也は身を乗り出してくる。隣に座る宇佐美の表情が、かすかに明るくなった。

「はい、たしかにゼロではありません。ですから、もしご両親が希望されたら、すぐに移植待機者リストに載せてもらえるように手続きを取ります」

「その後はどうなるんですか？」

「あとは、絵里香ちゃんに適合する移植臓器が出るのを待つしかありません。ただ、日本では脳死移植の件数が少ないので、それがいつになるかは分かりません。その間に心機能がさらに低下した場合は補助循環装置、一般的に『人工心臓』と呼ばれる装置に手術で接続することになります」

「その手術は危険ではないんですか？　それに、その人工心臓に接続すれば、長い間待てるんですか？」

混乱と興奮で舌がうまく回らないのか、光也の言葉は聞き取りづらかった。

「手術は開胸《かいきょう》で行うものですからリスクは高いです。人工心臓も完璧《かんぺき》ではありません。血栓をつくって脳梗塞《のうこうそく》を起こすことがあります。また、体に異物を差し込んでいるので、そこから感染を起こす可能性もあります。さらに、絵里香ちゃんの場合は、待機中に癌細胞が他の臓器に転移するかもしれません。もしそうなった場合は……移植のリストからは外れます」

祐介は隠すことなく事実を述べていく。光也の顔に灯った希望の明かりが薄くなっていった。

「移植のリストから外れるって、そうなったらどうなるんですか？」

「そうなった場合でも、人工心臓からの離脱はできません。そのままの状態で、癌の苦痛をとる緩和療法をしていくことになるでしょう」

「機械に繋《つな》がったまま、癌で死ぬのを待つことになるってことですか⁉」

光也の声が跳ね上がる。

「残念ながらそうなります。ですから、私からこの方法を積極的にお勧めすることはしません」

「……それ以外の選択肢は？」

「積極的な治療を行わず、残された時間をご家族と一緒に過ごしながら、苦痛をとっていくという方法があります」

「けれど、……けれど、それじゃあ絵里香は助からない……」

光也は喘《あえ》ぐように言う。

「残念ながらそのとおりです。可能性は低いですが治療を目指すのか、それともはじめから緩和療法を行うのか。とても難しい選択だとは思いますが、ご家族でよく話し合って決めてください」

祐介の説明を聞いた二人は、ぎこちなくお互いを見つめ合った。

光也が聡子の震える肩に手を伸ばす。聡子は夫の胸に額をつけて嗚咽《おえつ》を漏らしはじめた。

「平良先生、すみません。あまりにも混乱して……。すぐに答えは出せそうにありません。……少し待って頂けないでしょうか」

妻の背中を撫《な》でながら、光也が切れ切れに言う。

「もちろんです。おつらいでしょうが、ゆっくり考えて結論を出してください。看護師に声をかけていただければ、すぐに私に連絡できますので、いつでも呼んでください」

祐介は席から立ち、頭を下げた。すぐに宇佐美もそれにならう。祐介たちが部屋を出るときも、光也と聡子は抱き合ったまま細かく震えていた。

扉が閉まると、宇佐美が非難するような視線を投げかけてきた。おそらく、移植を強く勧めなかったことが不満なのだろう。祐介はその視線に気づかないふりを決め込み、ＩＣＵに向かって歩き出す。

「どこに行くんですか？」

「絵里香ちゃんに会いにいくんだよ。来ないのかい」

ＩＣＵの扉の前でマスクとキャップをつけながら言うと、宇佐美は目をしばたたかせた。もう絵里香と接触はさせてもらえないとでも思っていたのだろう。

「行きます！　すぐに行きます！」

宇佐美は小走りでやって来て、マスクとキャップを鷲掴《わしづか》みにした。

二人がＩＣＵに入ると、絵里香はベッドの上で目を閉じていた。その口元は酸素マスクで覆われている。

ベッドに近づいた宇佐美は、深い哀《かな》しみを湛《たた》えた瞳を絵里香に向け、血色の悪い頬をそっと撫でた。

「きっと助かるからね。……私が助けてあげるから」

かすかな寝息を立てる絵里香に向かって、宇佐美はささやく。その様子を、祐介は数歩引いた位置で眺め続けた。

「さて、そろそろ行こうか」

数分経ってからうながすと、宇佐美は後ろ髪を引かれる様子でベッドから離れ、祐介とともに出口へと向かう。

ＩＣＵから出る寸前、ふり返った宇佐美の横顔には、精巧な硝子《ガラス》細工のような儚《はかな》げな表情が浮かんでいた。

7

「じゃあ行こうか」

「……はい」

宇佐美は緊張と恐怖が混ぜ合わさった表情であごを引いた。祐介はノブを回す。がちゃりという音がやけに大きく廊下に響いた。

絵里香の両親に病状を説明した日の午後五時前、回診中の祐介の院内携帯に、ＩＣＵの看護師から連絡が入った。絵里香の両親が話をしたいと言っていると。

午前と同じ病状説明室に入ると、パイプ椅子《いす》に座った青木夫妻が目を伏せていた。その顔は憔悴《しょうすい》しきっていて、一見すると彼らが病人のようだった。

「失礼します」

祐介は宇佐美とともに、夫婦の対面に腰掛ける。

「絵里香ちゃんと、お話しできましたか」

二人が言葉を発しないのを見て、祐介は話を切り出す。

「……ええ、午前中はうとうとしていたんですけど、午後になってからは意識もしっかりしてきましたから」

聡子は力なく微笑《ほほえ》んだ。

「そうですか。本人はなにか言っていました？」

「早く元の病室に戻りたいって言っていました。貧血で意識を失ったぐらいで大げさだって」

朝の話し合いの際、癌の再発は本人には伝えず、心停止したことも「脳貧血で倒れて気絶した」と説明することになっていた。

「かなり意識がはっきりしてきたみたいですね」

光也と聡子は力なくうなずく。再び部屋に沈黙が降りた。祐介はからからに乾いた口腔《こうくう》内を唾液《だえき》で濡《ぬ》らすと、本題を切り出した。

「それで……結論は出ましたか？」

二人は再び小さく、ためらいがちにうなずいた。

「教えていただいてもよろしいでしょうか？　今後、絵里香ちゃんの治療方針はどのようにいたしましょう？」

光也がなにかを言おうと軽く前屈《まえかが》みになる。しかし、かすかに開いたその口から、言葉が漏れ出すことはなかった。

「焦《あせ》らなくて大丈夫です。落ち着いてから、ゆっくりとおっしゃってください」

「……ありがとうございます」

光也は自分の胸に片手を置いて二、三度深呼吸をすると、祐介と視線を合わせた。

「移植は……結構です」

光也は苦しそうに、まるで嘔吐《おうと》するかのようにその言葉を吐き出した。隣から宇佐美が息を呑《の》む音が聞こえてくる。

「つまり、移植ネットワークへの申し込みはせず、緩和治療を行っていくということでよろしいですか？」

祐介が確認すると、光也は首の関節が錆《さ》び付いたかのようなたどたどしい動きでうなずいた。

「どうか、絵里香が……、苦痛を感じないようにしてください」

軋《きし》むほどに食いしばった歯の隙間から、光也は声をしぼり出す。

「移植を行わないということは、心臓の機能が落ちてきても、人工心臓に接続する手術は受けないという方針でよろしいですか？」

祐介はつとめて感情を排した口調で確認していく。

「はい、絵里香にまた痛い思いをさせてまで機械に繋いで、つらい時間を長引かせたくはないんです」

「承知いたしました」

祐介が重々しくこうべを垂れると、無言でうつむいていた聡子が勢いよく顔を上げる。

「あと！ あと、もし今度、絵里香の心臓が……止まっても、もう電気ショックはしないでください」

「そんなこと……」

なにかつぶやきかけた宇佐美を、祐介はきっと睨《にら》みつけて黙らせる。この話し合いも、なにも喋《しゃべ》らないという約束で彼女を連れてきていた。宇佐美は鼻の付け根にしわを寄せる。

「絵里香ちゃんの心臓が停止しても、前回のように蘇生をせず、自然に看取《みと》るということでよろしいですか？」

「はい……。もうこれ以上あの子に、痛かったり苦しかったりっていう思いをさせたくないんです。もう、自然に……」

聡子はむせ込み、言葉を続けられなくなった。

「承知いたしました。それではそのように……」

「そんなのおかしいです！」

祐介の言葉を、椅子から立ちあがった宇佐美がかき消す。

「宇佐美さん、座りなさい」

祐介が低い声でたしなめるが、宇佐美は席につかなかった。

「だって、絵里香ちゃんはまだ助かる可能性があるんですよ！　それなのになんで……」

「宇佐美さん！」

祐介の鋭い声が宇佐美を刺す。宇佐美の体が大きく震えた。

「外に出ていなさい」

「でも、私は……」

「外に出ていなさい」

祐介は同じ言葉をくり返した。宇佐美は唇を真一文字に結ぶと、逃げるように部屋から出て行った。

「研修医がまことに失礼いたしました」

祐介が頭を下げる。二人は「いえ……」と小さな声でこたえた。

「お話を続けさせていただきます。後ほど、いまのお話をまとめた病状説明用紙をお渡ししますので、それにサインをお願いいたします。ちなみに、この方針が最終決定というわけではありません。ご家族の気が変われば、いつでも変更することは可能ですので、その際はあらためておっしゃってください」

「……はい、わかりました」光也が頷く。

「いまの方針に沿って、できる限りのことをさせていただきます。なにかご要望などありましたら、いつでも言ってください」

祐介が話をまとめようとすると、聡子が「あの……」とためらいがちに声をかけてきた。

「はい、なんでしょう？」

「私たちの選択は……宇佐美先生が言ったように、間違っていると思いますか？　やっぱり、移植に賭《か》けてみるべきなんでしょうか？」

「なに言っているんだよ。何度も話し合っただろ」

光也が妻の背中に触れるが、聡子はヒステリックにその手を振り払った。

「話し合っても、なにが正解なのか分からないの！　もう苦しい思いをさせたくないって思ったけど、絵里香本人は少しでも可能性があるならそれに賭けてみたいと思うかも。全部、これ以上苦しんでいる絵里香を見たくないっていう、私たちのわがままなのかもしれないじゃない」

聡子は机に顔を伏せる。光也はおろおろと視線をさまよわせた。

「……奥さん」

祐介が声をかけると、聡子は緩慢に顔を上げた。

「残念ながら、なにが正解なのかは私にも分かりません。そもそも、正解なんてないんだと思います。けれど、お二人は必死にその問題に答えを出された。とてもつらかったと思います」

祐介は聡子と視線を合わせる。

「お二人が絵里香ちゃんのことを必死に考えられて、悩まれたうえで出した結論を、私は尊重したいと考えています。絵里香ちゃんを一番ご存じのお二人が出した答えが、一番『正解』に近いものなんだと思っています」

祐介の言葉に、聡子は耳を傾け続ける。

「私にも幼稚園児の娘がいます。こんなことが慰めになるか分かりませんが、もし私が同じ立場になったら……、私はお二人と同じ選択をすると思います」

聡子の表情がかすかに、ほんのかすかにだがやわらいだ。

「……ありがとうございます、平良先生。……ありがとう」

聡子は両手で顔を覆《おお》って肩を震わせはじめる。

「お二人は絵里香ちゃんについていてあげてください。私も用事を済ませてからすぐに行きます」

祐介は青木夫妻をうながして、ともに部屋を出る。二人は寄り添いながらＩＣＵへと向かっていった。

さて『用事』をすますとするか。

二人を見送った祐介はふり返る。廊下の奥で宇佐美が佇《たたず》んでいた。

「宇佐美さん。部屋に入って」

手招きすると、宇佐美はしぶしぶといった様子でやって来る。扉がしまった瞬間、宇佐美はまくし立てはじめた。

「あんなのおかしいです！　なんで諦《あきら》めるんですか。可能性が低くても、移植をやるべきです。いまからでも説得を……」

「医者をやめなさい」

宇佐美の動きが止まる。半開きになった口から、「え？」という声が漏れた。

「聞こえなかったかな？　君は医者に向いていないよ」

「な、なにを言っているんですか。そんなこと、先生に言われる筋合いなんか……」

「少なくとも小児の患者を診る可能性がある科には行くべきじゃない。小児科なんてもってのほかだし、もちろん心臓外科にも来るな」

声を震わせる宇佐美を無視して、祐介は話し続ける。彼女を勧誘する立場であることなど、いまは関係なかった。宇佐美は心臓外科に来るべきではない。そう確信していた。……いまの状態のままでは。

「なんなんですか⁉　なんでそんなこと言われないといけないんですか⁉」

「君が小児を診ると、不幸になるからだ。患児も、その家族も、そして君自身も」

祐介は淡々と言う。宇佐美の顔が紅潮していった。

「なんで⁉　私は誰よりも患児の、絵里香ちゃんのことを考えているのに！」

「それは医師としてか？」

宇佐美の目が、かすかに泳いだ。

「と、当然じゃないですか！」

「いや、違うな。もし医師として接していたら、絵里香ちゃんが急変したとき、すぐに蘇生に参加したはずだ。けれど、君は動けなかった」

祐介は平板な口調で事実を述べる。宇佐美は殴りつけられたかのように、よろけて後ずさった。

「自分でも分かっているだろ。君は医師として絵里香ちゃんを診ているんじゃない。家族、姉として彼女を見ているんだ。……いや、それは正確じゃないな。君が本当に見ているのは、絵里香ちゃんじゃなくて、数年前に亡《な》くなった妹さんなんだから」

宇佐美はさらに後ずさる。その背中が壁についた。

「君は絵里香ちゃんを妹さんの身代わりにしているだけだ」

もはや反論もできなくなっている宇佐美に、祐介は容赦なく言葉をぶつけていく。

宇佐美がどこの科に行くにしても、これは必要なことだ。一人前の医師になるためには、宇佐美は一度、徹底的に壊されないといけない。その確信が祐介を突き動かしていた。

「でも、私は絵里香ちゃんが……、絵里香ちゃんのことを一番考えて……」

宇佐美はしどろもどろに言葉を発する。

「絵里香ちゃんのご両親は四年前から、なにより大切な一人娘を失うかもしれないという恐怖と戦ってきたんだ。そしていま、それが現実となって絶望の底にいる。そんななか、あの二人は必死に悩んで、苦しんで、そして結論を出したんだ。どれだけつらかったか分かるだろ。君も同じ様な経験をしているんだから。ここまで言っても、まだ自分が一番絵里香ちゃんのことを考えていると思うなら、君は本当に医師になる資格がないよ」

まるで気を失ったかのように、宇佐美はがくりとこうべを垂れた。力なく壁に寄りかかる宇佐美に近づいた祐介は、その肩に手を置く。

「もうそろそろ、自分を赦してもいいんじゃないかな」

「え?」

宇佐美は焦点を失った目を向けてくる。

「君が青木さんたちに対して攻撃的になるのは、そこに自分の姿を投影しているからだ。君が本当に赦すことができていないのは、青木さんたちでなく自分自身なんだよ」

宇佐美の呼吸が荒くなっていく。

「妹さんを救えなかったのは、君のせいじゃない」

祐介が柔らかく言うと、宇佐美の目から涙が溢《あふ》れだした。

「じゃあ……、じゃあ、誰のせいだって言うんですか⁉　なんで妹は死なないといけなかったんですか！」

濡れる目元を拭《ぬぐ》うこともせず、宇佐美は声を嗄《か》らして叫ぶ。祐介は小さく首を左右に振った。

「誰のせいでもないんだよ。誰が悪いわけでもないのに理不尽なことが起こる。それが現実なんだ。そして、医師というのはその理不尽を呑み込まないといけない」

むせかえって声が出なくなっている宇佐美に、祐介は語り続ける。

「医者は患者に対して親身になるべきだ。けれどその一方で、患者を一歩引いた位置で眺める冷静さも持ち合わせていないといけない。感情に引っ張られすぎると、患者にとって最も適した治療を見失う可能性がある。分かるね？」

宇佐美はかすかに頷《うなず》いた。

「もし、親しい患者が亡くなっても、医者は泣くことも許されない。患者のために泣くのは、家族の権利だからだ。俺はそう教わってきたし、その通りだと思っている」

「……はい」宇佐美は鼻をすする。

「宇佐美さん、君はもう十分に苦しんだ。もう自分を赦してあげなさい。そうすれば、君は素晴らしい医師になれる」

宇佐美は涙で濡れた目を大きくする。

「私は……医者を続けていいんですか……？」

「これまで指導してきて、君が努力家で才能もあり、そしてなにより患者に寄り添える優しさがあることは分かっている。トラウマを乗り越えることさえできれば、君は優れた医師になれるはずだ。妹さんのことを忘れる必要はない。ただ、彼女の身に起きたことを受け入れて、前に進みなさい。そして、たくさんの患者さんを救うんだ。きっと妹さんもそれを望んでいるはずだよ」

祐介は白衣のポケットから取り出したハンカチを差し出す。宇佐美は「はい……、はい……」と受け取ったハンカチで顔を覆った。

「涙がおさまったら絵里香ちゃんに会いに行くんだ。看護師の話だと、君に会いたがっている。できるね？」

むせび泣きながら、宇佐美は何度も首を縦に振った。

十数分後、祐介は落ち着きを取り戻した宇佐美とともにＩＣＵに入り、絵里香のベッドに近づいていく。聡子の表情がわずかにこわばった。

宇佐美は光也と聡子に深く一礼をすると、ベッドを覗《のぞ》き込む。

「……やっと来た」

絵里香は酸素マスクの下でかすかに口角を上げた。

「さっきから呼んでいるのに、なんでこんなに遅くなるわけ？」

「ごめんね、さっきまで平良先生に雑用やらされていたの」

祐介は「え、俺？」と自分を指さす。

「まあいいけどね。それでさ……昨日の検査ってどうなったの？」

絵里香が不安げに訊《たず》ねる。聡子と光也の表情に緊張が走った。

「なに言っているの。絵里香ちゃん検査の途中で気絶しちゃったじゃない。それで最後までできなかったのよ。だから、元気になったらもう一回検査しないとね」

あくまで明るい口調で宇佐美は言う。絵里香は宇佐美の顔を数秒間凝視したあと、軽く唇を尖《とが》らした。

「しょうがないじゃない。疲れているのに、あんたたちがむりやり連れ回すからでしよ」

「ごめんごめん。今度は無理させないから、……早く元気になってね」

宇佐美は笑顔を保ったまま、なんとか最後のセリフを絞り出した。

「うん。それで、今夜は……一緒にいてくれるの？」

絵里香は不安げな態度で、上目遣いに訊ねてくる。

「もちろんこの病院にいるから、呼んだらすぐに駆けつけるわよ。けれど、今日はお父さんとお母さんが一緒にいてくれるって」

宇佐美の言葉に、絵里香は目を大きくして両親を見る。聡子と光也はややこわばった表情で頷いた。絵里香の表情が明るくなる。

「それじゃあ絵里香ちゃん。私、まだ仕事があるから行くけれど、なにかあったらいつでも言ってね。すぐに駆けつけるから」

「うん、またね」

絵里香は年相応の無邪気な態度で手を振った。宇佐美はゆっくりと絵里香に背を向け、出口へと向かう。

「よくやった」

宇佐美と並んで歩きながら、祐介は小声でささやく。

「……はい」

嗚咽を嚙《か》み殺しながら、宇佐美は答えた。

「宇佐美せんせー」

自動扉の前に来たところで背後から声が響いて、祐介と宇佐美はふり返る。絵里香が上体を起こして笑みを浮かべていた。どこか哀しげな、大人びた笑みを。

もしかしたら、絵里香は自分に残された時間が少ないことに気づいているのかもしれない。祐介にはそんな気がした。

「宇佐美せんせ、……ありがとうね」

絵里香は酸素マスクの下から言う。

「……うん」

宇佐美は泣いているような、それでいて笑っているような表情を浮かべると、大きく手を振った。

8

二日後の午前七時前、祐介は医局に置かれたソファーで横になっていた。一昨日、昨日と泊まり込んでソファーで寝ているため、体の節々が痛い。

絵里香の容態は一昨日から少しずつ、しかし確実に悪化していた。心機能が低下し、全身に十分な酸素を送れなくなってきている。さらに、心不全の合併症として起こる肺水腫《はいすいしゅ》も併発していた。呼吸苦をとるために、小児科医に相談のうえ、昨日の夕方から少量のモルヒネが投与されている。

モルヒネの副作用で少々うとうとしながらも、絵里香は両親とICUで過ごしていた。宇佐美も時間を見つけては顔を見せに行っている。モルヒネのおかげで、本人はほとんど苦痛を訴えてはいなかった。

この状態がいつまで持つだろうか？　絵里香の心臓には、いつ限界が訪れてもおかしくなかった。

医局の扉が開く。見ると、牧と郷野が室内に駆け込んできた。

「やあ、二人とも早いな」

祐介が声をかけると、二人はお互いを押しのけるようにしながら走り寄ってきた。

「どうしたんだよ？　そんなに焦って」

「見つけたんです！」息を切らしながら郷野が叫ぶ。

「見つけたってなにを？」

聞き返すと、きょろきょろと周囲を見回した牧は、声を押し殺した。

「あの怪文書の犯人を見つける手がかりです」

一瞬にして眠気が吹き飛んだ。祐介はソファーから跳ね起きる。

「本当か!?」

「ええ、本当です。これを見てください」

牧は白衣のポケットから一枚の折りたたまれた紙を取り出して広げる。それはあの怪文書のコピーだった。

「どこでこんなものを……?」

「研修医のネットワークを舐《な》めないでくださいって言ったでしょ。これくらい簡単に手に入りますよ。それより、ここ見てください」

郷野はコピーされた怪文書の最初の部分を指さした。『心臓』と切り取られた文字の下に、小さな糸くずのようなものが見える。

「たんなる糸くずだろ。これをコピーするとき、ゴミがついたんじゃないか?」

拍子抜けすると、牧は首を左右に振った。

「いえ、確認しましたけど、これはオリジナルの告発状にもあるんです」

「オリジナルにも?」

「はい。犯人は新聞とか雑誌とかの文字を切り貼《ば》りしてこれを作ったはずです。その材料にした文書に、もともとこの汚れがついていたんだと思います」

熱のこもった口調でまくし立てる牧の前で、祐介は首をひねる。

「たしかにそうかもしれないけど、こんな小さな汚れじゃ、なんの文書を使ったかなんて分からないだろ」

「そんなことないんですよ。なにかこの汚れ、見覚えある気がしていたんです」

「こいつ神経質だから、本当に細かいことまで気になるんスよ」

郷野がからかうと、牧は「ほっといてくれ」と唇を尖らせた。

「もしかして、犯人がなにから文字を切り取ったのか分かったのか？」

「ええ、分かりました」

牧は再びポケットから紙を取り出した。それを受け取った祐介の手に力がこもる。

『心臓外科　週間予定表』

それは、毎週の医局連絡会で配られる予定表だった。その『心臓』の文字の下に、たしかに怪文書にあるのと同じ糸くずの跡があった。

「うちの医局会で配った文書……」

つぶやいた祐介は、予定表の一番上に記されている日付を見て「あっ」と声をあげる。

「この日付ってたしか……」

「そうです。この予定表は告発状が送られた日の朝に配られたものなんです。犯人は朝に受け取った予定表を使って、これを作ったんですよ。つまり、犯人はあの日、医局連絡会に参加していた誰かだった可能性が高いんです」

週に一回の医局連絡会には基本的に、純正医大附属病院本院の心臓外科医全員が参加する。つまり、犯人は本院に勤める医局員の誰かということなのか？　祐介は睡眠不足で重い頭を働かせる。

「だからって、うちの医局員だって断定はできないだろ。もしかしたら医局員以外の誰かが、心外《しんげ》の医局内に犯人がいると思わせるために予定表を手に入れて、怪文書に使ったのかも」

「それなら、こんな糸くずの跡なんかじゃなくて、もっと分かりやすい特徴を残すはずですよ。きっと犯人は、単に身近に予定表があったから使っただけです」

「だとすると、本当に怪文書を送った犯人が医局員の中に……」

祐介が口元に片手を当てると、牧は我が意を得たりという顔になる。

「そうです。犯人はあの日、予定表を受け取ったあと、院内のどこかでそれを切り貼りして怪文書を作った。それをスキャナーで取り込んでPDF化して、ネット上から一斉に各科のファックスに送信したんです」

「でも、切り貼りして怪文書を作るなんて、院内じゃ簡単にはできないだろ。かなり目立つ作業だ。誰に目撃されるかわかったもんじゃない」

「僕もそう思います。だから犯人は、誰にも見られずにそれをできる個人空間を持っているはずです」

「個人空間……」

ほとんど無意識に医局の奥を見る。そこには三つの扉が並んでいて、各々に『准《じゅん》教授室』と『医局長室』と表札がかかっていた。

「たしかあの日、敷島准教授は学会で海外に行っていて、朝の医局連絡会には参加していない。日本に戻ってきたのは昼過ぎだ」

祐介は記憶を反芻《はんすう》していく。

「ということは、肥後先生かヤナさん……柳沢准教授が？」

「僕もその可能性が高いと思います。ただ、どっちかまでは分かりません」

牧が小声で言う。祐介は喉《のど》を鳴らして唾《つば》を呑み込んだ。たしかに、二人とも諏訪野が言っていた『犯人候補』だ。

「どうやって、犯人を絞り込めばいいと思う？」

動悸《どうき》のする胸を押さえていると、郷野が耳元に口を近づけてきた。

「平良先生、いまはまだ七時前です。他の先生方が医局に来るまで、あと三十分ぐらいある。それに、柳沢先生も肥後先生も、ふだんあの扉に鍵《かぎ》はかけていないはずです。もしかしたら、中に決定的な証拠があるかも。怪文書の元本とか……」

「忍び込めっていうのか⁉」

声が跳ね上がる。牧と郷野はあわてて唇の前に人差し指を立てた。祐介は両手で口を押さえる。

「そのためにこんなに早く来たんスよ。大丈夫ですって。一人が医局の入り口で見張っていて、誰か来たら合図をします」

「けれど……」

「平良先生。犯人を見つけたいんでしょ？　やるしかないっスよ」

無意識に脳内でシミュレーションが行われていく。首尾良く証拠を手に入れられれば、富士第一への出向を手に入れることができる。郷野が言うとおり、見張りをつければそれほどリスクはないだろう。

それなら……。

「よし、やろう！」

祐介が覚悟を決めると、牧と郷野は「はい」と小さく返事をした。

祐介と郷野は医局長室の前に、牧は医局の入り口へと移動する。

「肥後先生の部屋からでいいですか?」

郷野が押し殺した声で訊ねる。

「ああ、こっちからいこう」

できることなら、尊敬する柳沢ではなく、肥後が犯人であって欲しかった。

郷野はふり返って、扉の隙間《すきま》から廊下を監視している牧に合図を送る。牧は両手で大きく丸を描いた。人が来る気配はないようだ。

「誰か来たら、牧が大声で挨拶をします。それが聞こえたらすぐに逃げます。いいですね?」

「分かった。……やろう！」

扉を開こうとした瞬間、ズボンのポケットから電子音が流れだした。祐介は慌《あわ》ててノブから手を離す。

「平良先生、院内携帯はデスクにでも置いといてくださいよ」

「わ、悪い」

謝りながら院内携帯を取り出した祐介は、液晶画面を見て息を止める。

「……中止だ」

「え？　ここまで来てなに言っているんですか。どこからのコールだったんですか？」

「ＩＣＵからだよ」

郷野の顔に動揺が走った。

「たぶん、青木絵里香ちゃんの状態が悪化した。すぐに行かないと」

浅く速い息づかいが鼓膜を揺らす。聴診を終えた祐介は、すぐ脇《わき》のモニターに視線を送る。血中酸素濃度はなんとか保たれているものの、血圧がかなり低下していた。隣に立つ宇佐美も、険しい表情でモニターを眺め続けている。

「絵里香ちゃん、聞こえる？」

祐介はベッドに横たわる絵里香に向かって声をかける。しかし、目を閉じた絵里香がこたえることはなかった。

三十分ほど前から、両親と話をしていた絵里香の受け答えがはっきりしなくなっていき、やがて昏睡《こんすい》状態に陥った。それからは、いくら声をかけても反応しなくなっている。ずっとICUで待機していた宇佐美から、そう報告を受けていた。

「先生、絵里香は……？」

後ろで控えていた聡子が、不安で飽和した声で訊ねてくる。

「おそらく、CO_2ナルコーシスという状態です。体内に二酸化炭素が蓄積して、そのせいで麻酔がかかったような状態になっているんです」

「それは、治るんですか？」

光也がどこまでも硬い声で言った。

「人工呼吸管理をすれば意識が戻る可能性は高いです。ただ、そのためには口から気管まで管を通して人工呼吸器に接続することになります。その場合、もう二度と人工呼吸管理から抜け出せない可能性が高いです」

「そんな……」聡子の表情が絶望にゆがむ。

「先生、このままの状態で経過を見守ったら、あとどれくらい……もつんでしょうか？」

光也の握りしめた両拳《こぶし》が細かく震えだした。

「はっきりしたことは申せません。ただ、血圧が落ちてきているところを見ると、これまで頑張ってきた心臓が限界を迎えつつあるのだと思います。あくまで私の経験からの予測ですが、二、三時間以内の可能性が高いと思います」

見通しを語ると、聡子が咳《せ》き込むように嗚咽を漏らしはじめた。光也は血が滲《にじ》みそうなほどに強く唇を噛む。

祐介は横目で、隣に立つ宇佐美を眺める。宇佐美は口元に力を込めたまま、背筋を伸ばしていた。

「……最後の質問です。平良先生、いま絵里香は……、絵里香は苦痛を感じていますか？」

喉の奥からしぼり出すように、光也が訊ねる。祐介はゆっくりと首を左右に振った。

「いえ、感じてはいないはずです。いまは苦しみなく眠っている状態です」

祐介が柔らかい口調で言うと、こわばっていた光也の体から、わずかに力が抜けたように見えた。押し殺した泣き声を上げる妻の肩を抱いて身を寄せ合うと、光也は大きく息を吐いた。

「絵里香が苦しくないなら、……これ以上の処置は結構です。このまま、自然にまかせてあげてください。聡子、……それでいいよな？」

聡子は顔を両手で覆いながら、かすかにうなずいた。

「分かりました。そのようにさせていただきます。ただ、できれば絵里香ちゃんにいっぱい話しかけてあげてください。意識はなくてもきっと聞こえているはずです。ご両親の声が聞こえれば、絵里香ちゃんも安心します」

「分かりました」

光也は目元を覆って頷き、ベッドに近づいていく。

「行こうか」

祐介は宇佐美に声をかけ、ナースステーションに向かう。宇佐美は一瞬、ベッドに横たわる絵里香に視線を向けたあとついてきた。

「お疲れさまでした」

ナースステーションで所在なげに立っていた郷野と牧が声を重ねる。

「ああ、待たせて悪かったね。そろそろ午前のオペの入室がはじまる時間だろ。見学に行っていいよ」

「あの、先生と宇佐美は……」郷野が言う。

「俺たちはここで絵里香ちゃんを診ているよ」

「……分かりました。失礼します」

郷野と牧がＩＣＵから出て行くのを確認した祐介は、絵里香のベッドに視線を向ける。聡子と光也はしきりになにか話しかけながら、絵里香の頰や頭を撫《な》でていた。その目には涙が光り、顔にはどこまでも哀《かな》しげながら、慈愛に満ちた微笑が浮かんでいる。

「大丈夫かい？」

宇佐美に声をかける。ＩＣＵに駆けつけた祐介に状況を説明してから、宇佐美はまだ一言も言葉を発していなかった。

「はい」宇佐美ははっきりとした口調でこたえる。

「たぶん昼まではもたない。……最期《さいご》まで見届けるぞ」

「はい！」

凛《りん》とした声が辺りに響き渡った。

絵里香の心拍数が下がりだしたのは、祐介と宇佐美が見守りはじめてから二時間ほど経過してからだった。二人は再びベッドに近づき、必死に絵里香に話しかける両親の後ろで待機した。

それから十分ほどで心電図が平坦《へいたん》になり、モニターからピーという気の抜けた電子音が流れだす。光也と聡子は絵里香にすがりついて、周りに憚《はばか》ることなく大声で泣きはじめた。

祐介はモニターの電源を落として音を消し、絵里香の顔を眺める。その顔は蒼白《そうはく》だったが、苦痛の表情はなく、ただ眠っているかのようだった。

両親の慟哭《どうこく》がやむのを数分間待った祐介は、宇佐美に向き直る。

「宇佐美先生、確認をお願いします」

宇佐美は目を見張って棒立ちになった。

「君が確認をするんだ。できるね」

もう一度促すと、宇佐美は決意のこもった顔つきで頷き、ベッドに近づいた。光也が涙で濡れた顔を上げる。

「……確認させていただいてよろしいでしょうか？」

かすれ声で宇佐美が言うと、光也は涙を拭い、妻を支えてベッドから一歩離れた。

「絵里香ちゃん、ちょっとごめんね」

宇佐美は絵里香の瞼《まぶた》を優しく持ち上げ、ペンライトの光を当てて瞳孔《どうこう》反射を確認する。それが終わると聴診器を使い、丁寧に聴診を行った。

「ありがとうね、絵里香ちゃん。お疲れ様。……本当にお疲れ様だったね」

絵里香の頭を優しく撫でた宇佐美は、光也と聡子に向き直る。

「瞳孔の反射が消えているのと、呼吸、心臓が停止しているのを確認させていただきました。九時三十六分、……ご臨終です」

宇佐美は深々と頭を下げた。祐介や周りに控えていた看護師たちもそれにならう。

「お世話になりました……」

光也が声を振り絞り、聡子は弱々しくこうべを垂れた。

「このたびはご愁傷様です。これから絵里香ちゃんのお体を拭いてきれいにさせていただきます。その間ご両親は……」

看護師がマニュアル通りの説明をはじめるのを尻目《しりめ》に、祐介と宇佐美はベッドから離れる。

「良くやった」

ねぎらいの言葉をかけると、宇佐美は口を真一文字に結んだまま、少しだけあごを引いた。背後から「宇佐美先生」と声がかけられる。ふり返ると、聡子と光也がお互いを支え合うようにしながら立っていた。

「本当にお世話になりました」

二人は声を重ねる。宇佐美は驚きの表情で視線を彷徨《さまよ》わせた。

「そんな……。私はなにもできなくて……」

「そんなことありません。宇佐美先生は、本当に絵里香のことを親身に考えてくださって……。絵里香も宇佐美先生に感謝して……、先生のことが大好きで……」

　聡子は声を詰まらせる。

「宇佐美先生のような方に担当していただけて、絵里香は本当に幸せだったと思います。絵里香の一生は短かったですが、その間、みんなに愛してもらって……。本当にありがとうございました」

　光也が妻のあとを継いで礼を述べると、青木夫妻は離れていった。二人の背中を見送った宇佐美の唇が、わずかに震えはじめる。

「……行こう」

　祐介は宇佐美を促して歩きはじめた。

「え、平良先生？　どこに？」

　戸惑う宇佐美を連れてICUから出た祐介は、すぐわきにある病状説明室の扉を開ける。

「あの……私またなにか、おかしなことをしましたか？」

　部屋に入った宇佐美が不安げに言った。祐介は首を左右に振る。

「まず、この前言ったことを訂正させてくれ」

「この前言ったこと？」

「ああ、君のこの二日間の態度は素晴らしかった。君はどこの科に行ったとしても、素晴らしいドクターになれるはずだ」

宇佐美はなにを言われたか分からないかのように、口を半開きにする。

「よく家族の前で涙を見せなかったね」

「それは、……ご両親の方が、私よりずっと哀しいはずだから」

宇佐美はかすれ声を絞り出した。

「ああ、そうだな。けれど、君だって哀しかったはずだ。友達が亡くなったんだからね。よく耐えた」

「はい……」

「医者は患者の家族の前では泣くなって教えたね。けれど、ここには家族はいない」

「え？　どういうことですか」

「絵里香ちゃんをお見送りするまで、まだ時間があるはずだ。宇佐美さんも泊まり込みで疲れただろ。少しこの部屋で、一人で休んでいるといいよ。……しっかり防音されているこの部屋で」

意味が分かったのか、宇佐美が両手を口元に当てる。

「本当にお疲れさまだったね」

細かく肩が震えはじめた宇佐美を置いて部屋を出た祐介は、閉じた扉に背中をつける。

どこからかかすかに、深い慟哭が聞こえてきた。

第四章　命を縫う

1

なんだよ、これ……。

廊下を歩きながら、祐介は戸惑いつつ周囲を見回す。二メートルほど前を赤石が歩き、そのすぐ後ろに針谷と准《じゅん》教授の敷島が続いている。祐介の周りでは研修医たちが居心地悪そうに首をすくめていた。

青木絵里香が亡《な》くなってから二日後の午前、祐介は研修医たちとともに、教授回診に参加していた。しかし、その様子は普段とは明らかに異なったものだった。

まず小児科病棟の回診を終えたところで、柳沢をはじめとする小児心臓外科グループの医師たちが回診から抜けた。それはいつものことなのだが、あろうことか医局長という回診を取り仕切る立場のはずの肥後まで姿を消したのだ。さらに成人の回診でも、担当患者のプレゼンが終わると、下についているレジデントとともにベテラン医師たちが姿を消していった。

肥後の差し金か。祐介は頭痛をおぼえる。医局人事を統括する立場である肥後が、あの手この手で講師以上の医師たちを赤石から引き剝《は》がしたのだろう。

結局、普段は二十人近くが最後まで残る教授回診が、いまは六人しかいない。しかも、そのうちの三人は研修医だ。祐介、針谷、そして赤石の右腕である敷島准教授以外の医局員は、全員途中で姿を消したことになる。

うちの科での研修も終わりが近づいている研修医たちに、こんなお家騒動を見せるなんて。頭痛が悪化していく。

「こちらは近藤政夫《こんどうまさお》さん、六十七歳男性で、三ヶ月前からの胸痛を……」

最後の患者のプレゼンを針谷が行なう。赤石は「診察いたします」とベッドに近づき、患者の胸の聴診をはじめた。患者を見る目の下は濃いくまで縁取られ、肌にも張りがなくなっている。もともとは、今年還暦とは思えないほど若々しかったが、いまは年相応か、それ以上に老《ふ》けて見えた。

「結構です。ありがとうございました」

診察を終えた赤石は、患者に会釈《えしゃく》をして病室から出る。

「……今日はやけに少ないな」

廊下で足を止めた赤石の声には、深い疲労が滲《にじ》んでいた。

「あの、大丈夫ですか？　叔父さん」

針谷が訊《たず》ねると、力なかった赤石の目に強い光が灯る。

「院内では教授だ！」

針谷はあわてて「すみません」と姿勢を正した。これまで、針谷がこんなミスをするところを見たことがなかった。赤石のことを心配しているということもあるのだろうが、針谷自身もかなり消耗しているのだろう。

「それでは、本日の教授回診は終了にしましょう」

敷島が躊躇《ためら》いがちに宣言する。赤石は鷹揚《おうよう》にうなずき、エレベーターホールに向かって歩き出した。敷島が慌《あわ》ててその後に続く。二人の姿がエレベーターの中に消えると同時に、針谷がうなだれた。

「おい、大丈夫か」

痛々しい様子に思わず声をかけると、針谷は力ない笑みを浮かべた。

「さすがにかなりまいっています。肥後先生だけじゃなくて、ほかのドクターの中にも、かなりつらく当たってくる人が増えてきて……」

たしかに、講師以上の医師たちの多くも、露骨に赤石と距離をとりはじめている。それにつれて、赤石の甥《おい》である針谷の立場も明らかに悪くなってきていた。

「いや、すみません。なんか愚痴っぽくなっちゃって。それじゃあ先輩、失礼します」

重い足取りで去っていく針谷の姿に、喜怒哀楽どれともつかない複雑な感情が胸の中で渦巻いた。

教授回診が終わって三十分ほど経《た》ち、電子カルテの前で研修医たちと並んでキーボードを打っていると、院内携帯が震えだす。なにげなく液晶画面を確認した祐介は、そこに表示されている『赤石教授』の文字に目を剝《む》く。

急いで通話ボタンを押した祐介は、口元を隠して小声で話しはじめた。

「はい、平良ですが」

『赤石だ。少し話がしたい。私の部屋に来られるか？』

「……すぐに伺います」

『よろしく頼む』

通話を終えた祐介が席を立つと、隣に座っていた郷野が不思議そうに見上げてくる。

「平良先生、どうかしましたか？」

「すぐに戻ってくるから、君たちは仕事していてくれ」

そう言い残して、祐介はナースステーションをあとにした。

新館を出て、医局棟の八階にある赤石の教授室の前までやって来た祐介は、数回深呼吸をしたあと扉をノックする。中から「入れ」と声が聞こえてきた。

「失礼します」

部屋に入った祐介は、赤石のいるデスクの前まで進む。

「わざわざ呼び出して悪かったな」

赤石は手にしていた書類を置いた。

「いえ」

「研修医たちの様子はどうだ？」

「三人とも頑張ってくれています」

「そうか……」

赤石はわずかに頷《うなず》くと、目元を揉《も》んだ。

「赤石先生、どのようなご用件でしょうか？」

なんのためにここに呼ばれたのか、予想はついていた。しかし、確認する前に話をするわけにはいかなかった。

赤石は緩慢な動きで白髪を梳《す》くと、上目遣いに視線を送ってくる。

「怪文書の件、どうなっている？」

予想通りの問い。それになんと答えるべきなのか、祐介はまだ決めかねていた。

肥後か柳沢が犯人である可能性は高いが、確実な証拠を摑《つか》んだわけではない。いまの時点で、赤石に容疑者を伝えてよいかどうか分からなかった。

「私以外にも、犯人捜しを頼まれていらしたんじゃないですか？」

決断までの時間を稼ごうとすると、赤石は苦笑いを浮かべた。

「ああ、その通りだ。しかし、残念ながら君以外は私から離れはじめて、もう信用できない。どうやら、雑誌に載った情報がかなり具体的だったこともあって、私がクロだと思っているんだろう。まだ私と距離を取っていない君はどうやら、あまり風を読むのが得意じゃないようだな」

赤石は冗談めかして言う。

「私は先生のことを尊敬しています。先生に師事するために、私は心臓外科に入局して精進してきました」

ずっと胸に秘めていた想《おも》いを、祐介は言葉に乗せて赤石にぶつける。赤石は目を細めた。その表情は何故《なぜ》か、すこし寂しそうに見えた。

「君は、私が改竄《かいざん》をしていないと思っているのかな？」

「……分かりません。ただ、していないと信じたいです」

祐介は唇を舐《な》めて湿らせる。

「少なくとも、あんな方法で教授を貶《おとし》めるのは卑怯《ひきょう》だと、私は思っています」

「そうか……。それで、誰があんなことをしたか分かったのか？」

淡々と訊ねる赤石を前に、祐介はまだ迷っていた。根拠の乏しい状態で容疑者名を挙げることに抵抗はあるが、ある程度目星がついていると伝えることで、消耗している赤石に少しは希望を与えられるかもしれない。

赤石の視線を浴びつつ熟考を重ねた祐介は、心を決める。

「まだ、分かりません」

「そうか……」

赤石は目を閉じると、緩慢に首を横に振った。哀愁漂うその姿に、祐介はなんと声をかけて良いか分からなくなる。

「一瞬だな……」

赤石はため息をこぼすようにつぶやいた。

「これまで三十年以上、人生の多くのものを犠牲にして、必死に実績を積み上げてきた。それは鉄筋コンクリートの高層ビルのように、強固なものだと信じて疑わなかった。しかし、実際はこんな一瞬で簡単に崩れ去る砂上の楼閣に過ぎなかったんだな」

「教授……」

「ただ、地位や名誉を失っても私には絶対に奪われないものがある」

赤石は目を開けると、眩《まぶ》しそうに天井を仰いだ。

「平良、私たち心臓外科医の仕事とはなんだと思う？」

「どういうことでしょうか？」

質問の意味が分からず、祐介は聞き返す。

「冠動脈は心臓に血液を送る血管、つまり命に栄養している血管だ。私たちはただ血管を紡《つむ》ぎ合わせているんじゃない。患者の人生を、ひいては『人』そのものを紡いでいるんだ」

弱々しかった赤石の言葉に、力が籠《こも》っていく。

「人を紡ぐ……」

祐介はその言葉を呆然《ぼうぜん》とつぶやく。じわじわと体温が上がっていく気がした。

「私はこれまで、何千人もの人々を紡いできた。その事実は決して誰にも奪われることはない。分かるな」

「はい、分かります」

赤石の言葉が祐介の心を熱くしていく。

「平良、君も自分の形で人を紡ぐことのできる医師になるんだぞ」

「え⁉ それって……」

祐介は目を見開く。心臓が力強く鼓動し、熱された血液を全身に送りはじめた。

「以上だ。下がっていい。なにか分かったら連絡をくれ」

赤石は書類に手を伸ばし、話を切り上げる。

「……はい、失礼します」

祐介は踵《きびす》を返す。ただ、動悸《どうき》はおさまるどころか、さらに強くなっていた。

人を紡ぐ医師になれ。教授はそう言った。それはつまり、自分と同じように一流の心臓外科医になれという激励に違いない。

俺は富士第一に行ける。きっと、そういうことなんだ。こらえきれず、拳《こぶし》を握り込んだ瞬間、背後で「うっ」という呻《うめ》き声が聞こえた。反射的に振り返った祐介は息を呑《の》む。赤石がデスクに突っ伏していた。

「教授⁉」

祐介が駆け寄ると、赤石は崩れるように椅子《いす》からずり落ちて、両手で胸を押さえる。蒼白《そうはく》な顔は苦痛で歪《ゆが》み、額には脂汗《あぶらあせ》が滲んでいた。

赤石の身になにが起きているのか、瞬時に祐介は理解する。これまで数えきれないほど同じ症状の患者を診てきた。

心筋梗塞《しんきんこうそく》。冠動脈が閉塞し、酸欠になった心臓が悲鳴を上げているのだ。

どうする⁉ 祐介は頭に鞭《むち》を入れ、いま取るべき行動を考える。

救急部に連絡して、医療チームを派遣してもらうか？ しかし、この医局棟から救急部のある新館までは数十メートルの距離がある。チームの到着を待ち、それから救急部に搬送すると、かなりの時間がかかるはずだ。

心筋梗塞の治療は時間との勝負だ。なら……。

「赤石教授、背負って救急部までお連れします！」

祐介は赤石の体を起こす。赤石の顔に驚きが走った。

「それが一番早く救急部に到着できます！ よろしいですか？」

赤石が苦痛の表情のまま、かすかにあごを引くのを確認して、祐介はその体を背負う。

今年還暦を迎えるとはいえ、教授の体格は悪くない。背負って運ぶなど可能なのだろうか？

胸によぎった不安を振り払うと、祐介は両足に力を入れて立ち上がる。

やるしかない。最も尊敬する人物の命が危険に晒《さら》されているのだから。

今度は、俺がこの人を助ける番だ。

苦しげな息遣いを背中で聞きながら、祐介は歯を食いしばって足を踏み出した。

2

赤石が倒れてから五日が経った夕方、純正医大附属病院新館の最上階にあるその個室病室には、白衣姿の医師たちがすし詰めになっていた。

祐介は人垣の後ろから、研修医たちとともに部屋の中心に置かれたベッドを眺める。そこには入院着姿の赤石が横たわっていた。

五日前、祐介に背負われて救急部に運び込まれた赤石は、予想どおり心筋梗塞と診断された。すぐに循環器内科によって緊急カテーテル治療が行われ、閉塞していた右冠動脈を開通させることができた。発症してからすぐに治療を行えたことにより、心筋へのダメージは最小限で済み、大きな後遺症が残ることはなかった。

「赤石教授、全員集まりました」

ベッドわきに立つ肥後が落ち着かない様子で言う。赤石は天井を眺めたまま、ゆっくりとうなずいた。

新館最上階であるこのフロアには、純正医大が誇る特別病室が並んでいる。一日の個室代がゆうに十万円を超えるそれらの病室は、高級ホテルのスイートルームのようだった。しかし、そんな部屋でも四十人近くの医師たちが押しかけては、かなり窮屈に感じる。

昨日、病状が落ち着いたということでICUからこの病室に移された赤石は、純正医大本院に勤める心臓外科医全員に集まるように命じていた。

「今回の件では、みんなに心配をかけた。悪かった」

赤石は謝罪の言葉を述べる。

「いえ教授、そんな……」

肥後がもごもごと口の中で言葉を転がした。おそらく、自分が赤石の心身にストレスをかけたことが、心筋梗塞発症の一因となったと分かっているのだろう。

「教授の仕事は柳沢准教授に代理をしてもらうことにした。すぐに回復して業務に復帰するから、柳沢先生、それまでよろしく頼むよ」

赤石から指示を受けた柳沢は、「はい」と背筋を伸ばす。

「知ってのとおり、私は冠動脈バイパス術を受ける必要がある」

赤石は医局員たちをゆっくりと見回す。赤石と視線が合った瞬間、祐介の心臓が大きく跳ねた。

梗塞の原因となった赤石の右冠動脈の閉塞は治療できたが、他の二本の冠動脈にも著しい狭窄《きょうさく》が認められていた。放置すればいつ破裂するか分からない時限爆弾を、赤石はいまも胸に抱えている。

長年にわたる心臓外科医という過酷な仕事、さらに教授という重い責任を背負うことで、多大なストレスに晒されていたのだろう。そのストレスが高血圧などの症状を引き起こし、赤石の冠動脈をじわじわと蝕《むしば》んでいった。

「昨日、循環器内科の定森教授、そして麻酔科の神崎《かんざき》教授と相談した。その結果、状態が安定しているのを確認した上で、再来週の火曜日にバイパス手術を行い、三枝《し》の冠動脈全《すべ》てにバイパス血管を繋《つな》ぐことになった」

赤石の言葉を一言たりとも聞き洩《も》らさないよう、祐介は意識を集中させる。

「できることなら、うちの医局で一番手術の腕がいい医者に執刀をまかせたかったのだが、残念ながらその医者は執刀医でなく、患者をやる予定らしい」

赤石は軽く唇のはじを持ち上げる。乾いた笑いが医師たちの間から上がった。

「ということで敷島、頼むぞ」

長年赤石に師事し、その技術の継承者とみなされている敷島准教授は、直立不動で「はい！」と返事をした。

赤石は敷島から肥後に視線を移す。その顔に浮かんでいた微笑が、潮が引くように消えていった。部屋の空気が張り詰める。

本来なら医局長である肥後が第一助手を務めるのが筋だ。しかし、肥後は最近、露骨に反赤石へと舵《かじ》を切っていたし、そもそも彼の手術の腕は決して優れているとは言えない。

「肥後」

「……はい」

肥後のあごの脂肪が揺れる。

「お前は医局の事務仕事で忙しいだろう。私の手術には入らなくていい」

肥後の腫《は》れぼったい瞼《まぶた》が大きく開かれる。その言葉は、明らかに肥後に対する最後通牒《つうちょう》だった。

「あの、赤石先生、それは……」

声を震わせる肥後は、赤石に一睨《ひとにら》みされてなにも言えなくなる。

第一助手は肥後ではなかった。なら、誰が第一助手を務めるのだろう。医師たちの視線が、敷島の隣に立つ中年の男に注がれはじめる。上松《うえまつ》という名の准教授で、この場で唯一《ゆいいつ》、本院勤務ではない人物だった。

「上松」

赤石に呼ばれた上松は、「はい」と一歩前に出る。赤石の右腕が敷島なら、上松は左腕だった。敷島と同じように長年赤石から直接指導を受けており、いまは分院である純正医大調布病院で心臓外科の部長を務めている。

「君には第二助手を頼む。第一助手をサポートしてくれ」

部屋の空気が大きく揺れた。誰もが、第一助手を務めるため上松は調布から呼ばれたのだと思っていた。

「承知いたしました。全力を尽くします」

一瞬、驚きの表情になった上松だったが、すぐに力強く答えた。

皆が赤石の真意に気づきはじめ、室内がざわめいていく。赤石は第一助手に若手を選ぶつもりだ。

　自分の手術の第一助手を務めさせる。それは究極のエールだ。それに選ばれるということは、次世代の心臓外科のエースとして指名されるに等しい。

　祐介はせわしなく、部屋に詰めかけている医師たちを見回す。成人心臓外科志望の若手で、バイパス術の第一助手を務めるだけの経験をつんでいる者はこの場に二人しかいなかった。

　俺と、針谷……。

　祐介は少し離れた位置に立つ針谷を見る。もともとかなりまいっていたところに、叔父である赤石が倒れたこともあって、この数日、針谷は倒れそうなほどに消耗していた。いまも、どこか虚《うつ》ろな表情を晒している。

　祐介は赤石に視線を戻す。全身に鳥肌が立ち、汗腺《かんせん》から汗が噴き出してくる。暑いのか、それとも寒いのか分からない。足先から生じた震えが体を登ってきた。

　俺だ。俺が指名されるはずだ。長年、医局にすべてを捧《ささ》げてきた。一流の心臓外科医になるためには、どんな努力も惜しまなかった。赤石教授を救ったのも俺だ。あの時、俺が必死で救急部まで背負っていかなければ、教授は命を落としていた可能性すらある。それに……。

「君も自分の形で人を紡ぐことのできる医師になるんだぞ」

教授室で赤石からかけられた言葉が耳に蘇《よみがえ》る。

あれは俺を後継者にするという意味のはずだ。あのとき、教授と俺の間には絆が生まれたんだ。

祐介は赤石の言葉をひたすらに待つ。緊張のあまり、めまいすらしてきた。

ベッドに横たわる赤石が首を回しこちらを見る。

「平良」

名前が呼ばれた瞬間、体の中で何かが爆発した。体が浮き上がるような心地になる。

大量の脳内麻薬が止め処《ど》なく分泌《ぶんぴ》されていく。

「は、はい！」

祐介は甲高い声で答える。

これまでの苦労は無駄ではなかった。八年の過酷な経験が走馬燈のように脳裏をよぎっていく。苦しくつらかったはずのその記憶も、いまはキラキラと宝石のように輝いていた。

「君にはバイパスグラフトの採取を頼む」

「……え？」気の抜けた声が口から零《こぼ》れる。

バイパスグラフトの採取。右冠動脈と大動脈を繋ぐバイパスに使う血管を、大腿《だいたい》から採取するという、手術の中心からは離れた業務。

頭にその意味が浸透していかなかった。脳が理解することを拒絶した。

なんでバイパス血管を？　俺は第一助手を務めないといけないのに……。

立ち尽くす祐介を尻目《しりめ》に、赤石は視線を移す。少し離れた位置に立つ針谷へと。

「針谷。お前が第一助手だ。敷島をしっかりサポートしてくれ」

赤石は甥の目を見つめる。針谷は一瞬驚きの表情を浮かべたあと、その視線を真正面から受け止めた。

「分かりました。しっかり務めさせていただきます」

足下が崩れ落ち、宙空に投げ出された気がした。なにが起きたのか理解できなかった。目の前の光景がぐるぐると回りはじめる。めまいをおぼえてバランスを崩した祐介は、隣に立つ郷野に肩をぶつける。

「大丈夫ですか？　顔、真っ青ですけど」

郷野が心配そうに声をかけてくるが、答える余裕などなかった。

「なんで……、ずっと尽くしてきたのに……」

唐突に、激しい嘔気《はきけ》が襲いかかってくる。胃から食道に熱いものが逆流してくる。

祐介はあわてて病室から飛び出した。

口を押さえたまま廊下を走り、近くにあった見舞客用の個室トイレへと駆け込む。便器に顔を近づけた瞬間、熱いものが食道を駆け上がってきた。祐介は激しく嘔吐《おうと》する。何度も何度もくり返し、胃の中にあるものを吐き出していく。しかし、それでも吐き気がおさまることはなかった。ついには黄色くねばねばとした胃液しか出なくなったが、それでもえずき続けた。

痛みにも似た苦みが口腔《こうくう》内を侵し、刺激臭が鼻に突き抜ける。嘔吐したせいか、それとも違う理由か、視界が潤《うる》んでいた。

胃液すら出なくなった祐介は、便所の床に座り込み、背中を壁にもたせかけた。もはや悲しみも、絶望も、怒りも、なにも感じなかった。ただ、胸腔《きょうくう》の中身をくりぬかれたかのような虚無感が全身を侵していた。

消えてしまいたかった。このまま自分の存在を消してしまいたかった。

「平良先生、大丈夫ですか?」

外から宇佐美の声が聞こえてくる。郷野と牧の気配もする。急に病室から飛び出した自分を心配して、駆けつけてくれたのだろう。しかし、いまは返事をする気力さえなかった。

小さな空間に響く研修医たちの声を聞きながら、祐介は膝《ひざ》を抱える。

ずっと胸に秘めてきた夢、それが儚《はかな》くも消え去ってしまったという事実が、ゆっくりと心を濁らせていった。

3

喫茶店の扉が開く。取り付けられていたドアベルが涼やかな音色を奏《かな》でた。長身で細身の男がバッグを片手に店内に入ってくる。

「おおい、諏訪野」

声をかけると、こちらに気づいた諏訪野がゆっくりと近づいてきた。

「どうも、お待たせしました」

対面の席に腰掛けた諏訪野は、きょろきょろと店内を見回す。

「悪いな、わざわざこんなところまで来てもらって」

「いえ、それはかまわないんですけど。病院の近くにこんな味のある喫茶店なんてあったんですね」

諏訪野を呼び出したのは、神谷町駅から五分ほど歩いた狭い路地裏にある喫茶店だった。それほど広くない店内には、アンティーク調の木製家具がいくつも置かれ、淡い間接照明に照らされている。年季の入ったオーディオセットからは、抑えた音量でジャズミュージックが流れていた。

「俺の隠れ家だよ。いい店だろ」

祐介はテーブルに置かれていたカップを手に取り、コーヒーを一口含む。深いコクのある苦みが口全体に広がり、さわやかな香りが鼻腔に広がっていった。

学生時代からよくこの店を訪れていた。時間の流れが緩やかな空間に浸りコーヒーを飲むと、毛羽だった神経が癒《い》やされた。

「なんだかすみませんね、そんな店を教えてもらって」

諏訪野は頭を掻《か》くと、注文をとりに来たマスターにブレンドを注文した。

「いいんだよ。どうせお前みたいに、喋《しゃべ》っていないと呼吸できなくて死んじまうような奴《やつ》は、こういう店に入り浸ったりしないだろ」

「泳いでないと死ぬマグロみたいに言わないでくださいよ。それより先輩、とりあえず一ヶ月、三人の研修医の指導お疲れさまでした」

「ああ、ありがとう」

祐介は無理やり顔の筋肉を動かして微笑《ほほえ》む。今日は十月三十一日、研修医たちの心臓外科研修最終日だった。すでに業務は終わっている。

「打ち上げとかはやらないんですか？」

「一時間後に近くの居酒屋に集合する予定なんだよ。俺が店を選ぶつもりだったんだけど、先に店を予約してくれていたんだ」

「へえ、研修医が店まで用意してくれたんですか。よっぽど感謝しているんでしょうね」

「べつに感謝されるようなことはしていないけれどな。研修の最後の方は、あまり手術にも入れてやれなかったし」

先々週に赤石が倒れてから、成人心臓外科チームが行う手術は激減していた。純正医大の心臓外科で手術を受ける患者は、高い割合で赤石の執刀を希望している。そのため、予定されていた手術がかなり延期されていた。

この一週間ほどは手術数がかなり減り、また新規に入院してくる患者も少なくなったので、これまでになく日常業務は楽になっていた。

「そういう問題じゃないんですよ。先輩が一生懸命指導しているのが、研修医たちに伝わったんですって」

「一生懸命……ね」

コーヒーをもう一口する。なぜか、さっきよりも苦く感じた。

マスターが諏訪野の前にコーヒーを置く。諏訪野は大量のミルクと砂糖をコーヒーに投入すると、ガチャガチャと音を立てながらスプーンで混ぜはじめた。

「で、頼んだこと、調べてくれたか？」

コーヒーをかき回していた諏訪野の手が止まる。

「はい……調べました」

針谷に第一助手の座を奪われ絶望したあの日の夜、祐介は諏訪野に連絡をとり、あることを頼んでいた。

「悪かったな、面倒なことさせて」

「いや、そんな……」

「じゃあ、結果を聞かせてくれ」

祐介はカップに残っていたコーヒーを一気にあおる。

「富士第一総合病院心臓外科の来年度の出向者について、でしたよね？」

「ああ、そうだ」

「知り合いが一人、富士第一の外科に勤めているんで、その人に頼んで情報を探ってもらいました。そうしたら、心臓外科病棟のナースから噂《うわさ》を聞けたらしいです」

相変わらずとんでもない情報収集能力だな。祐介は呆《あき》れつつ説明に耳を傾ける。

「それで、どんな噂だったんだ？」

「……もう、来年出向してくるドクターが決まっているっていうことでした」

どこか言いにくそうに諏訪野はこたえる。

「そのドクターが誰か……、分かっているのか？」

口の中がからからに乾いて、うまく舌が回らなかった。

「いえ、そのナースも名前までは分からなかったらしいです。ただ……」

諏訪野は上目遣いに視線を向けてくる。

「そのドクターは、純正医大心臓外科の教授の親戚《しんせき》だということでした」

祐介はゆっくりと瞼を落とす。不思議と動揺はしていなかった。きっと、そんなことだろうと予想していた。

もともと決まっていたのだ。針谷が富士第一へ行き、そして俺は沖縄に飛ばされると。

「大丈夫ですか？」

心配そうに声をかけてくる諏訪野に、祐介は笑顔を見せる。空っぽの笑顔を。

「ああ、大丈夫だよ。ありがとうな、そこまで調べてくれて」

「それはいいんですけど、これってひどすぎませんか？　研修医を二人以上入れたら、先輩を富士第一に出向させるって約束していたんでしょ？　それなのにその裏で、針谷を出向させることを決めていたなんて」

諏訪野の口調には本気の怒りが滲んでいた。そのことが少し嬉《うれ》しかった。

「いや、教授も医局長も約束なんてしていなかったんだよ。よくよく思い出してみると、富士第一への出向を『検討する』とか『考えてやる』って言っていたんだ。一言も『研修医を入局させれば、富士第一へ出向させてやる』なんて言っていなかったんだよ」

「そんな詐欺《さぎ》みたいな！」

声を荒らげる諏訪野の前で、祐介は顔を左右に振る。

「あの人たちの方が上手《うわて》だったってことさ。やっぱり医局の権力争いにもまれた人たちはひと味違うよな。俺みたいなお人好《ひとよ》しじゃあ、太刀打ちできないよ。俺は大学医局で生き残れるような……競争に勝ち抜いて、心臓外科のオペレーターになれるような男じゃなかったんだよ」

語っているうちに感情が高ぶり、祐介は目元を押さえる。

「平良先輩……」

「悪い、情けないところ見せちまって。本当に助かったよ。おかげで気持ちに整理がついた。これでたぶん……前に進める」

祐介は自分の頰を両手で軽く叩《たた》いた。

「もしかして、大学を辞めるつもりですか？」

諏訪野の質問に答えることなく、祐介は腕時計に視線を落とした。

「ああ、もうこんな時間か。そろそろ行かないと、研修医たちとの飲み会に遅れちまう」

立ち上がった祐介は、テーブルに置かれていた伝票を手に取り、レジへと向かう。

「本当にありがとうな。お礼に今度奢《おご》るから、飲みにいこうぜ。それじゃあ」

柔らかいジャズが体に染《し》みこんできた。


「お疲れさまでしたー！」

個室に郷野の陽気な声が響く。祐介のジョッキに、研修医たちが自分のジョッキをぶつけていく。

喫茶店で諏訪野と別れてから約三十分後、祐介は新橋駅近くの居酒屋に研修医たちとともにいた。

乾杯を終えた祐介は、生ビールがなみなみと注《つ》がれたジョッキを眺める。

ノンアルコールでないビールを飲むのは久しぶりだった。最近手術が少なかったため、担当する患者の中に術後の重篤《じゅうとく》な者もおらず、今日は急変で呼び出される心配もない。

郷野、牧、宇佐美。この三人とはどうしても酒を酌《く》み交わしたかった。わずか一ヶ月の間だったが、彼らとはさまざまな苦楽をともにしてきたのだから。

祐介は目を細めて、うまそうにビールを飲む三人を眺める。

「あれ、平良先生飲まないんですか？　もしかしてビール苦手でした？」

宇佐美が訊ねてくる。

「いや、そんなことないよ」

祐介はジョッキを口元に引き寄せると、その中に満たされた黄金色《こがねいろ》の液体を喉《のど》の奥へと流し込んだ。冷たい刺激が食道を駆け下りていく。祐介は目を閉じ、久しぶりの味を堪能《たんのう》する。

「おお、いい飲みっぷりスね」

楽しげに言った郷野は、半分ほど残ったジョッキの中身を一気に飲み干し、店員におかわりを注文した。

本当は研修医たちとの酒宴を純粋に楽しみたかった。しかし、さっき諏訪野から聞いた情報が頭蓋骨《ずがいこつ》の内側にこびりつき、黒い感情を胸の中にじわじわと湧《わ》き上がらせる。それを忘れようと杯を重ねるのだが、苦々しい思いが希釈されることはなかった。

久しぶりのアルコールのせいか、酔いは想像より早く回った。飲みはじめてから一時間ほど経った頃には、呂律《ろれつ》は怪しくなり、思考が鈍りはじめていた。

「いやあ、それにしても、本当に一ヶ月お世話になりました」

郷野が真っ赤な顔で言う。

「ただでさえ忙しいのに、俺たちの指導まで大変だったんじゃないスか？　本当にありがたかったですよ」

「そんなことないよ。君たちは優秀で、そんなに手がかからない研修医だったし」

「けど、あれは凄《すご》かったですね」

牧が身を乗り出してくる。その顔色はほとんど変わっていないが、眼鏡の奥の目が、わずかに眠そうに細められている。

「心筋梗塞起こした教授を背負って救急部まで運んだなんて。最初聞いたときは、耳を疑っちゃいましたよ。先生がいなければ、赤石教授は助からなかったかもしれませんね」

「いや、そんなこと……」

祐介は額を押さえる。

そうだ。俺は教授を救ったのだ。教授にとって俺は命の恩人のはずだ。それなのに、こんな仕打ちをするなんて……。

「どうかしました?」

急に黙り込んだことを不審に思ったのか、頰の辺りを桜色に染めた宇佐美が顔を覗《のぞ》き込んでくる。

「あ、いや、なんでもない。久しぶりの酒だから、ちょっと酔っちゃってな」

「それより平良先生、もし来年俺たちが心臓外科に入局したら、その際はあらためてご指導よろしくお願いします」

郷野が上機嫌に言う。

「心臓外科に入局したら……」

そのセリフをおうむ返しにすると、郷野は力強くうなずく。

「ええ、この一ヶ月の研修で俺たち、やっぱり心臓外科って魅力的だなって思ったんですよ。入局先の決定までまだ少しあるんで、よく考えますけれど、期待していてください。なぁ」

郷野は牧と宇佐美に水を向ける。二人はあごを引いて同意を示した。

「そうなったら、また平良先生に指導してもらいたいです」

宇佐美は唇をほころばせる。

「いや、来年度には俺はたぶん……関連病院に出向しているから」

「あ、そうなんですか、それは残念です。富士第一総合病院ってところでしたよね？　修業には最高の病院だって聞いています」

「なんで、そのことを……？」

祐介は目を剝いて宇佐美を見た。

「え、富士第一のことですか？　研修の最初の頃に、針谷先生に聞きました。その病院への出向を平良先生が希望していて、たぶんそうなるだろうって」

針谷が……。祐介はテーブルの下で両拳を握りしめた。

教授の甥だからというだけの理由で、富士第一への出向を、俺の夢を奪っていった男。そいつがそんなことを……。

怒りと屈辱で胸が満たされていく。祐介は上下の歯を力いっぱいかみ合わせる。そうしないと、叫びだしてしまいそうだった。

「そっかぁ、平良先生は来年、本院にいないんスね」

郷野はビールを呷《あお》ると、言葉を続ける。

「もっと指導を受けたかったのに残念っスよ。けれど、その富士第一ってところで修業して戻ってきたら、また……」

「違う！」

祐介は手にしていたジョッキをテーブルに叩きつけた。大きな音がひびき、手の甲にビールの雫《しずく》がこぼれた。研修医たちは目を丸くする。

「俺は富士第一に出向するんじゃない。心臓外科もない沖縄の病院に飛ばされるんだ！」

「えっ、それってなにかの間違いじゃないですか？　だって針谷先生は、平良先生が富士第一に出向するって……」

牧が首をすくめる。祐介は両手で頭を抱えた。

「富士第一に出向するのは、俺じゃなくて針谷だ。あいつは教授の甥だからっていうだけで、最高の出向先を手に入れたんだ。それに比べて俺は、教授の命を救ったっていうのに飛ばされる。もういつ戻ってこられるかも分からないんだ。もう俺は、心臓外科医としては終わったんだよ！」

胸に溜《た》まっていた黒い感情を吐き出していく祐介に圧倒されたのか、研修医たちは黙り込む。そんな三人を前に、祐介はうつむいて話し続ける。

「君たちの指導を必死にやったのも、下心があったからだ。赤石先生に言われたんだよ。もし、君たちのうち二人以上を心臓外科に入局させたら、富士第一への出向を考えてやるってな」

研修医たちの口から、驚きの声が漏れた。

「あの怪文書の犯人を探そうとしたのもそうだ。全部富士第一への出向を餌《えさ》にされてやったことなんだ。けれど教授と医局長は、俺を島流しにすることを決めていたんだ」

「そんな……」宇佐美が呆然とつぶやく。

なにが「そんな……」なのだろうか。赤石たちの仕打ちか、それとも不純な動機で三人を指導していたことだろうか。祐介には分からなかった。

「君たち、本気で心臓外科への入局を考えているって言ったよな」

低い声で訊ねると、研修医たちはためらいがちにうなずいた。

「本当に、心臓外科でいいのか？」

「どういう意味ですか？」

郷野が太い眉《まゆ》をひそめた。

「そのままの意味だよ。自分の将来を考えて、本当に心臓外科なんかに入局していいのか？　心臓外科の忙しさは医師の中でも飛び抜けている。若い頃は週に一、二回しか家に帰れないなんてざらだ。だから、外病院へのバイトにもあまりいけなくて、手に入る給料はかなり少ない。それどころか、入局した奴の大部分が心身ともに疲弊して、数年以内にドロップアウトしていく」

三人はこわばった表情で耳を傾け続ける。完全に酔いは覚めたようだった。

「その過酷な勤務になんとか耐えたとしても、一人前になれると決まったわけじゃない。大きな手術の大部分は、ベテランのドクターが執刀する。若いドクターに回ってくるのは小手術ばっかりだ。そんな生活が十年近く続くんだ。十年、他の科ならもう一人前の医者になっているなかで、心臓外科医はまだ見習いなんだぞ！」

祐介はテーブルに拳を振り下ろす。鈍い音が部屋の空気を揺らした。

「一握り、ほんの一握りの医局員だけが本物の心臓外科医になれる。どんなに苦労しても、すべてを捧げてきても、使い捨てにされる可能性があるんだ。……俺みたいにな」

祐介は研修医たち一人一人と視線を合わせていく。

一ヶ月の研修の最後に、どうしても研修医たちに言いたいことがあった。苦楽をともにした彼らに伝えておかなくてはいけないことがあった。

祐介はゆっくりと口を開く。

「心臓外科には来るな。君たちは優秀だ。もっとその才能を生かせる科があるはずだ」

そこで言葉を切った祐介は、弱々しく微笑んだ。

「絶対に俺みたいにはなるな」


「……ただいま」

扉を開けると、祐介はふらふらと玄関に入る。

「お帰りなさい……って、大丈夫？」

妻の美代子が駆けよってくる。

「ああ、……大丈夫だよ」

祐介は壁に寄りかかると、そのままずるずると倒れていった。

「全然大丈夫じゃないじゃない。よく帰って来られたわね」

呆れ声で言いながら、美代子は祐介の腕をもって立たせる。

「電車は無理そうだったから、タクシーをつかまえた」

研修医たちに向かって「心臓外科には来るな」と伝えた祐介は、そのあとすぐに一万円札を数枚テーブルに置いて居酒屋をあとにした。せっかく用意してくれた酒席を抜けることに罪悪感はあったが、それ以上情けない姿を晒すことに耐えられなかった。

美代子に支えられながらリビングへと入った祐介は、顔からソファーに倒れ込む。

「久しぶりのお酒だからって、ちょっと飲み過ぎよ。自分の限界忘れちゃったの？」

美代子が水の入ったコップを手渡してくる。

「ありがとう」

喉を鳴らしながら水を飲み干し、再びソファーに倒れ込んだ祐介の隣に、美代子が腰掛けた。

「一ヶ月、研修医の指導お疲れさま。疲れたでしょ。ゆっくり休んでね」

美代子は祐介の頬に触れる。火照《ほて》りが冷やされて心地よかった。この数時間、ずっと胸に巣くっているヘドロのような感情が、わずかに癒やされていく。時間が穏やかに流れていった。

「……美代子」

祐介はささやくように妻の名を呼んだ。

「なに？」

祐介は上半身を起こすと、妻と視線を合わせる。

「来年の出向が決まったみたいなんだ」

美代子の顔に緊張が走る。

「そう、どこになったの？」

「それは……」

出かかった言葉が喉でつかえてしまう。

……情けない。膝の上で握りしめた拳に、白く細い手が添えられた。

「大丈夫だよ」

美代子は包み込むような微笑みを浮かべる。その瞬間、喉のつかえが取れた。

「富士第一には、いけなくなったよ」

「……そうなんだ。残念だったね。それで、どこに行くことになりそう？」

「それが……沖縄なんだ」

「沖縄⁉」

美代子の目が大きくなる。

「それって、那覇とかそういう所ってこと？」

「いや、那覇からはかなり離れているらしい。かなり田舎の病院みたいだ」

「かなり田舎……」

絶句する美代子を見て、祐介は肩を落とす。やはり、東京育ちの美代子に田舎暮らしは難しいだろう。単身赴任になるだろうが、沖縄ではあまり頻繁に戻ってくることができない。

夢と同時に、俺は家族まで失うことになるのだろうか？　絶望に押しつぶされそうになる。

「沖縄に出向するかもしれないって、前から分かっていたの？」

「……ああ、その可能性もあった」

「なんで早く言ってくれなかったのよ！」

美代子の声に非難の色が混じる。

「早く教習所に通わないといけないじゃない。でも、あと数ヶ月あるから大丈夫よね」

「え？　教習所？」

「そうよ」美代子は唇を尖《とが》らせた。「早く言ってくれていれば、もう少し余裕があったのに。真美がいるから、免許合宿に行くわけにはいかないし、通いってことになるわよね。免許って頑張れば二ヶ月ぐらいで取れるんだっけ？　ここから一番近い教習所ってどこ？」

「ちょ、ちょっと待ってくれ。なんで教習所の話になるんだ？」

「え？　だって、沖縄の電車って、那覇にモノレールがあるだけなんでしょ？」

「ああ、そうだけど……」

「それなら、買い物に行くにも、場合によっては真美を学校まで送るのにも、車が必要になるじゃない。だから、免許を取っておかないと」

「ついてきて、くれるのか？」

声が震える。美代子の表情が険しくなった。

「当たり前でしょ。家族は一緒にいないと」

「だけど、真美は……」

「大丈夫。来年の四月ならちょうど小学校に入学だから、すぐに新しい友達ができるわよ。あっ、けどお義母《かあ》さん、真美と離れ離れになったら落ち込んじゃうわね。もう、いっそのこと、同居しちゃった方がいいのかな」

美代子はあご先に指を当てた。

「本当に……いいのか？」

「もちろん。そもそも、一人で遠くに行こうとしても真美が許さないわよ。あの子、パパのこと大好きなんだから」

美代子はおどけるように言った。鼻の奥に痛みが走り、視界がぼやけてくる。祐介はシャツの袖《そで》であわてて目元をぬぐった。

夢は失っても、家族は失わずにすむんだ。一番大事な家族だけは……。

「美代子、ごめんな……」

「ごめんって、なにが？」美代子は小首をかしげる。

「俺の夢のためにずっと苦労かけてきたのに、……実現できなかったよ」

唇を嚙《か》む祐介の背中を、美代子は優しく撫《な》でてくれた。

「ねえ、祐介君はなんでそんなに心臓外科医になりたかったの？」

祐介は顔を上げて美代子と視線を合わせる。心臓外科医を目指したきっかけは誰にも話したことがなかった。けれど、夢が破れたいまなら、もう吐き出してもいいのかもしれない。

「お義母さんのことが関係してるでしょ？」

「なんで、それを……？」

「もう三十年近い付き合いだもの、それくらい分かるよ。お義母さんが手術するとき、祐介君すごく不安そうだったよね」

「ああ、あのときは……」

古い記憶が蘇ってくる。大学二年生の頃、母が「最近、階段をのぼると胸が痛くなる」と訴えた。すぐに純正医大附属病院を受診した結果、狭心症で早期に冠動脈バイパス術が必要と診断された。

夫と死別したあと、シングルマザーとしてフルタイムで働きながら必死に自分を育ててくれた母。その苦労がまだ五十過ぎだった母の体を蝕《むしば》んだことは間違いなかった。

主治医となった心臓外科の若い医師は、冠動脈の劣化がひどく、バイパス術をしても繋いだ場所が閉塞《へいそく》する可能性も十分にあること、そうなった場合は今後、心筋梗塞《しんきんこうそく》を起こす可能性が高いことを説明した。

それを聞いてから、祐介はただただ不安な日々を送ることになった。まだ十分な親孝行もしていないのに、母が命を落とすかもしれない。その恐怖が、心を蝕んでいった。

そして、手術の数日前、祐介ははじめて執刀医と顔を合わせた。精悍《せいかん》な顔つきをした体格の良い心臓外科医、それは当時准《じゅん》教授だった赤石だった。

手術について説明する赤石の声は力強かった。一通りの説明を聞いたあと、祐介はおずおずと、バイパス血管が詰まる可能性はどの程度あるのか訊《たず》ねた。すると赤石は祐介の目を見ながらはっきりと答えた。

「大丈夫。私が繋いだ血管が詰まることはないよ」

絶対の自信に裏づけられた保証。それを聞いた瞬間、救われるとともに、ある思いが胸に芽生えた。

この人のような、医師になりたい。

赤石の手術を受けた母は、いまも元気にしていて、毎日のように孫の顔を見にきている。そんな幸せを与えてくれた赤石に憧《あこが》れ、祐介は夢を追い続けた。

心臓外科に入局し、挨拶《あいさつ》に行った際、赤石が母について言及することはなかった。これまで何千人も執刀してきているのだから、覚えていないのも当然だ。祐介もあえて赤石に母のことを言うことはしなかった。一人前の心臓外科医として赤石に認められたら、そのときにはじめて告げようと心に決めていた。あの一言があったからこそ、自分は心臓外科医になることができたと。

しかし……、その夢が叶《かな》うことはもはやない。

美代子にすべてを語り終えると、祐介は肺の奥に溜まっていた息を吐いた。怒りはもう感じなかった。ただ、深い哀《かな》しみが心を浸していた。

「そっか。赤石教授みたいな心臓外科医になるために一生懸命、頑張ってきたんだね。お疲れさま」

美代子は祐介の手に自分の手を重ねる。そのぬくもりを感じながら祐介は目を閉じた。

「ただ、出向が何年間か分からないのはちょっと問題よね。真美が小学生の間に東京に戻ることになったら、せっかくあっちでできた友達が……」

美代子がつぶやくと、突然寝室の扉が開き、寝間着姿の真美がふらふらと出てきた。

「ママ……、トイレ……」

目をこすりながら真美はつぶやく。

「だから寝る前にジュースを飲んじゃだめって言ったのに。それより真美、パパが帰ってきているわよ」

「パパ？」

真美は不思議そうにつぶやきながら、寝ぼけまなこできょろきょろと辺りを見回す。

その目が祐介をとらえた瞬間、真美の顔に花が咲くように笑みが広がっていった。

「パパだ！」

真美は勢いよく祐介に飛びついてくる。祐介は腕を開いて、弾丸のように向かってくる娘を抱きとめた。

「いい子にしていたか?」

完全に目が覚めたのか、「うん!」と元気よくこたえる真美を、祐介は抱きしめた。腕の中にある娘のぬくもりが、冷たく固まっていた心を温めてくれた。真美が祐介の首に腕を回してくる。

「パパ、おひげが痛い」

「ああ、ごめんな」

そう言いながらも、祐介は真美を抱きしめ続けた。

「あれ、パパ泣いているの? なにか悲しいことあったの?」

娘の声が鼓膜を優しくくすぐった。

4

人工呼吸器のポンプ音が重い空気を攪拌《かくはん》する。部屋の隅に立つ祐介は、冷めた眼差《まなざ》しを手術台に向けていた。そこでは執刀医である敷島准教授が、額に汗を浮かべながら手を動かしている。

十一月八日の午後一時過ぎ、純正医大附属病院手術部第一手術室。午前九時からはじまった赤石教授に対する冠動脈バイパス術は、佳境にさしかかっていた。大腿からバイパス用の血管を採取する役目の祐介は、一時間ほど前に仕事を終えている。

祐介は首元を撫でる。暑くもないのに全身にじっとりと汗が滲《にじ》んでいた。術中の全身管理は麻酔科教授が自ら行い、しかも、学長や病院長まで見学にやってきている。

祐介はすぐ近くに立つ肥後に一瞥《いちべつ》をくれた。その表情には露骨な焦燥が滲んでいる。この手術に入れなかった、すなわち赤石から三行半《みくだりはん》を突きつけられたからだろう。

怪文書により院内での立場が危うくなっていた赤石だったが、その流れは明らかに変わってきていた。文書の中ではさらなる詳細を十月末に明らかにするとされていたが、未《いま》だに新しい告発状が送られてくることはなかった。さらに噂によると、いまのところ赤石の論文にはまったく不正は見つかっていないらしい。それらのことより、あの怪文書はたちの悪いいたずらだったと思われはじめていた。それにつれ、肥後をはじめとした赤石と距離を取っていた医局員たちも、再び赤石に近づこうと画策しているということだ。そんな話を聞くたびに、祐介は冷めた気持ちになっていた。

「切ってくれ」

眼鏡型の拡大鏡で術野を覗き込みながら敷島が言う。対面に立つ針谷が、敷島が結紮《けっさつ》した糸の余った部分をはさみで切断した。マスクの下で祐介の奥歯が軋《きし》む。なんであそこに立っているのが俺じゃないんだ。

富士第一に出向できないと知ったあの日、すべてを諦《あきら》めたつもりだった。しかし、長い年月を捧《ささ》げた夢への想《おも》いは、簡単に消し去れず、ことあるごとに祐介を苛《さいな》んでいた。

術野から手を引いた敷島は大きく息をつく。祐介は術野を映しているディスプレイを横目で見る。バイパス血管として最も重要な左内胸動脈が、左側の二本の冠動脈にパッチ状に縫合されていた。赤石の代名詞でもあるオンレイパッチ法。

普段のバイパス術の際、敷島は一般的な方法で血管を縫合していた。しかし、今日はこれまで赤石から受けた指導の恩返しをするかのように、果敢にオンレイパッチ法に挑んでいる。ディスプレイに映るその出来栄《できば》えは、赤石に勝るとも劣らないように見えた。

あとは祐介が大腿から採取した血管を使用して、大動脈と右冠動脈を繋《つな》げば、三本の冠動脈全《すべ》てにバイパス血流路が完成する。

「針谷……交代だ」

敷島がその言葉を発した瞬間、見学している医師たちの間から驚きの声が上がった。

祐介も耳を疑う。

「え？　どういうことですか？」

針谷の声には動揺が滲んでいた。

「術前に赤石教授から指示されている。三本のうち一本はお前に縫合させてくれってな」

「いや、でも僕は……」

「これは患者である教授の希望だ。いいから俺と位置を交代して、最後のバイパス血管を繋ぎ合わせるんだ。俺がサポートしてやるから心配するな」

針谷の目元に力がこもる。

「分かりました。やらせていただきます！」

第一助手の位置から離れた針谷は、手術台の反対側へと向かう。一瞬、立ち尽くす祐介と針谷の視線が絡《から》んだ。

自分が受ける手術でバイパス血管を繫がせる。それは明らかに、針谷を心臓外科の次世代エースとして育てることを告げる赤石流のパフォーマンスだった。

狂おしいほどの嫉妬《しっと》が祐介を責め立てる。右手の中指が火で炙《あぶ》られたかのように疼《うず》きだした。

針谷さえ、あの男さえいなければ俺の夢はかなったはずだ。あいつさえいなければ、俺のこの指は……。

入れ違いで第一助手の位置へと立った敷島からアドバイスを受けながら、針谷は一心不乱にオペを進めていく。その姿を、祐介はただ睨《にら》みつけることしかできなかった。

そして、手術は終了した。

「ありがとうございました」

皮膚の縫合を終えると、敷島が小さく一礼する。同時に、手術を見学していた人々の間から小さな拍手があがった。すぐにその拍手は、手術室全体に広がっていく。祐介にはそれが、新しいスターが生まれたことに対する祝福に聞こえた。

冷たいシャワーを頭から浴びる。全身の細胞を侵している黒い感情が、わずかながら洗い流されていく。

手術が終わったあと、心臓外科の医局員たちはストレッチャーに載せられた赤石とともにICUへと向かった。赤石の術後管理は針谷に一任されることになっていた。

赤石の状態が安定していることを確認すると、医局員たちは一人また一人と自分の仕事をするため病棟や医局へと戻っていった。しかし祐介だけはナースステーションに残り、ＩＣＵの看護師たちに指示を出す針谷に視線を注ぎ続けた。もちろん、祐介にも仕事があった。しかし、あまりにも乱れた精神状態が、通常業務に戻ることを許さなかった。

一時間ほど経《た》って、針谷の姿がベッドわきから消えたあとようやくＩＣＵを出た祐介は、ロッカー室で冷水のシャワーを浴びた。部屋には他に誰もいなかった。

手足の感覚が鈍くなるほどに体を冷やした祐介は、シャワー室から出てタオルで体を拭《ふ》きはじめる。やるべき仕事が残っている。とりあえず病棟に向かわなくては。

着替えていると、出入り口の扉が開く。入ってきた人物を見て、シャツのボタンを留める手が止まった。

「針谷……」

「あ、平良先輩、お疲れさまでした」

針谷は普段どおりの屈託のない笑顔を浮かべる。

「いやあ、本当にまいりましたよ。まさか、急にバイパス血管を縫合することになるなんて。最初言われたとき、意味が分からないでパニックになりかけました。あ、けれど、先輩が採取してくれたバイパス血管は処理が完璧《かんぺき》でしたよ。凄く縫いやすかったです」

「……なんでお前なんだ？」

唇の隙間《すきま》から、無意識にその言葉がこぼれ落ちた。

「え、なんですか？」

「なんでお前が第一助手なんだ！　なんで俺じゃなくてお前なんだよ！」

胸の内におさめきれなくなった激情があふれ出してくる。

「先輩？」

「俺はずっと医局に尽くしてきたんだ。すべてを捧げてきたんだ。しかも、教授を助けたのは俺だぞ。それなのに、なんでお前に全部を奪われないといけないんだ！」

「そんなこと俺に言われても……」

針谷の表情が不満げに歪《ゆが》んだ。祐介は髪をかき乱す。

「俺だって教授の身内だったら……」

「……なんですか、それ？　俺が実力もないのに、身内だから今日の手術に入れたとでも言うんですか？」

針谷の目つきが鋭くなる。

「違うって言うのか？」

「違いますよ。そりゃあ先輩は努力していたのかもしれませんけど、純粋に俺の方が技術的に上だから選ばれただけです。へんな絡み方しないでくださいよ」

「俺がお前の下だと？」

右手を伸ばし、乱暴に針谷の襟元《えりもと》を摑《つか》む。しかし針谷が動じることはなかった。

「ええ、そうですよ。たしかに先輩は、救急とか一般外科領域の手術に関しては一流です。けれど、細かい手術に関しては俺が優《まさ》っています」

針谷は襟を摑む祐介の手を指さす。

「だって平良先輩、冠動脈みたいな極小の血管を縫おうとすると、手が震えるじゃないですか」

襟を摑んでいた手から力が抜け、だらりと垂れ下がった。

「なんで……、そのことを？」

「もしかして、気づかれてないとでも思っていたんですか？」

針谷は呆れ顔で乱れた襟元を正す。

「先輩の右手中指、第二関節が膨らんでいるでしょ。それのせいですよね」

「誰のせいでこんなことになったと思っているんだ！」

フリーズしていた脳細胞が、怒りで再起動する。

「俺ですよね。それくらい分かってますよ。東医体で俺の後ろ回し蹴《げ》りを受けた時でしょ」

あっさりと言い放った針谷に、再び思考が停止する。

そのとおりだった。学生時代、針谷に敗れたあの大会の準決勝、祐介は防御しようとした手の上から、後ろ回し蹴りで肝臓を貫かれた。その際、針谷の踵《かかと》が直撃した右手中指の第二関節が脱臼《だっきゅう》したのだ。

悶絶《もんぜつ》して倒れながら見た、中指があり得ない方向へと曲がった映像は、いまも忘れることができない。

すぐに整復を行ったが、脱臼した部分に生じた強い炎症のせいで、第二関節は大きく膨らんだ状態で固まってしまった。そして、極めて細かい作業をしようと神経を集中させると、そこに痺《しび》れと痛みが走るようになった。

「お前、それを知って……」

「ええ、知っていましたよ。それがなにか？　謝れとでも言うつもりですか？　それとも、責任をとって今日のオペの第一助手を譲るべきだったとでも？」

針谷は挑発的に言葉を重ねる。

「そんな馬鹿なことは言いませんよね。べつに俺は反則をしたわけじゃない。ちゃんとした試合の場で、正々堂々と戦った結果、先輩は運悪く大怪我《おおけが》をした。俺はなにも間違ったことをしていません」

反論することもできず、祐介はただ身を焦《こ》がすような屈辱に震える。

「その怪我がなければ、先輩が俺より手術の腕が良かったのか、今日の第一助手に選ばれたのかは分かりません。けれど、そんな仮定はなんの意味もないですよ。現実では先輩は怪我をして、そして俺が第一助手に選ばれたんですから」

針谷は大仰に肩をすくめると、話は終わったとばかりに着替えだす。

祐介はなにか言おうと口を開く。しかし言葉が出てこなかった。

「それじゃあ先輩、教授の術後管理があるんでこれで失礼します。いまのことは忘れますから、気にしないでください。先輩、ちょっと疲れているんですよ」

白衣を着た針谷は、陽気な雰囲気を取り戻すと、祐介の肩をぽんと一つ叩いてロッカー室から出て行った。

激しい敗北感が襲い掛かってくる。感情の嵐《あらし》が胸で吹き荒れる。

祐介は拳《こぶし》をロッカーに叩きつけた。

大きな音とともにロッカー扉がわずかにへこんだ。

5

翌日の昼過ぎ、祐介は医局のデスクでサンドイッチを頬張っていた。普段と同じものだというのに、今日はやけに味気なく感じる。

昨日、ロッカー室で針谷とやり合ってからというもの、全身の関節が錆《さ》び付いてしまったかのように体が重かった。いいようもない敗北感が血流にのって体を巡り、活力を根こそぎ奪っていた。

今夜は当直だというのに、こんな状態で大丈夫だろうか？　どうにか気合いを入れようとするのだが、倦怠感《けんたいかん》が消えることはなかった。

「おい、平良。よくやった！」

唐突に背後から背中を叩かれ、祐介は大きくむせ込む。ふり返ると、満面に笑みを浮かべた肥後が立っていた。

「なんのことですか？」

「研修医だよ、お前が指導した三人の研修医たちだ」

「はあ……、彼らがどうかしましたか？」

「相変わらず鈍い奴《やつ》だな。入ったんだよ。今朝あいつら三人とも、来年度の入局願いを提出してきた」

「ちょ、ちょっと待ってください!」祐介は耳を疑う。「彼らが来年、心臓外科に入局するってことですか? 三人とも?」

「ああ、そうだ。これで俺もお前も、医局へ多大なる貢献をしたことになる」

肥後はいまにも小躍りしそうだった。おそらく、これで医局長の地位を守れるとでも思っているのかもしれない。

「三人とも……」

心臓外科には来るなと、俺のようになるなと警告したのに……。

「どうした、鳩が豆鉄砲食ったような顔して。なんにしろよくやった。来年度の出向、期待しておいていいぞ」

肥後の顔に嘲笑《ちょうしょう》するような色がかすめたのを見て、吐き気をおぼえる。もうすでに俺を沖縄に飛ばすことを決めているくせに、なにを白々しいことを。

にやけ面《づら》に思い切り正拳《せいけん》を叩きこみたいという誘惑に、祐介は必死に耐えた。

上機嫌のまま肥後は医局長室へと入っていった。祐介は閉まった扉を凝視する。あの怪文書の犯人が肥後ではないかという思いは、日に日に強くなっていた。あの男なら、どんな卑怯《ひきょう》な手段でも躊躇《ちゅうちょ》なく使うだろう。

そうだとしたら、やはりあの部屋になにか証拠があるかもしれない。

赤石の心筋梗塞により、怪文書の調査は棚上げになっていた。しかし肥後が犯人だとしたら、なんとかその証拠を見つけて、つるし上げてやりたい。そんな濁った欲求が血液に乗って全身をめぐっていた。

十数秒間、扉を睨みつけていた祐介は、深いため息を吐《つ》くと肩を落とした。

そんなことをしても、なんの意味もない。いまさら犯人を見つけても、沖縄に飛ばされることに変わりはないのだ。それに、回復して復帰する赤石が、肥後を医局長の地位に残しておくことはまずないだろう。

三人の研修医……。

犯人捜しより大切なことを思い出した祐介は、院内携帯を手に取り、番号を打ち込む。すぐに回線は繋がった。

『はい、牧です。平良先生ですよね、お疲れ様です。何か御用ですか？』

「いま医局長から、君たち三人が心臓外科への入局願いを出したって聞いたんだけど」

『はい。今朝、郷野と宇佐美さんと一緒に提出しに行きました』

牧はあっさりとこたえる。なにかの間違いであってくれという願いが打ち砕かれた。

「なんでそんなことを⁉　最後に言っただろ、心臓外科に来るべきじゃないって」

『いやあ、あれからいろいろ考えた結果、やっぱり心臓外科が一番魅力的だと思ったんです。郷野と宇佐美さんも同じこと言っていました』

「そんな……」

この医局のどこに魅力があるっていうんだ？　馬車馬のようにこき使われ、使い捨てられるのがおちじゃないか。

自分の警告が伝わっていなかったのか？　そのせいで、若い三人の未来を、摘み取ってしまったのだろうか？　後悔が胸を焼く。

『それより丁度よかった。平良先生に伝えておきたいことがあったんです』

牧の抑えた声が聞こえてくる。

「伝えておきたいこと？」

『はい。あの怪文書を送った犯人のことをまだ調べているんです。それでいろいろ分かったこともありました。落ち着いたら、お知らせしますね』

「怪文書の？　なんでそんなことを？」

『だって、犯人を見つけたら、平良先生が希望していた出向先に行けるかもしれないじゃないですか』

無邪気なセリフに、軽い頭痛をおぼえる。

「この前、説明しただろ。もう富士第一に出向するのは針谷って決まっているんだって」

『それは聞きましたけど。研修医三人とも入局させたうえ、犯人まで見つけたとなったら、赤石先生も考え直すかもしれないじゃないですか』

「ないよ。そんなに甘い世界じゃない。赤石先生にとって、俺は都合のいい駒《こま》でしかなかったんだよ」

そのことを、この数週間で思い知らされていた。

『やってみないと分からないですよ。諦めないでください。俺たちも頑張りますから。あ、それじゃあこれから皮膚科の外来見学なんで失礼します』

回線が切れた。ピーピーと気の抜けた音を鳴らす携帯を眺めながら、祐介は力なく首を振る。

やってみないと分からない。そんなふうに思えるのは純粋だからだ。けれどこの医局では、純粋な人間は踏み台にされてしまう。自分のように……。

右手に持つ携帯が、やけに重く感じられた。

……暇だな。日付が変わろうかという時刻、当直室でベッドに横になった祐介は天井を眺め続けていた。

赤石が倒れて最近大きな手術が減っているため、今夜はほとんど呼び出されることはなかった。

いま心臓外科が担当している重症患者は、ＩＣＵの赤石ぐらいだ。その赤石は針谷が連日泊まり込みで術後管理をしているので、当直医である自分が呼ばれる可能性は低いだろう。

来年から、俺はどうすればいいのだろう？

天井の染《し》みを眺めたまま思考を巡らせる。このまま医局にいれば、来年度には心臓外科のない沖縄の病院に飛ばされて、一般外科医として勤務することになる。

医局を退職すれば沖縄には行かずにすむ。しかしその場合、自ら新しい就職先を探さなくてはならなかった。心臓外科医としての修業を終えていない自分の場合、一般外科医や救急医として雇ってくれる病院はあっても、心臓外科医として雇ってくれる病院はないだろう。

医局を辞めた時点で、心臓外科医になる道は完全に閉ざされる。しかし、それは医局に残ったところで変わりはない。

市中病院なら、いまよりはるかに給料もいいだろうし、家族との時間も取れるはずだ。それなのに、いまだに夢を諦めきれない自分がいた。赤石のような一流の心臓外科医になって、多くの患者を救うという夢を。

ふと、昼に牧から言われたことを思い出す。三人の研修医を入局させたうえ、怪文書の犯人まで見つけたら、富士第一は無理でも、もう少し希望に近い病院に出向できるのではないか？

あのときは検討すらしなかったが、よく考えてみるとあり得ない話ではない。富士第一には及ばないものの、心臓外科医としての技術を学べる出向先は他にもある。

そうだ、俺は研修医を三人も入局させたんだ。それくらいのことを要求する権利はあるはずだ。

かすかに希望の光が差したとき、枕元《まくらもと》においた院内携帯が振動しだした。液晶画面を見た祐介は目を剝《む》く。そこには『ＩＣＵ』の文字が浮かんでいた。いまＩＣＵにいる心臓外科の患者は赤石だけだ。祐介はせわしなく通話ボタンを押す。

「平良です！」

『平良先生、大変です。すぐに来てください！』

焦燥に満ちた看護師の声が聞こえてくる。ゆっくりと状況を聞き出す時間はない。切迫した様子からそう判断した祐介は、「すぐ行く！」と通話を切ると、椅子《いす》の背にかけておいた白衣を摑んで当直室を飛び出た。

全速力で階段を駆け下り、ICUに到着した祐介は、麻酔科医と二人の看護師が取り囲んでいる赤石のベッドに向かう。

「どうした⁉」

息を弾ませながら赤石の顔を覗《のぞ》き込んだ瞬間、心臓が大きく跳ねた。その顔は苦痛でゆがみ、額には玉のような汗が浮かんでいた。酸素マスクの下から荒い呼吸音が聞こえてくる。

「十五分ぐらい前から急に苦しみだして、あと心電図も……」

モニターに視線を向けた祐介は目を見張る。そこに表示されている波形は、心筋が虚血状態になったときに生じるものだった。しかも血圧は低下し、脈拍数が増えている。危険な状態だ。

「針谷はどこだ！」

赤石の主治医は針谷だ。針谷が一番状況を理解しているはずだ。

「それが、一時間ぐらい前に『仮眠をとってくる』っていなくなったきりで……、何回かコールをしたんですけど」

看護師が首をすくめた。舌打ちがはじける。おそらく、針谷は連日の泊まり込みで疲労して、どこかで熟睡しているのだろう。

「輸液と昇圧剤を増やします。あとニトロも用意して」

祐介は点滴ラインに接続されている薬剤ポンプの設定を変えていく。

「針谷先生からコールバックありました！　すぐにいらっしゃるそうです」

ナースステーションにいた看護師が、受話器を片手に報告してくる。そのとき、視界の端に赤い色が飛び込んできた。祐介はようやく事態を把握する。

「今日の心臓外科オンコールは誰だ⁉」

声を張り上げると、ベテランの看護師が即答した。

「肥後先生です！」

「すぐに肥後先生を呼び出して、病院に来るように伝えてくれ。あと、オンコールの臨床工学技士もだ！」

そのとき、ＩＣＵ入り口の自動ドアが開き、顔を真っ赤に紅潮させた針谷が飛び込んでくる。

「何があったんですか⁉」

息を切らす針谷に、祐介は無言で足元を指さす。

「え……？　あ、あああぁ……」

針谷の喉《のど》から、悲痛なうめき声が漏れ出した。

ベッドの脇《わき》に取り付けられた、直方体のプラスチックの容器。それが真っ赤な血液で満たされていた。

よく見ると、容器に接続されている細いチューブから、ぽたぽたと血液が容器内に落ちている。そのチューブの先端は手術の傷口をつらぬいて心嚢《しんのう》内にまで達している。術後に染み出す少量の浸出液や血液を排出するために留置される、ドレーンチューブと呼ばれるものだった。しかしいま、そこからは正常ではありえない量の血液がこぼれだしていた。

「縫合……不全？」

喘《あえ》ぐように針谷は言う。祐介は「ああ、そうだ」と険しい表情で頷《うなず》いた。

おそらく、バイパス血管と冠動脈との縫合が不十分だったのだろう。そして、動脈の圧力に耐えきれなくなった縫合部分が緩み、そこから血液が漏れだした。その結果、心筋への血流が不十分となり狭心症を引き起こし、さらに心嚢内に溜《た》まった血液が心臓を圧迫しているのだ。冠動脈バイパス術の術後合併症として、まれに起こる症状だった。

「なんで……？　ちゃんと縫合したのに……。ちゃんと……」

熱にうかされたように針谷はつぶやき続ける。

「僕のせいじゃない……。先輩のバイパス血管の処置が不十分だったから……。僕はちゃんと縫合したのに、あの血管の質が悪かったから……」

「そんなこと言っている場合じゃないだろ！　早く再手術の準備だ！」

祐介が怒声を上げると、針谷は「さいしゅじゅつ……？」とたどたどしくつぶやく。

「そうだ。早く開胸《かいきょう》して再縫合する必要がある。すぐにやるぞ」

針谷の反応は鈍かった。虚《うつ》ろな目で、ちろちろと血液が流れ込んでくるプラスチック容器を眺め続けている。

いまの針谷に執刀は無理だ。そう判断した祐介は、ふり返ってナースステーションにいる看護師を見る。

「肥後先生に連絡は？」

「だめです。携帯に電話しているんですけど、すぐに留守電になります」

なにやってるんだ。オンコールのときぐらいすぐに応答しろよ。祐介は大きく舌を鳴らす。肥後は以前から、たびたびオンコールで連絡が取れず、問題になっていた。早く再手術をしないと、赤石を助けることはできない。けれど針谷がこんな状態で、肥後にも連絡が取れないとなると人手が足りない。オンコールでないドクターに連絡を取るか？　しかし、こんな時間にすぐに医局員を集められるとは思えなかった。

どうする……？　数瞬考え込んだ祐介は、麻酔科医に向き直った。

「先生、すぐに手術室に運んで、再開胸手術をします。麻酔をお願いできますか？」

「それはいいですけど、一人じゃ開胸は難しいんじゃ……。それに、針谷先生は……」

ぶつぶつとつぶやき続けている針谷に、麻酔科医は不安げな眼差しを向けた。

「大丈夫です。執刀開始まではきっと回復します。それに、人手ならなんとかなります」

祐介は再びナースステーション内の看護師に声をかける。

「肥後先生への連絡はひとまずいいから、ちょっと他の医者を呼んでくれ」

「他の医者？　誰を呼べばいいんですか？」

看護師の質問に、祐介は唇の端を上げた。

「研修医を三人ほど」

大きく開かれた胸部の中心に、紅《あか》い袋状の組織が見える。心臓を包む膜、心嚢だった。そこに差し込まれたドレーンチューブからは、いまも血液が排出されていた。

マスクの下で細く息を吐きながら、眼鏡型拡大鏡をかけた祐介は、眼球だけ動かして正面に立つ針谷を見る。ＩＣＵにいたときと比べれば、かなり冷静さを取り戻してきているものの、さっきからその身体《からだ》は細かく震え続けている。おかげで、開胸がやりにくくてたまらなかった。

彼がいないと開胸もままならなかっただろうな。祐介は針谷の隣に立つ郷野に視線を向ける。

深夜で、しかもいまは他の科を研修しているというのに、事情を知った郷野、牧、宇佐美の三人は、すぐにＩＣＵにやって来てくれた。

三人の協力を得て、祐介は赤石を手術室へと運び込んだ。オンコールで自宅待機しているはずの肥後には、いまも連絡が取れなかった。待っている余裕はないと判断した祐介は、自らが執刀医となって手術を開始していた。

針谷が助手としての仕事を十分に果たせない分を、郷野が補ってくれたおかげで、なんとか心嚢まで露出することができた。牧と宇佐美が麻酔科医のサポートとして輸液の管理や輸血などを行い、赤石の全身状態を保っている。

さて、ここからが本番だ。手術用のはさみであるクーパーを手にした祐介は、覚悟を決める。心嚢を開けば、内部に溜まっていた血液が一気に排出されるだろう。すぐに血液を吸引して視野を保ったうえで、出血箇所を見つける必要がある。祐介は吸引管を持つ郷野に目配せをする。

「吸引をしっかり、ですね。分かっています。けれど平良先生、あの患者を思い出しますね」

郷野が楽しげに言った。

「あの患者？」

「あれですよ、俺が酔っ払いだと思っていたら、緊張性気胸《ききょう》と肝損傷だった患者」

「ああ、そうだな」

開くのが心嚢と腹膜の違いはあるが、たしかに状況はよく似ている。

「あのときはお世話になりました。おかげで患者を死なせずにすみました」

「今回も助けるぞ」

祐介の言葉に、郷野は力強くうなずく。

「針谷、心嚢を開くぞ」

「え？　あ、はい、どうぞ……」

針谷は腑抜《ふぬ》けた声をあげた。

いつまで引きずっているんだ。自らのミスで赤石の命を危険に晒《さら》したのだからショックを受けるのは仕方がないだろう。しかしいまは、そのミスを取り戻すためにも集中するべきだ。

多くの人々の人生を紡《つむ》ぎ続けてきた男の命が、いま危険に晒されている。この尊敬すべき医師を、こんなところで死なせるわけにいかない。

心を決めた祐介は、クーパーの刃を心嚢に当てると一気に切り開いた。熟した果実を割ったかのように、中から紅い血液があふれ出してくる。

「吸引を！」

指示を飛ばすと同時に、郷野が吸引管を心嚢内に突っ込む。

どこだ？　出血点はどこだ？　針谷が繋いだバイパスは……。

祐介は目を凝らす。紅く濡《ぬ》れた心臓の表面から血液が間欠的に噴き出していた。

「あ……」

声が漏れる。興奮がゆっくりと冷めていく。

クリップを手にした祐介は、血が漏れているバイパス血管を挟んだ。とたんに出血は少なくなる。

マスクの下で、細く、長く息を吐きながら、祐介はあらためて術野を観察した。

ああ、そうなのか……。

目を閉じると同時に、心が軽くなった。背中にのしかかっていたものが、一気に消え去っていく。

「針谷……」

瞼《まぶた》を上げた祐介は、対面に立つ針谷を見つめる。

「出血していたのは、お前が繋いだバイパス血管じゃない。敷島先生が繋いだ血管だ」

「え⁉」

針谷はかぶりつくように術野を覗き込んだ。その口から「ああ……」という安堵《あんど》の息が漏れる。

針谷が繋いだバイパス血管、それはしっかりと冠動脈と繋ぎ合わさっていた。

祐介はまばたきもすることなく、その繋ぎ目を眺め続ける。わずか数ミリの血管に等間隔に糸がかかっている。その仕上がりは芸術的なほど美しかった。

これまで多くのバイパス血管を見てきた。しかし、このレベルの緻密《ちみつ》な仕事は、赤石の手術でしか見たことがなかった。

俺にはこれができるだろうか？

すぐに答えは出た。無理だ。

たとえ右手の中指の古傷がなくても、ここまで緻密に血管を縫い上げることはできないだろう。

ずっと針谷が特別扱いされてきたと思っていた。教授の甥《おい》だからこそ、富士第一へ出向できると。けれど違っていた。純粋に腕が優っていたからこそ、赤石は針谷を後継者に選んだのだ。

針谷がこれほどの技術を持っていると気づかないほど、俺の目は嫉妬で濁っていたのか。

「それじゃあ、俺は……」

顔を上げた針谷は、泣き出しそうな声を漏らす。

「ああ、お前はなんのミスもしていない。出血しているのは、敷島准《じゅん》教授が縫い合わせた血管だ。きっと、はじめてオンレイパッチ法に挑戦したから、縫合が不十分な部分があったんだろう」

針谷は膝《ひざ》の力が抜けたのか、二、三歩後ろによろめいて手術台から離れた。

「平良先生、このあとはどうしましょう?」

麻酔科医が訊ねてくる。とりあえず止血はできた。しかし、出血していたバイパス血管を縫合しなおさなければ、根本的な解決にならない。

祐介は術野を見つめる。なぜか、これまでの心臓外科での記憶が頭をよぎった。

「……俺が縫合します」

「先生がですか⁉」

麻酔科医の声が跳ねあがる。

「オンコールの肥後先生には連絡が取れません。縫合が解けているのは一部だけです。そこを俺が修復します」

安堵したことで気が抜けたのか、針谷は再び手術台に近づこうともしていない。あの様子では執刀はおろか、助手さえこなせないだろう。自分でやるしかない。

「けれど、オンレイパッチ法で繋いでいるんですよ。普通の縫合より遥《はる》かに複雑だ。一部分の修復にも高い技術が要求されるはずです。先生はまだバイパス術の執刀をしたこともないはずじゃ……」

麻酔科医の視線に不信の色が浮かぶ。研修医たち、そして針谷も不安そうに祐介を見つめていた。

「大丈夫です」

祐介は穏やかに告げる。

「赤石教授は俺が絶対に助けますから」

麻酔科医は硬い表情で数十秒黙り込んだあと、あごを引いた。

「分かりました。お任せします」

「ありがとうございます。それじゃあ郷野君」

「はい、なんでしょうか！」

郷野ははきはきと返事をする。

「これから、縫合する部分の心筋を固定するためにスタビライザーを取り付けるから、手伝ってくれ」

「承知しました！」

気合いの籠《こも》った返事をする郷野のサポートで、祐介はスタビライザーを取り付けていく。それが終わると、とうとう本番だった。

持針器《じしんき》を手に取った祐介は眼鏡型拡大鏡越しにバイパス血管を眺めた。心臓はいまも力強く拍動を続けている。器具で固定しているとはいえ、その振動はわずかに血管にも伝わっている。

大きく開かれた胸腔《きょうくう》に手を入れていく。持針器の先に把持《はじ》された極小の曲針《きょくしん》が、血管に近づいた。

緊張で呼吸が乱れる。右手の中指が疼きはじめた。針先が大きくぶれる。

こんな時に……。祐介はマスクの下で唇を嚙《か》んだ。

必死に止めようとすればするほど、針の震えは大きくなる。祐介は一度手を胸腔から引き抜いた。

「大丈夫ですか?」

麻酔科医の声には疑念が滲んでいた。指の疼きがさらに悪化してくる。そのとき、手術室に「大丈夫です!」という声が響きわたった。

驚いて振り返ると、宇佐美が拳を胸の前で握り込んでいた。

「平良先生ならきっとできます!」

「そうですよ、平良先生ならできるはずです」

宇佐美の横に牧が並ぶ。

「君たち……」

「ずっと頑張って来たんでしょ。指導医として、後輩にいいとこ見せてくださいよ」

対面に立つ郷野もエールを送ってきた。

祐介は滅菌ガウンに包まれた胸に手を当てる。掌に響く心臓の拍動が、次第に力強くなっていく。

「そうだな。いいとこ見せないとな」

再び胸腔に手を差し込む。もはや針が震えることはなかった。指の疼きはいつの間にかおさまっていた。

さて、俺の最初で最後の冠動脈バイパス術をはじめよう。きっと俺は、この時のために、この一紡《ひとつむ》ぎのために心臓外科医になったんだ。

祐介は息を止める。針先が血管をしなやかに突き刺した。

6

「お疲れさまでした」

牧が差し出してきた缶コーヒーを、ＩＣＵのナースステーションに置かれた椅子に深く座ったまま、祐介は受け取る。心身ともに消耗し、立ち上がることすら億劫《おっくう》だった。

時刻は午前四時を回っている。出血箇所の修復は成功し、一時間ほど前に手術を終えて赤石を再びＩＣＵに搬送した。その後、経過の観察や術後の指示を行い、ようやく一息つくことができていた。

手術後、針谷は精神的なダメージが抜けきっていない様子だったので、心臓外科の当直室で休ませている。

「みんな本当に世話になった。ありがとう」

祐介は心からの感謝を述べる。三人は笑顔で顔を左右に振った。

「水くさいっスよ、平良先生。先月は俺たちもっとお世話になったんですから」

「そうですよ。私たちも来年から心臓外科の医局員になるんですから」

郷野と宇佐美が言う。「心臓外科の医局員になる」という言葉に、満足感が薄らいでいった。

いまからでもどうにかして、心臓外科への入局を翻意させたい。しかし、見たところ三人の決意は固く、簡単に説得できそうになかった。少なくともいまは、余力が残っていない。

「ここはもう大丈夫だから、君たちは寮に帰って休んでくれ。今日も研修があるんだろ」

祐介はコーヒー缶の蓋《ふた》を開け、一口含む。強い甘みが疲れをわずかに癒《いや》してくれた。

「気にしないでくださいよ。今月、俺は放射線科、牧が皮膚科、宇佐美が眼科で、みんなかなり楽な科を回っているんですよ」

郷野はぱたぱたと手を振る。

「楽な科と言っても、一睡もしないで一日過ごすのはきついだろ」

「たしかにそうっスすね。それじゃあ、俺たちはおいとまするか」

郷野の言葉に、牧と宇佐美がうなずいた。三人は「失礼します」と会釈《えしゃく》をすると、ICUの出口へと向かおうとする。そのとき、牧がなにか思い出したかのように足を止めた。

「平良先生、あの告発状のことなんですけど……」

「あれのことか。もう無理して調べなくてもいいよ。教授会もトーンダウンしてきているみたいだし」

「そうらしいですね。先月中に送られるはずのファックスも来なかったし、あとはあの雑誌の次号に記事が載らなければそれで終了ですね」

「ああ、あの月刊誌か。予告されていたのは次の号なんだっけ？」

「はい、たしかそうでした。調べたところ、発売の数日前にネットで特集記事の予告を出すんですよ。それが今日の夕方のはずです」

「よくそこまで調べたね」祐介は苦笑する。

「どんなところから、怪文書を送った犯人が見つかるか分かりませんからね」

「しかし、こうなってみると、たちの悪いいたずらだったって感じだな」

「ええ、そうですね。なにか決定的なことでも分かったらお知らせします。それじゃあ、今度こそ失礼します」

研修医たちが出て行ったのを確認した祐介は、ぽつりと独りごちる。

「いたずら……か」

いたずらにしては影響が大きすぎた。医局内が疑心暗鬼になり、わけの分からない権力争いが生じ、あげくの果てに赤石の心筋梗塞《しんきんこうそく》だ。

いったい犯人は、こんなことをしてなんの得があったというのだろう。

……得？

丸まっていた背中が伸びる。頭の中で火花が散った気がした。

もしかして……。脳裏に浮かんだ思いつきを、祐介は必死に膨らませていく。これまで見てきた様々な出来事が連鎖的に結びつき、一つの真実をあぶり出していく。

「まさか……」

顔の前にかざした両掌を見つめる。なにかの間違いだと思った。疲れ切った頭がおかしな妄想をしているのだと思い込もうとした。しかし、考えれば考えるほど、頭に浮かんだことが真実だと確信していく。

「……たしかめないと」

祐介は立ち上がると、ふらつく足に力を込め出口へと向かった。

ノックをして扉を開けた祐介は、当直室に入る。

「どうだ、具合は?」

ベッドに横たわっていた針谷は、緩慢な動きで上体を起こそうとする。

「すみません、当直室使わせてもらって。もう大丈夫です」

「いいから、もう少し寝ておけよ」

祐介はベッドの脇に置かれたパイプ椅子に腰掛けると、無言で針谷を見下ろした。

「あの、平良先輩……。どうかしましたか?」

不穏な空気を察知したのか、針谷の声が低くなる。

祐介はゆっくりと口を開いた。

「なあ針谷、お前があの怪文書をばらまいた犯人なんだろ？」

針谷は一瞬、きょとんとした表情を浮かべたあと、バネ仕掛けのおもちゃのように、勢いよく上体を起こした。

「なに言っているんですか⁉」

「そんなでかい声出すなよ。外に聞こえるぞ」

「……いったい、なんの話なんですか」

強い敵意を発しながら、針谷は声をひそめる。

「なんの話って、そのままだよ。お前が怪文書をばらまいて、赤石教授を追い詰めたんだ」

「そんなわけないでしょ！」

「そうか？　それじゃあお前、さっきＩＣＵで赤石先生が急変したときなにしていた？　院内携帯にも応答しないで」

「なにって……、疲れたんで医局で仮眠をとっていたんですよ」

「嘘《うそ》だな。お前はあのとき、ゴシップ誌の記者と電話で話していたんだろ？　さっき研修医から聞いたよ。あの雑誌は次号の予告を今日発表するんだよな。そもそもその号に提供するはずだった情報を渡せなくなって揉《も》めている最中だったんで、院内携帯の着信に気づかなかったんだろ」

「ふざけないでください！　そんなわけない！」

怒声を上げる針谷を無視して、祐介は話を続けた。

「ファックスされた怪文書には、あれが送られた日の朝に、医局連絡会で配られた文書が使われていた。つまり犯人は、あの日誰にも見られない場所で怪文書を作ったってことになる。だから俺は、個室を持つ肥後先生や柳沢先生が怪しいと思っていた」

祐介は唇の端をつり上げる。

「けれどよく考えたら、他にも個室はあったんだよ。針谷、怪文書がファックスされた日、たしかお前は当直明けだったよな。当直室は朝十時まで使える。お前は医局連絡会のあと、この当直室であの怪文書をつくった。そうだろ」

祐介は両手を広げる。針谷の顔に動揺が走った。

「待ってくださいよ。そんなの全部、先輩の妄想じゃないですか。なんの証拠があって俺を犯人扱いするんですか？」

「お前、あの雑誌の記事を読んだって言ったよな？」

「え、ええ……」

「どこで読んだんだっけか？」

「……前も言ったでしょ。新館の一階にあるコンビニで立ち読みしたんですよ」

「うちの新館にあるコンビニで記事を読んだ。それで間違いないか」

「しつこいですね。間違いないですよ」

針谷は苛立《いらだ》たしげに手を振る。

「なあ、針谷。そんなことあり得ないんだよ」

祐介はため息交じりに言った。針谷は「え？」と聞き返す。

「だから、うちのコンビニであの記事が読めるはずがないんだよ。雑誌自体が置かれていないんだからな」

「な、なにを……」

「よく考えたら分かることだろ。うちの病院は必死にあの情報を隠そうとしていたんだ。あんな記事が載った雑誌を、患者の目に触れるかもしれない院内のコンビニに置いておくわけがないだろ。全部病院で買い取って、廃棄したに決まってる」

祐介は絶句する針谷の目を覗き込んだ。

「お前は雑誌を読んだから内容を知っていたんじゃない。お前自身が記者に情報を提供していたから知っていたんだよ」

「そんなわけないでしょ！　あの告発のせいで、叔父だけじゃなく俺まで被害をこうむったんですよ！」

針谷は激しく首を振る。

「たしかにそうだな。俺はずっと、誰かが赤石先生を教授の地位から蹴落《けお》とすためにあんなことをやったんだと思っていた。けれど、それにしてはやり方が雑だ。すでに赤石先生の疑いは晴れはじめている。心筋梗塞さえ起こさなければ、またすぐに元の状態に戻っていただろう。これじゃあわけが分からない」

祐介は顔を近づける。針谷は軽く身をのけぞらせた。

「けれど、もし犯人の目的が赤石教授の失脚じゃないとすると、すべての謎《なぞ》が解けるんだ」

「あんなの、失脚以外のどんな目的があるって言うんですか！」

「簡単だよ。犯人は一時的に、教授の人望を失わせたかったんだよ。あくまで一時的にな」

針谷の表情が溶けるかのように歪《ゆが》んでいった。

「赤石教授の人望を一時的に失わせて、医局員を遠ざける。それがあの告発の目的だ。そして犯人のもくろみ通り、教授が失脚すると思った医局員たちは、いっせいに距離を取りはじめた」

「なんで、……なんでそんなことをする必要があるっていうんですか?」

「まだ説明させるのかよ。そうやって窮地に追い込まれた教授に、自分だけは離れていかないってことを見せるためだ。現にお前はずっと教授のそばに寄り添って、誰にも負けない忠誠心をアピールした。あとは簡単だな。その後の調査で改竄《かいざん》がデマだと分かり、赤石先生は元の権威を取り戻す。お前は教授から全幅の信頼を得る。そういう計画だったんだろ? 唯一《ゆいいつ》の誤算は、一連の騒動で強いストレスを受けた赤石先生が心筋梗塞をおこしたことだ。その責任を感じたお前は、ここ最近、死にそうな顔になっていたんだ」

言葉を切った祐介は自らの肩を揉む。しゃべりすぎて少し疲れていた。針谷はうなだれたまま、なにも言わない。部屋の中に気怠《けだる》い沈黙が満ちていく。

「なあ、針谷……」

祐介が沈黙を破る。

「なんでこんなことしたんだよ? こんな馬鹿なことしなくたって、お前は教授に大切にされていただろ」

うなだれていた頭を勢いよく上げた針谷は、殺気の籠った目で祐介を睨《にら》みつけた。

「大切にされていた？　俺が？　ふざけるな！　あの人は身内だからって特別扱いするほど甘い男じゃない。ああしなけりゃ、俺の将来は閉ざされていたんだ」

目を血走らせながら針谷は叫ぶ。我を失っているのか、それともこれ以上ごまかせないと悟ったのか。もはや、自らが犯人であることを隠そうとしなかった。

「なに言っているんだ。あんなことしなくても、教授はお前を後継者にするつもりだったよ」

「なら、なんであんたを富士第一に出向させようとしたんだ！」

嚙みつくような針谷のセリフに、祐介は目を見張る。

「俺を富士第一に？」

「そうだ。噂《うわさ》で聞いたんだよ。三人の研修医のうち二人以上が入局したら、あんたが富士第一に出向になるってな。もともとあの三人は心臓外科志望だった。そんな奴《やつ》らが、あんたみたいに人当たりだけはいい奴に指導されたら、入局するに決まっている。叔父は、あの人は、身内の俺じゃなくあんたを自分の後継者として育てるつもりだったんだよ！　俺はずっとあの人に尽くしてきたっていうのに！」

叫び続ける針谷の前で、祐介は絶句する。

赤石と肥後が自分をいいように使うためにぶら下げた、『富士第一への出向』という疑似餌《ぎじえ》。それが噂となって広まり、針谷を追い詰め、そしてあの怪文書をばらまかせた。

あまりにも皮肉で喜劇的な真相に、思わず苦笑が漏れてしまう。

「針谷……、最初から富士第一にはお前が行く予定だったんだよ」

「でたらめ言うな！　研修医を入局させたら、富士第一に出向させるって言われたんだろ！」

「それは必死に勧誘させるための方便だ。かなり前に、富士第一には連絡がいっている。来年、赤石先生の親戚《しんせき》が出向になるってな」

「なっ⁉」針谷の口が半開きになった。

「ちなみに俺は、沖縄の心臓外科もないような病院に飛ばされることになっているんだ。ずっと前からな」

祐介は肩をすくめると、大きく息を吐いた。

数十秒間、視線を宙に彷徨《さまよ》わせたあと、針谷は警戒心であふれた目付きになる。

「……これから、どうするつもりですか？」

「ん？　どうするって？」

「ごまかすな！　俺が犯人だって教授にチクって、富士第一への出向を奪い取るつもりなんだろ！　けれど残念だな、証拠なんかないぞ！　俺が院内のコンビニで雑誌を見たって言ったのは、あんたにだけだ」

乾いた笑い声を上げる針谷の前で、祐介は白衣のポケットからスマートフォンを取り出し、液晶画面を操作する。

『けれど残念だな、証拠なんかないぞ！』

つい数秒前に針谷が発した叫び声が、再び部屋に響いた。

「それって……」

「ああ、録音アプリだよ。この部屋に入ってきてからのすべての会話を録音させてもらった」

針谷の顔から一気に血の気が引いていった。焦点を失った目が祐介に向けられる。

「俺はこれから……どうなるんですか？　叔父にあこがれて、心臓外科医になるためだけに頑張って来たんです。もし、……医局を追い出されたら、もう……どうしていいか」

うわ言のようにつぶやき続ける針谷の肩に、祐介はそっと手を添えた。ここに来た本当の目的を告げるために。

「……富士第一に行け」

「え？」

針谷は不思議そうに見上げてきた。祐介は針谷と視線を合わせると、腹の底から声を出す。迷いを振り払うために。

「富士第一に出向するんだ！　そして必死に修業して、一流の心臓外科医になって、できるだけ多くの患者を救え！」

「な、なにを言って……」

唖然《あぜん》とする針谷の前で、祐介はスマートフォンの液晶に触れると、さっき録音した音声データを表示する。

祐介はそのデータをためらうことなく削除した。針谷が大きく口を開けて固まる。

「お前が縫合した血管を見て思い知らされた。お前の実力は、俺より遥かに上だ。中指の怪我《けが》がなかったとしても、俺にはあんなに緻密な手術はできない。だから、お前が富士第一に行くべきなんだ！」

「先輩……」

「勘違いするなよ。これはお前のためじゃない。将来お前の手術を受ける患者のためだ。俺はこんな卑怯《ひきょう》な手段を使ったお前を許しちゃいない。償いたいなら必死に腕を磨いて、患者を救え。忘れるな！」

祐介は想《おも》いをこめた激励を飛ばす。針谷は「はい……はい……」と、涙まじりに何度もうなずいた。

これで良かったんだ。心臓外科の執刀医は、選ばれた人間のみに許された特別な仕事だ。実力が劣る自分は身を引くべきなのだ。

胸に湧《わ》き上がってくる悔しさを必死に押し殺しながら、祐介は踵《きびす》を返す。

「なんにしろ、論文の不正が行われていなくて良かったよ」

ノブに手を伸ばしたとき、背後から聞こえていた嗚咽《おえつ》が消えた。不審に思ってふり返ると、針谷は思い詰めた表情で祐介を見上げていた。

「先輩、論文の不正は、……本当にあったんです」

7

「お呼びですか？」

数時間経《た》った午前九時前、祐介はＩＣＵにいた。意識がはっきりしてきた赤石に呼び出されたのだ。

「……また、君に助けられたな」

赤石は酸素マスクの下からつぶやいた。

「ええ、そうですね」

祐介は謙遜《けんそん》することなくこたえる。なんとなくいまなら、教授と医局員としてではなく、二人の医師として赤石と対峙《たいじ》できるような気がしていた。

「君が再縫合してくれたらしいな」

「再縫合といっても、たった三針だけですけどね」

祐介は肩をすくめる。

「それでもたいしたものだ。指は震えなかったか？」

祐介は目をしばたたかせた。

「ご存じだったんですね」

「マイクロ手術のときに指が震えることか？　当たり前だ。ほとんどの医局員が知っていた」

「そうですか……。昨日は震えを抑えることができました」

「そうか」

赤石はかすかにうなずくと、横目で祐介を見た。

「平良、まだ心臓外科の執刀医になりたいか？」

「……わかりません」

まだ未練は残っている。しかし、ここが潮時だと理性が告げていた。

「謝らないといけないことがある」

赤石は穏やかな口調で言う。

「私は最初から、君を富士第一に送るつもりはなかった」

「はい、知っています」

「富士第一には針谷を送り、後継者として育て上げるつもりだった。私は君をだましていたということになるな」

「恨んではいませんよ。先生はべつに身内だから特別扱いしているわけじゃない。あいつが俺より、そして若手の誰よりも才能があるからだ。そうでしょう？」

「ああ、そうだ」

赤石は重々しくうなずいた。

周囲に沈黙が降りる。しかしなぜか、それが心地よくすらあった。尊敬し続けた男と腹を割って話せていることが嬉《うれ》しかった。

「平良、あの怪文書を送った犯人は、見つかったか？」

「……いえ、見つかりませんでした」

数秒の沈黙ののち、祐介は答えた。赤石は「そうか」と一言つぶやいただけだった。

もしかしたら教授は、誰があの騒動を引き起こしたのか気づいているのかもしれない。赤石の姿を見て、そんな気がした。

「平良、お母様の調子はどうだ？」

不意に赤石がつぶやいた。祐介は虚を衝《つ》かれ、目を丸くする。

「母のことを覚えてらしたんですか？」

「当たり前じゃないか、私は自分が執刀した全員のことを覚えているよ」

赤石は誇らしげに言う。それを聞いて胸の奥が温かくなった気がした。

「とても元気にしています。毎日、孫の顔を見に来ていますよ」

「当然だな。私がバイパスを繫《つな》げたんだから」

冗談めかして言ったあと、赤石は大きく息を吐《つ》いて祐介を見た。

「平良、……私は教授を退任するよ」

祐介は二、三度まばたきをすると、「お疲れさまでした」と頭を下げる。

「驚かないんだな」

赤石の口角が上がった。

「なんとなく、そんな気がしていました」

「ついさっき決めたんだ。そうしたら、急に体が軽くなった。ずっと背負ってきたものを、ようやく下ろせた。人生に思い残すことがないっていうのは、こういうことを言うのかもな」

「せっかく俺が必死で助けたんですから、できれば長生きしてください」

祐介がおどけると、赤石は自分の胸に手を置いた。

「そうだな。その通りだ。長生きしないとな……。君に紡いでもらった人生なんだからな」

「退任することは他の人にはおっしゃったんですか？」

「いや、まだ言っていない。家族にも」

「なんで最初に俺に？」

「なんでだろうな。私にもよく分からない。ただ、退任を決めたとき、真っ先に君に伝える必要があると思ったんだよ」

「なんにしろ嬉しいです。けど赤石先生、まだ再手術からあまり経っていないんで、あまりしゃべりすぎない方がいいです。そろそろ安静になさってください」

「……君を沖縄に出向させるつもりだった」

ベッドから離れようとすると、赤石の声が追いかけてきた。祐介は振り返る。

「それも知っています」

「けれど、勘違いしないでくれ。君を選んだのは、あの病院にふさわしいと思ったからだ」

「ふさわしい、ですか？」

「そうだ。過疎《かそ》が進む地方の医療をなんとか立て直そうと、うちの医局のOBが作った病院だ。それほど大きくはないが、地域の患者に奉仕するという理念の下《もと》に、質の高い医療を提供している。だからこそ、私は医局員を派遣すると決めた」

赤石のセリフに、祐介は無言で耳を傾ける。

「そこで必要とされているのは、心臓外科の専門技術ではなく、様々な疾患に対応できる応用力と広い知識、そして患者に対して真摯《しんし》に向き合う姿勢だ。分かるな？」

「……はい」

祐介は喉元《のどもと》に力を込める。そうしないと、声が震えてしまいそうだった。

「君はたしかにマイクロ手術の腕は針谷に劣るが、一般外科医、そして救急医としての腕は医局で一番だと私は思っている。それに、君がいつも患者のために全力を傾けているのを見てきた。君こそ、その病院が必要としている人材だと思ったんだ」

赤石は疲労したのか大きく息をついた。

「お話を聞けて、本当に良かったです」

祐介は深々と頭を下げる。心からの感謝をこめて。

気を抜けば、嗚咽が漏れてしまいそうだった。心の奥底に残っていた迷いが消えていた。

祐介はICUから出る。これからやることがたくさんあった。

感染防護用のキャップを脱いでいると、廊下の奥に肥後の姿が見えた。呼び出しに気づいて、今頃やってきたらしい。脂肪の多い体を揺らしながら近づいて来た肥後は、いきなり白衣の襟《えり》を摑《つか》んできた。

「てめえ、なに勝手なことしてやがるんだ!」

「え? なんのことですか?」

祐介は目をしばたたかせる。

「誰に許可を得て、教授の再手術なんてやっているんだよ? ああ?」

「許可って、縫合不全で緊急手術が必要だったんですよ」

「勝手にお前が判断すんじゃねえよ。なんで俺を待たなかったんだ!」

「何度コールしても出なかったじゃないですか!」

肥後の顔が怒りのためかどす黒く変色する。

「てめえ、誰に向かって口をきいてんだ！」

誰？　いったいあんたが誰だっていうんだ？　医局なんて小さな世界で威張り腐っているお山の大将だろ。

不満が目元に現れたのか、肥後の分厚い唇が曲がった。

「なんだその目は。俺は医局長だぞ！」

「……それがどうしたんですか？」

「な⁉　俺がその気になりゃあな、お前を地方の関連病院に……」

「沖縄に飛ばすんでしょ。知ってますよ、そんなこと」

祐介はかぶりを振る。

「で、いったいなにを言いたいんですか？　俺は必要だから教授の再手術をして成功した。それのなにが不満なんです？」

わずかな間、言葉を失っていた肥後だったが、再び唾《つば》を飛ばしてまくしたてはじめる。

「一人で教授の命を救って、取り入るつもりだったんだろ。いまからでも教授に、俺の指示で手術をしたって言ってこい」

ようやくなぜ肥後が怒っているか理解する。この男は自分が赤石を救うことで恩を売り、今後も医局長を続けたかったのだろう。いかに恩を売ろうが、赤石はもう教授を辞めるというのに。口元が緩んでしまう。

「なに、にやにやしてやがるんだ。さっさと、教授に俺が必死に助けようとしたって言ってこい」

「嫌だよ」

「……え？」

肥後はきょとんとした表情を浮かべる。やがて、そのこめかみに血管が浮き出しはじめた。

「てめえ、いまなんて言った」

「嫌だって言ったんですよ」

祐介は右の手刀を、襟を摑んでいる肥後の手首に振り下ろした。鈍い音が響く。

「お、お前、なにを……」

手刀をあびた手首を押さえながら肥後は後ずさった。

祐介は左手で肥後の襟を摑み返すと、前腕を首元に当て、その体を壁に叩《たた》きつける。

廊下に鈍い音が響いた。

「誰だよ？」

「え、ええ……？」

恐怖に顔をゆがめた肥後は、言葉にならない声を漏らす。

「あんたは誰なんだよ？　言ってみろ」

「お、俺は……」

「あんたは、教授の後ろ盾がなけりゃなにもできない、情けない男だ。偉そうに威張りちらすな」

祐介は右手で正拳《せいけん》を作ると、大きく引き絞る。肥後の喉から細い悲鳴が漏れた。

「はっ！」

息吹とともに放たれた正拳は空気を切り裂き、肥後の鼻先に触れたところで停止した。肥後は壁に背中をつけたまま、ずるずるとしゃがみ込んでいく。

「鼻に蚊がとまっていましたよ。良かったですね、刺されなくて」

乱れた白衣の襟を正しながら、祐介は肥後に微笑《ほほえ》みかけた。

8

翌日の朝七時半すぎ、純正医大附属病院本館の地下にある食堂に入った祐介は、辺りを見回す。広い食堂の中心で、白衣姿の女性が一人で朝食をとっていた。祐介は彼女に近づいて行く。

「お、平良君じゃない」

「おはようございます、ヤナさん」

箸《はし》を持った手をあげた柳沢に、祐介は挨拶《あいさつ》をする。昨夜当直に当たっていた柳沢は予想どおり、この食堂で朝食をとっていた。

「平良君も泊まり込み？ 朝ごはん食べに来たの？」

「いえ、ちょっとヤナさんにお話ししたいことがありまして」

祐介は柳沢の対面の席に腰掛ける。

「話したいこと？ なに、あらたまって？」

味噌《みそ》汁《しる》をすする柳沢の前に、祐介は手に持っていた紙を差しだした。柳沢の表情がこわばる。

「これって……」

「ヤナさんが三年前に書いた論文です。俺も共著者に入っていますね」

「これが……どうしたの」

味噌汁の椀《わん》を置く柳沢の目を、祐介はまっすぐに覗《のぞ》き込んだ。

「分かっているでしょ。この論文こそ怪文書にあった、『不正が行われた論文』です」

「なにを言って……」

祐介の告発に、柳沢は声が上ずった。

「被験者はわずか三十六人っていう小さな研究です。新しく発売された降圧剤が、従来のものより優れているかどうかを調べるものですね。これだけ小さな研究なんで、データ解析を外部に頼まず、自分たちでやっています」

祐介は論文を指さしながら言う。

「研究の結果、従来のものに比べて、わずかではあるが降圧効果が強いという結論になっています」

「それが何だっていうの？」

「この論文の結果が改竄《かいざん》されているんですよ。被験者が少ないんで、調べるのは簡単でした。三十六人のうち一人の収縮期血圧が、カルテ上は一四二なのに、この論文では一三二になっている」

「……そうなら、きっと単純なミスよ。たった一人の血圧が少し下がっただけでしょ」

硬い声で言う柳沢の前で、祐介は首を左右に振る。

「たしかにほんの少しの違いです。けれどその違いで、この研究の結果は大きく変わった。本来有意差なし、つまり明らかな効果が認められないと判断されるべきところが、効果ありと結論付けられているんです」

黙り込んだ柳沢を見ながら、祐介は話を続けた。

「この研究は、製薬会社からの依頼でヤナさんが行ったものです。俺たちも手伝いはしましたが、最終的な統計計算はヤナさん自身ですべてやった。そうですね？」

柳沢はぎこちなく頷《うなず》いた。

「期待した結果が出せなかったあなたは、魔が差してデータを一つだけ改竄した。その結果、新しい降圧剤は従来のものより優れているという結果が出た。そうでしょう？」

祐介は柳沢を問い詰める。柳沢は視線をテーブルに注いだまま数十秒固まったあと、ぼそぼそと喋《しゃべ》りはじめた。

「……この研究はうち以外の大学でも行われた。そして、ほとんどの大学で有意差が出た。この降圧剤が従来のものより効果が強いことは間違いないの。だから……」

「だから、ちょっとぐらい改竄しても影響はないと思ったんですね」

祐介が言葉を引き継ぐと、柳沢はうなだれた。

「そう。他の大学が結果を出しているのにうちだけ失敗したとなると、その後の研究費が絞られる可能性が高かった。そうなったら、すすめている重要な研究に支障が出るかもしれない。たくさんの患者さんを救うための重要な研究に……。だから少しぐらいならと思って……。べつに賄賂《わいろ》をもらっていたわけじゃない」

「たしかに賄賂とは言えないでしょうね、製薬会社側は知らなかったんだから。けれど、論文を改竄したことには違いないです」

「……君なの？　あの怪文書をばらまいたのは？」

「え⁉　いや、違いますよ」

祐介はあわてて胸の前で両手を振る。

「じゃあ、なんでこの論文のことを知っているの？」

「怪文書を作った犯人を見つけました」

「え⁉　誰⁉」

柳沢は身を乗り出す。

「それは言えません。誰にも言わないっていう約束で、この論文のことを教えてもらったんです」

昨日、当直室から出ようとしたとき、針谷は言った。本当に論文を改竄していたのは、赤石ではなく柳沢だと。

三年前、祐介と同様にこの論文の統計を手伝っていた針谷は、柳沢にすべてのデータを渡す前に自ら計算を行い、有意差が出ないことを確認していた。しかし、論文で有意差が出ていたため、不審に思ってデータを洗い直したところ、改竄が見つかったのだった。

いつか利用できるかもしれないと、針谷はすぐには告発しなかった。そして、祐介に富士第一への出向が奪われると思い込んだ先月、とうとうそれを利用したのだ。

「……これから、どうするつもり？」

痛みをこらえるような表情を浮かべながら、柳沢は目を伏せる。

「ヤナさん、赤石先生は教授を退任するつもりです」

「え？」

柳沢の眉間《みけん》にしわが寄った。

「本人から聞いたんで、間違いないです」

「そ、そう。けど、それが私になんの関係が……」

「あなたが次期教授になってください！」

祐介は想いをこめた言葉をぶつける。柳沢は目を大きく見張った。

「な、なにを言っているの？　どうしてそんな話に……」

「この前、ヤナさんは話してくれたじゃないですか。自分が教授になったら、医局をどうしていくか。あの話を実現させてください」

「待って。いま私は、論文の改竄について糾弾《きゅうだん》されているのよ。そんな私が教授なんかになれるわけないでしょ」

「大丈夫です。俺はこれを口外しませんし、怪文書の犯人にもそう約束させました。だから教授選に出てください」

祐介の必死の説得を受けた柳沢は、弱々しく首を横に振った。

「……だめよ。私にはそんな資格はない。この三年、ずっと論文のことがバレるんじゃないかと不安だった。あの怪文書が出回ってからは、夜も眠れなかった。教授になったら、いつかはこのことが明るみに出て医局は大混乱になる。だから……、私に主任教授になる資格なんてない」

柳沢は両手で顔を覆《おお》った。

「バレるのが不安なら、間違いがあったって発表して訂正すればいいんです。大丈夫ですよ、あの薬の研究はこの三年で他にもたくさん行われていて、従来の薬より効果が高いのは証明されているんです。いまさら論文が訂正されても、なんの影響もありません」

「けれど、数字を書き換えていたなんて発表したら……」

「書き換えじゃなくて、単純なミスだってことにすればいいんです」

「そんなの通らない」

柳沢は力なく首を振る。

「普段ならともかく、怪文書のせいでいま学内では心臓外科を見る目が厳しくなっている。そんな中で単純ミスと言い張っても、改竄をごまかそうとしていると判断されるはず」

「ヤナさんが言ったら、そう思われるでしょうね。けれど、データ集めを手伝っていただけの医局員が、数字を書き間違えたとしたらどうですか？」

意味がわからなかったのか、柳沢は訝《いぶか》しげに祐介を見る。次第にその目が大きくなっていった。

「まさか、平良君⁉」

「ええ、俺がデータをまとめるときに、ミスをしたってことにすればいいんです。疲れ果てた心臓外科医局員が、ケアレスミスをしたってね」

「でも、そんなことしたら、君が医局に……」

「ええ、医局に居づらくなるかもしれませんね。けど、良いんです」

唇を舐《な》めて湿らせた祐介は、決意を静かに告げる。

「俺は今年度で医局を辞めますから」

目を剝《む》いた柳沢はテーブルに手をついて身を乗り出した。

「なっ⁉　医局を辞めてどうするつもりなの？」

「来年度、出向になるはずだった沖縄の病院に行きます。出向ではなく、ちゃんと就職という形で。昨日コンタクトをとったら、大歓迎とのことでした」

祐介は昨晩の、妻の美代子に計画を伝えたときのことを思い出す。どんな反応をするか緊張する祐介の前で、美代子は「祐介君がそう決めたなら、私たちはついていくよ」と微笑んでくれた。

正式に就職となれば、医局の命令で東京に連れ戻されることもない。親の都合で、娘の真美が何度も転校をくり返すようなことにはならないだろう。

「平良君は……それでいいの？」

柳沢は震え声で訊《たず》ねる。心臓外科に対する未練がかすかに胸を疼《うず》かせた。

「はい、いいんです。その代わり、医局の改革を断行してください。それが、先生の贖罪《しょくざい》です」

力強く言った祐介は、柳沢の答えを待つ。柳沢は口元に手を当てて、硬い表情で考え込みはじめた。祐介は急かすことなく、彼女を見つめ続ける。たっぷり十分以上黙り込んだあと、柳沢は伏《ふ》せていた目を上げて静かに言った。

「……分かった」

「ありがとうございます。その答えを聞いて安心しました。これで心おきなく医局を辞められます。……あ、そうだ」

祐介は胸の前で手を合わせる。

「あと、肥後先生は医局長から外してください。あの人は新しい医局にいるべきじゃない。関連病院に飛ばすとか……」

「言われなくてもそうするわよ」

柳沢はぎこちないながらも笑顔を浮かべた。

「さすがはヤナさん」

祐介は机の上に置かれた論文をくしゃくしゃに丸めて、近くにあったゴミ箱に投げ込む。

「それじゃあ、失礼します」

「平良君、ちょっと待って」

「なんですか？」

立ち上がりかけた祐介は、動きを止める。

「なんで、君はここまでするの？」

脳裏に三人の研修医たちの笑顔がよぎる。

「これから心臓外科医として夢を追っていく、大切な後輩たちのため。そして、俺自身が前に進むためです。患者の命を紡《つむ》ぐことのできる医師を目指して」

エピローグ

「お疲れさま」

「ありがとうございます」

柳沢から花束を渡された祐介は、居並ぶ医局員たちに頭を下げる。まばらな拍手が湧《わ》き上がった。

あの怪文書騒動から数ヶ月が経《た》った三月末の夕方、会議室に心臓外科の医局員が集まり、今年度で退職する医局員の慰労と、新しく入局する医局員たちの歓迎を行っていた。

顔を上げると、柳沢と目が合う。柳沢は力強くうなずいた。

三ヶ月前、赤石の教授退任にともなって行われた教授選で、柳沢は新しい純正医大心臓外科学講座主任教授に就任した。祐介が心配していた論文の訂正も、大きなトラブルもなくスムーズに行われた。ミスをしたと名乗り出た祐介も特に糾弾《きゅうだん》されるようなことはなかった。

祐介の医局からの退職は、針谷との富士第一への出向争いに敗れ、自らの限界を悟ったからだろうと理解されていた。

教授を退任した赤石は、いまは純正医大附属病院だけにとどまらず、全国の病院に技術指導医として招待され、培《つちか》ってきた技術を多くの医師に伝えている。一ヶ月ほど前に顔を合わせたときは「教授をしているときより忙しいよ」と笑っていた。今後、赤石の技術を受け継いだ医師たちが、多くの患者の未来を紡《つむ》いでいくのだろう。

「はい、それじゃあ平良先生は下がってください。まあ、沖縄でもせいぜい頑張ってくださいね」

司会の肥後が、当てつけるように言う。

ICUの外の廊下でやり合って以来、肥後が直接絡《から》んでくることはなくなった。そのかわり、あまり手術に入れないようにしたり、このような集まりの場であげつらったりという陰湿な嫌がらせはあったが、それほど気にならなかった。

「ええ、肥後先生も千葉で頑張ってください」

祐介がにこやかに言うと、肥後は喉《のど》にものを詰まらせたような声を出した。

柳沢は今年度で肥後を医局長から解任し、四月の初めから九十九里浜にある小さな病院に出向するように命じていた。肥後にとっても、今日が本院での最後の勤務日だ。人垣の中に戻っていく途中、硬い表情を浮かべる針谷とすれ違った。

「……頑張れよ」

軽く肩を叩《たた》くと、針谷は「はい」と決意の籠《こも》った声で答えた。

「それでは、四月から新しく私たちの仲間に加わる三人の紹介です。それでは三人、前に出て」

露骨にやる気のない肥後に促され、郷野、牧、宇佐美の三人が前に出た。

祐介は人垣の一番後ろから三人を眺める。自己紹介をしている彼等は、とても頼もしく見えた。

これから心臓外科医として、多くの苦労をしていくだろう。けれど、あの三人ならきっと乗り越えていけるはずだ。

主任教授になって三ヶ月足らずで、柳沢はすでに医局の改革に着手していた。来年度から、かなりの医局員が本院に戻ってくることになっている。また、患者の情報共有を進めたり、技術講習を頻繁に開くなど、着実に成果は出てきていた。きっと将来、この医局から素晴らしい心臓外科医たちが巣立っていくのだろう。そして、様々な場所で多くの患者の人生を紡いでいくに違いない。

……そろそろ行くか。祐介はゆっくりと出口に近づいていく。

この後、歓迎会と慰労会を兼ねた宴会が用意されているが、それに参加するつもりはなかった。

明日の夕方には、羽田から那覇に向かい、二週間前に沖縄に引っ越している家族と合流しなければならない。そのための準備に追われていた。

二ヶ月前、無事に運転免許を取った妻の美代子は、こわごわと沖縄の新居の周りを運転しているらしい。

娘の真美は、環境の変化に最初は戸惑っていたものの、いまは自然に囲まれた生活を楽しんでいるということだ。すでに近所に友達もできたと聞いている。

同居することになった祐介の母は、孫と同じ屋根の下で過ごせることに感激し、毎日真美を色々な場所に連れて行っているらしい。心配していた新生活も、なんとか順調に滑りだせているようだ。

頑張って、一流の心臓外科医になってくれ。くれぐれも俺みたいにはなるんじゃないぞ。

後輩たちに胸の中でエールを送りながら、祐介はドアノブに手をかけた。

「自己紹介ありがとうございました。あー、そういうことで、まあこれから頑張ってください。間違っても、いま逃げだそうとしている平良先生みたいにはならないように」

肥後が嘲笑《ちょうしょう》するような口調で言うと同時に、医局員たちがふり返った。

まったく、最後の最後まで子供じみた嫌がらせだな。大量の視線を浴びながら祐介は首筋を掻《か》く。

「ちょっと一言よろしいですか！」

大声が響き渡る。正面に立つ郷野が発したものだった。

「ああ、入局に際しての意気込みかな。どうぞどうぞ」

肥後は投げやりに手を振る。医局員たちの視線が、祐介から正面へと戻った。

「えー、去年、俺たち三人は平良先生に指導を受けました。たった一ヶ月でしたけど、貴重な経験でした」

郷野は胸を張って喋《しゃべ》りはじめる。

「平良先生は、腹部外傷の患者の手術を素晴らしい手際《てぎわ》でやり遂げました。それを見て、俺はこの医局に入れば心臓の手術だけでなく、一般外科医としても、救急医としても成長できることを知って、入局を決めました」

ノブから手が離れる。多くの医局員たちが、不思議そうに三人の研修医たちを眺めていた。

「僕は平良先生のアカデミックな面に感銘を受けました」

続いて牧が話しはじめる。

「平良先生の治療方針の決定は、とても論理的であるとともに、患者一人一人の事情をとても深く考えた上で行われていました。外科でも努力して学べば、内科に負けないほどアカデミックで、そして血の通った治療が出来ることを知って、僕は入局を前向きに検討しはじめたんです」

「そんな、俺はただ……」

俺はただ、普通に毎日の診療を行っていただけ。そう言おうとした祐介の言葉は、はにかんだ宇佐美のセリフに遮られる。

「私は平良先生に救われました。平良先生は医師とはどのような仕事なのか、厳しく、けれど優しく教えてくださいました。そのおかげで、私は……囚《とら》われていた過去から救われました」

もはやなにも言えなかった。体の内側から、熱いものが溢《あふ》れてくる。

「平良先生、最終日の打ち上げの時、先生は僕たちに、心臓外科に来るべきじゃないっておっしゃいましたよね」

牧は一歩前に出る。室内がざわつきだした。

「あのとき、僕たちは嬉《うれ》しかったんです。先生が、本気で僕たちの将来のことを考えてくれていたことが」

続いて郷野が足を踏み出す。

「あのとき、先生は俺たちにこうも言いましたよね。もし心臓外科に入局したら、自分みたいになってしまう、だから心臓外科には来るなって。けれど、あの言葉で俺たちは入局を決めたんです」

室内のざわめきが大きくなる。

最後に、胸に両手を当てて宇佐美が前に出た。かすかに目を潤《うる》ませた彼女は、祐介に優しく微笑《ほほえ》みかける。

「私たちは平良先生みたいな医師になりたくて、この心臓外科に入局したんです。先生は素晴らしいドクターです」

胸に目映《まばゆ》い光が弾け、きらきらと広がっていった。視界が滲《にじ》んでいく。

一流の心臓外科医になるという夢を諦《あきら》めたとき、これまでの努力が無駄になってしまったと思った。けれど違ったのだ。それらの経験は、自分の血肉になっていた。そのことを三人の研修医たちが教えてくれた。

「平良先生、ありがとうございました！」

郷野、牧、そして宇佐美の三人は、声を重ねるとつむじが見えるほどに頭を下げた。

「こちらこそ、ありがとう。……頑張れよ」

祐介は目元を拭《ぬぐ》って笑顔を見せる。心からの笑顔を。

柳沢がゆっくりと両手を打ち鳴らしはじめる。針谷がおずおずとそれに続いた。やがて、拍手は他の医局員たちを巻き込み、大きく成長していく。

誰もが祐介を見つめながら手を打ち鳴らしていた。肥後すらも、つまらなそうに分厚い唇を尖《とが》らせつつも、皆にならっている。

祐介はもう一度「ありがとう」とつぶやくと、身を翻《ひるがえ》し扉を開ける。

拍手の雨を背中に浴びながら、祐介は一歩を踏み出した。

新しい人生を紡いでいくための一歩を。

この作品は平成三十年九月新潮社より刊行された。

知念実希人著

天久鷹央の推理カルテ

お前の病気《ナゾ》、私が診断してやろう——。河童、人魂、処女受胎。そんな事件に隠された〝病〟とは？　新感覚メディカル・ミステリー。

知念実希人著

天久鷹央の推理カルテⅡ

—ファントムの病棟—

毒入り飲料殺人。病棟の吸血鬼。舞い降りる天使。事件の〝犯人〟は、あの〝病気〟……？新感覚メディカル・ミステリー第２弾。

知念実希人著

天久鷹央の推理カルテⅢ

—密室のパラノイア—

呪いの動画？　密室での溺死？　謎めく事件の裏には意外な〝病〟が！　天才女医が解決する新感覚メディカル・ミステリー第３弾。

知念実希人著

天久鷹央の推理カルテⅣ

—悲恋のシンドローム—

この事件は、私には解決できない——。天才女医・天久鷹央が解けない病気《ナゾ》とは？　新感覚メディカル・ミステリー、第４弾。

知念実希人著

天久鷹央の推理カルテⅤ

—神秘のセラピスト—

白血病の娘の骨髄移植を拒否し、教会の預言者に縋る母親。少女を救うべく、天医会総合病院の天久鷹央は〝奇蹟〟の解明に挑む。

知念実希人著

スフィアの死天使

—天久鷹央の事件カルテ—

院内の殺人。謎の宗教。宇宙人による「洗脳」。天才女医・天久鷹央が〝病〟に潜む〝謎〟を解明する長編メディカル・ミステリー！

知念実希人著
幻影の手術室
―天久鷹央の事件カルテ―

手術室で起きた密室殺人。麻酔科医はなぜ、死んだのか。天久鷹央は全容解明に乗り出すが……。現役医師による本格医療ミステリ。

知念実希人著
甦る殺人者
―天久鷹央の事件カルテ―

容疑者は四年前に死んだ男。これは死者の復活か、真犯人のトリックか。若い女性を標的にした連続絞殺事件に、天才女医が挑む。

知念実希人著
火焔の凶器
―天久鷹央の事件カルテ―

平安時代の陰陽師の墓を調査した大学准教授が、不審な死を遂げた。殺人か。呪いか。人体発火現象の謎を、天才女医が解き明かす。

知念実希人著
魔弾の射手
―天久鷹央の事件カルテ―

廃病院の屋上から転落死した看護師。死体に全く痕跡が残らない〝魔弾〟の正体とは？天才女医・天久鷹央が挑む不可能犯罪の謎！

知念実希人著
神話の密室
―天久鷹央の事件カルテ―

まるで神様が魔法を使ったかのような奇妙な「密室」事件、その陰に隠れた予想外の「病」とは？　現役医師による本格医療ミステリ！

知念実希人著
螺旋の手術室

手術室での不可解な死。次々と殺される教授選の候補者たち。「完全犯罪」に潜む医師の苦悩を描く、慟哭の医療ミステリー。

島田荘司著

新しい十五匹のネズミのフライ
―ジョン・H・ワトソンの冒険―

ホームズは騙されていた！ 名推理でお馴染みの「赤毛組合」事件。その裏に潜むどんでん返しの計画と、書名に隠された謎とは。

島田荘司著

写楽 閉じた国の幻
（上・下）

「写楽」とは誰か――。美術史上最大の「迷宮事件」を、構想20年のロジックが打ち破る！ 現実を超越する、究極のミステリ小説。

島田荘司著

鳥居の密室
―世界にただひとりのサンタクロース―

京都・錦小路通で、名探偵御手洗潔が見抜いた天使と悪魔の犯罪。完全に施錠された家で起きた殺人と怪現象の意味する真実とは。

北村薫著

スキップ

目覚めた時、17歳の一ノ瀬真理子は、25年を飛んで、42歳の桜木真理子になっていた。人生の時間の謎に果敢に挑む、強く輝く心を描く。

青柳碧人著

猫河原家の人びと
―一家全員、名探偵―

謎と事件をこよなく愛するヘンな家族たち。私だけは普通の女子大生でいたいのに……。変人一家のユニークミステリー、ここに誕生。

青柳碧人著

猫河原家の人びと
―探偵一家、ハワイ謎解きリゾート―

謎と推理をこよなく愛するヘンな家族。「コロンボ」父、「家政婦」母、「金田一」兄。憧れのハワイ、なのに事件は、絶賛発生中！

青柳碧人著　猫河原家の人びと
—花嫁は名探偵—

結婚宣言。からの両家推理バトル！　あちらの新郎家族、クセが強い……。猫河原家は勝てるのか？　絶妙な伏線が冴える連作長編。

辻村深月著　ツ　ナ　グ
吉川英治文学新人賞受賞

一度だけ、逝った人との再会を叶えてくれるとしたら、何を伝えますか——死者と生者の邂逅がもたらす奇跡。感動の連作長編小説。

月　原　渉　著　使用人探偵シズカ
—横濱異人館殺人事件—

謎の絵の通りに、紳士淑女が縊られていく。「ご主人様、見立て殺人でございます」。奇怪な事件に挑むのは、謎の使用人ツユリシズカ。

月　原　渉　著　首無館の殺人

その館では、首のない死体が首を抱く——。斜陽の商家で起きる連続首無事件。奇妙な琴の音、動く首、謎の中庭。本格ミステリー。

月　原　渉　著　犬神館の殺人

その館では、密室の最奥で死体が凍る——。氷結した女が発見されたのは、戦慄の犬神館。ギロチン仕掛け、三重の封印、消えた犯人。

月　原　渉　著　鏡　館　の　殺　人

姿見に現れる「死んだ姉」。「ころす」の文字……。この館では、鏡が「罪」を予言する——。少女たちの棲む左右対称の館で何かが起きる。

伊与原 新著

青ノ果テ

―花巻農芸高校地学部の夏―

僕たちは本当のことなんて1ミリも知らなかった――。東京から来た謎の転校生との自転車旅。東北の風景に青春を描くロードノベル。

帚木蓬生著

風花病棟

乳癌と闘う泣き虫先生、父の死に対峙する勤務医、惜しまれつつも閉院を決めた老ドクター。『閉鎖病棟』著者が描く十人の良医たち。

武田綾乃著

君と漕ぐ

―ながとろ高校カヌー部―

初心者の舞奈、体格と実力を備えた恵梨香、上位を目指す希衣、掛け持ちの千帆。カヌー部女子の奮闘を爽やかに描く青春部活小説。

武田綾乃著

君と漕ぐ2

―ながとろ高校カヌー部と強敵たち―

結束深めるカヌー部女子四人。他県から個性豊かなライバルが集まる関東大会で勝利をつかめるか!? 熱い決意に涙する青春部活小説。

武田綾乃著

君と漕ぐ3

―ながとろ高校カヌー部と孤高の女王―

スター選手の蘭子が恵梨香をスカウトしたことで、揺れるカヌー部四人。そしていよいよ迎えたインターハイ。全国優勝は誰の手に!?

早坂 吝著

探偵AIのリアル・ディープラーニング

天才研究者が密室で怪死した。「探偵」と「犯人」、対をなすAI少女を遺して。現代のホームズVS.モリアーティ、本格推理バトル勃発!!